온후 판타지 장편소설

WISHBOOKS FANTASY STORY

전장의 화신

11

Wish Books

전장의
화신

CONTENTS

60장
잿빛의 마왕

처음 다윗의 별을 접하고 얻은 스킬, 27군단의 마왕이 각성한 순간이었다.

그런데…… 잿빛의 마왕이라.

썩 마음에 드는 이명은 아니다.

애당초 무영은 여타 마왕들과도 격이 다르다. 반신격. 온갖 힘이 혼재하여 마왕으로 평가하기엔 너무나도 뛰어났던 것이다.

'당장은 필요한 일이니.'

그레모리를 이용하고 반대파의 힘을 얻으려거든 일단 이 호칭에서부터 시작해야 했다. 나머지는 차차 알아서 바꿔 가면 될 일.

게다가 지금은 그보다 중요한 일이 있었다.

"어떻게 천경을 끌고 온 줄은 모르겠으나, 이걸로 상황이 역전되었다고 생각한다면 큰 오산이다!!"

레라지에가 발돋움했다.

거대하기 짝이 없는 거인.

하지만 그조차도 천경의 크기에 비하면 난쟁이와 다름없었다. 압도적인 크기의 천경은 그저 보는 것만으로도 경외심이 일 수준이었다.

그러나 레라지에는 아랑곳하지 않았다. 천경 역시 '먹는 짐승'일 따름. 사냥꾼인 자신이 천경이라고 사냥하지 못할 이유가 없었다.

레라지에는 활을 들었다.

그리고 활시위를 당겼다.

푸아아아아아아아아!

균열을 깰 때와는 달리 화살은 마치 창처럼 변해 순식간에 공간을 접어 달렸다.

목표는 무영!

천경을 끌고 온 원인부터 제거하겠다는 심보가 보였다.

'어림없다.'

무영은 비탄을 꺼냈다. 손에 약간의 긴장이 서렸다.

인류 어느 누구도 닿지 못한 일.

마신과의 격전이다.

일방적인 패배만을 맛본 인류와 달리 무영은 여기까지 왔다.

오롯이 홀로.

하지만 아직 도착 지점은 아니다.

이겨내야 한다.

하지만 무영이 대면하고 싸워본 마신은 단탈리안이 유일했다. 단탈리안은 거짓의 마신일 뿐, 전투와는 거리가 멀었다.

반면 레라지에는 전투, 전쟁 그 자체다.

특히 저 눈.

저 눈은 전쟁과 전투의 모든 가능성을 계산하고 가장 높은 승리 방법은 제시할 수 있었다. 무영에게 있어서 가장 까다로운 것이다.

'그래도 이긴다.'

무영은 패배라는 글자를 뇌리에서 지웠다.

무영의 존재 의의는 '승리'다.

그런 의미에선 레라지에와 비슷할지도 모른다.

단 한 번의 패배도 용납할 수 없다. 오로지 승리하기 위해 무영은 달려왔고, 달려 나갈 것이었다.

수우우우우우우웅!

두렵기 짝이 없는 마력 화살이 무영에게 쇄도했다. 대기를 찢어발기고 공간을 뛰어 넘어 무영을 잡아먹을 기세로!

레라지에는 무영의 '죽음'을 확신했다.

'레라지에의 활 인페르노는 일격필살의 무기다. 한 번만

막아도 많은 힘을 소모시킬 수 있다.'

저 활 자체가 레라지에의 모든 힘이라고 봐도 무방했다.

막을 수만 있다면 레라지에와 싸울 방법이 생긴다는 뜻.

게다가 무영은 인과율을 벗어난 존재다. 단순한 '확률'로 재단할 수 없는 불특정, 불확실 그 자체가 무영이었다.

비록 레라지에의 공격을 받아칠 수단이 없다고 하더라도 없다면 만들면 그만이었다.

'무영검.'

현재까지 무영은 그간 쌓은 정수를 자신의 이름을 딴 검술에 녹여냈다. 현재까지 50격을 이루어냈으나 51격은 단서만 잡고 있었다.

그 단서를…… 지금 이곳에서 푼다.

'지금까지 만든 50격은 토대였지. 이 앞의 검을 만들기 위한.'

진정한 자신의 검을 세운다.

51격째는 앞의 50격과는 말 그대로 격을 달리했다.

그래서 단서를 잡았으나 시험해 본 적이 없었다.

'한계를 깬다.'

앞의 50격이 전채였다면 51격째부터가 주요리다.

이윽고 비탄에서 열이 솟아나기 시작했다. 신성력과 마력이 치열하게 부딪히며 아슬아슬한 간극을 자아내는 것이다.

그 상태에서 '가속'을 사용했다. 세상이 느려졌다. 그만큼 무영은 빨라졌다.

정확히 64배속.

하지만 그게 끝이 아니다.

세상은 더더욱 느려졌다. 계속해서 공기와 바람의 흐름마저 살갗에 느껴질 정도로 모든 게 극히 느리게 흘러만 갔다.

무영의 신체가 울부짖었다. 불멸자의 피부를 얻고 반신격에 다다랐으나 128배의 세상을 견디기엔 익숙하지 않았던 탓이다.

그렇다. 128배속!

무영은 자신의 정신력을, 자아를, 혼을 극한까지 쥐어짜냈다. 마나와 신성력마저 폭발시켰다. 아슬아슬하기 짝이 없는 상태. 스스로를 파멸로 몰아넣는 행위지만.

'해냈다.'

무영은 입가에 미소를 머금었다.

킹슬레이어. 그가 128배속의 세상에 머물고 있었다.

마침내 무영도 그 경지에 다다른 것이다.

'51격째…….'

비탄이 폭발을 자아내기 직전.

레라지에의 화살이 무영의 심장을 꿰뚫기 직전!

'악즉참(惡卽斬).'

무영은 검을 휘둘렀다.

스으으으으으!

그러자 거대한 혼돈이 비탄에서 튀어나와 느릿하게 뻗어가는 레라지에의 화살을 베어냈다. 조용히 뻗어 나가 활을

든 레라지에의 오른팔을 잘라냈다.

투우욱!

마침내 레라지에의 팔이 떨어졌을 때, 세상이 다시금 제시간을 찾았다.

그야말로 찰나에 가까운 시간.

"후우우우우우우."

무영은 크게 숨을 들이마셨다.

전신의 기력이 다 빠져나간 느낌.

하지만 성공했다.

레라지에의 공격을 막은 걸로도 모자라 그의 오른팔을 잘라냈으니.

51격, 악즉참.

무영의 새로운 기술이었다.

"마왕 따위가 어찌!"

레라지에가 떨어진 자신의 팔을 보고 이맛살을 구겼다.

있을 수 없는 일이 벌어졌다. 일개 마왕이 마신의 신체에 홀로 타격을 가하는 건 불가능하다.

신이 왜 신이겠는가. 하늘 위에 존재하기에 신이다. 지상의 존재는 결코 하늘 위의 존재에게 닿지 못하는 법이었다.

그 법칙이 깨졌다.

27번째 마왕이라고 했던가?

"잿빛의 마왕……!"

잘려 나간 팔을 억지로 붙였다. 이어 레라지에가 다시금 활을 들었다.

하지만 무영은 다시 한번 레라지에를 상대해 줄 생각이 없었다.

"레라지에, 네 상대는 내가 아니다."

무영은 최대한 빠르게 날아갔다.

정확히 레라지에를 거쳐, 그 너머로 말이다.

크오오오오오오오오오오!

"이노오오오옴! 미수 따위가 나를 방해할 셈이냐!"

천경이 입을 벌렸다.

레라지에가 활을 다시 집어넣고 양손으로 천경의 옆구리를 붙잡았다. 비록 크기의 차이가 난다지만 레라지에는 엄청난 괴력의 소유자였다.

천경의 움직임에 제동이 걸린 것이다.

무영은 잠시 그 광경을 지켜보다가 혀를 내둘렀다.

애당초 무영의 목적은 천경과 레라지에를 부딪치게 만드는 것이었으니 반은 성공했다고 봐도 무방할 터였다.

하지만 천경의 움직임마저 막아낼 줄은 몰랐다.

그 둘이 박 터지게 싸우고 있을 때 무영은 그레모리를 향해 날아갔다.

그레모리와 그 일파가 미묘한 표정으로 무영을 바라봤다.

"당장 균열의 파편은 필요 없겠군."

먼저 무영이 입을 열었다.

그레모리는 균열의 파편 세 개를 모아 균열을 안정시켜 줄

것을 무영에게 부탁한 적이 없었다. 하지만 지금 상황을 보니 균열의 파편은 그다지 필요가 없을 듯했다.

그레모리가 무영의 양손을 붙잡았다.

"고마워요. 그대가 아니었다면 위험한 상황에 직면했을 겁니다. 설마 파편까지 모아주셨을 줄은……."

"인사를 하고 있을 시간은 그다지 없을 것 같군. 머지않아 내 부하들이 도착할 것이다. 천경이 레라지에의 발목을 붙잡고 있을 때 나머지를 소탕해야 한다."

무영은 애써 손을 털어내고 현실적인 의견을 말했다.

그러자 주변 마족들의 눈에서 불똥이 튀었다. 무영의 태도는 분명히 휘하의 마왕이 보여야 할 것과는 거리가 멀었던 것이다.

마치 아랫사람을 부리는 말투와 행동이지 않은가!

하지만 무영은 아랑곳하지 않았다.

'칼은 내가 쥐었다.'

그레모리의 부탁을 들어주고 그레모리를 위험해서 구출한 건 무영이다.

극적인 반전의 상황을 만든 것 역시 무영이었다.

저들이 뭐라고 하든 칼은 무영이 쥔 상태였다. 게다가 그레모리의 미혹도 무영에겐 크게 영향을 주지 않았다.

그레모리도 그녀 나름대로 놀라는 중이었다.

모든 개체는, 그것이 생명체든 아니든 간에 그녀의 주변에 있으면 모두가 그레모리의 영향을 받게 되어 있었다.

전쟁의 마신처럼 특수한 존재가 아니고선 말이다.

한데…… 무영, 그 역시 마찬가지였다.

"언제까지 구경만 할 셈이지? 이대로 갇혀서 죽음을 맞이하는 게 너희들의 선택이었나?"

화악!

무영은 날개를 펼쳤다.

솔직히 무영은 지금 기력이 거의 다한 상태였다. 51격 악즉참을 사용하며 전체 힘의 반절가량을 소모한 것이다.

그래도 티를 낼 수는 없었다. 지금 이 전쟁은 일종의 데뷔전이었다. 여기서 얼마나 파격적인 모습을 보이느냐에 따라서 앞으로 무영이 가질 무게감이 달라지리라.

'과연 혼란이 적군.'

레라지에가 천경을 상대하는 사이, 그의 부하들이 움직이기 시작했다.

생각보다 혼란은 적은 것 같았다.

이런 변수적인 상황에 익숙하다는 듯.

무영은 전장으로 나섰다.

더 이상 말은 필요 없었다.

이제는 행동으로 보이면 그만일 따름이었으니!

쿵!

화르륵!

콰아아앙!

대지가 전율했다.

거대한 산이 생기고 없어지길 반복했다.

하늘은 까맣게 물들었으며 수없는 번개와 폭풍이 몰아치고 있었다.

그리고 그 중심에 무영이 있었다.

잿빛의 마왕. 그렇게 이명을 붙였지만.

그는 누구인가?

갑자기 나타나선 레라지에의 공격을 막아내고 팔을 잘랐다. 뿐만 아니라 레라지에의 정예들조차 농락하고 있다.

그레모리는 혼란했다.

'처음 봤을 때 그는 이처럼 성장하지 않았어.'

27번째 마왕의 증표를 가지고 나타났을 때, 그레모리는 큰 기대를 하지 않았다. 그러기엔 무영은 약했다. 기껏해야 어중간한 마왕과 겨우 싸울 수준. 균열의 파편을 모으고 돌아오리란 기대는 하지 않았다.

그리고 그로부터 불과 몇 년이 지나지 않았다.

한데…… 그에게서 느껴지는 신격이 예사롭지 않다.

신성력과 마력이 뒤섞여 있었고, 혼돈이라 할 수 있는 신격이 그곳에 덧씌워져 있었다.

대체 이 몇 년간 무슨 일이 있었기에 이만한 변화를 꾀할 수 있단 말인가?

거기서 끝이 아니었다.

"무영, 이놈! 혼자서 어딜 그리 바삐 가는 것이냐!"

"합류하겠습니다."

망령들이, 온갖 이종족과 괴물들이 몰아닥쳤다. 그 숫자는 겨우 30만이 아슬아슬했지만 전황을 단숨에 뒤집기에 충분했다. 하물며 철의 마왕 엔로스와 장미의 마왕 소아라마저 보였다.

'대체……'

아몬과 바싸고의 가신이었던 자들이 어찌 무영의 밑에 있는 것인지 이해가 되지 않았다.

그 두 마신은 반대파가 아니었다. 철저하게 찬성파의 쪽에서 반대파를 말살하려는 자들이었다. 당연히 엔로스나 소아라가 자신의 주인을 배신할 리도 없었다.

한데 지금, 그 둘은 레라지에의 휘하 마족들을 몰살시키고 있었다.

그레모리는 다시금 시선을 돌렸다.

무영.

그의 싸우는 모습은 처절했다. 보는 이가 가슴을 졸이고 봐야 할 정도의 살벌함과 처연함이 있었다.

동시에 쾌감과 전율을 가져다주기도 했다.

오로지 싸움을 위해서 태어난 것 같았다.

저만한 투쟁을 그레모리는 거의 본 적이 없었다. 유구한 세월을 살아온 마신인 그녀조차 그럴진대 상대하는 레라지에는 오죽하겠는가.

레라지에가 전쟁의 마신이라면…….

그레모리는 자신이 지어준 이명이 조금 안 어울릴지도 모른다고 생각했다. 단순한 외견으로 잿빛이라 지었으나 그런 이명보다 더 적절한 것이 있었을지도 모른다.

이 전장의 모든 것을 주도하고 있었으니!

그는.

무영은.

'전장의 화신.'

감히 그렇게 부를 수 있으리라.

숫자는 얼추 맞다.

레라지에가 가진 150만의 병력. 그리고 그레모리와 무영의 병력을 합치면 그 정도가 되는 것이다.

하지만 승기가 기울고 있었다.

천경은 집요하게 레라지에를 삼키고자 했다. 천경은 지능이 거의 없는 수준이지만 자신에 대한 적대감 따위를 읽을 수는 있는 듯싶었다.

그리고 그 천경을 레라지에는 힘으로 막아서고 있었다.

과연 전쟁의 마신. 허투루 그 이명을 얻은 건 아닌 모양인데. 반면 무영과 그레모리는 비교적 자유로웠다. 특히 그레모리의 경우 전투형 마신이 아니었지만, 방어와 관련된 마법은 경이로울 정도였다.

'아군 전체에게 이만한 실드를 걸어줄 수 있을 줄이야.'

무영도 감탄할 수준이었으니 말은 다했으리라.

어지간한 공격에는 끄떡하지 않고 고위급 마족의 공격을 두어 번까지는 막아낼 정도. 그것만으로도 아군의 피해가 기하급수적으로 줄었다.

하물며 현재의 그레모리는 전력이 아니었다. 균열의 문을 유지하느라 그동안 막대한 마력을 소모한 걸 감안하면 앞으로의 싸움에서도 큰 도움이 될 것이었다.

분명히 전황은 좋았다.

무영은 전장을 지배하고 있었다.

하지만 정신의 한편은 다른 곳을 바라보고 있었다.

'한 놈이 더 있다.'

무영이 아니었다면 느끼기 힘들 정도의 기척. 은신의 극의에 다다른 자가 근처에 있다. 반신격에 오르며 넓어진 기감이 겨우 그 존재를 포착하고 있었다.

한 놈.

속이고, 숨기고 있다지만 은신과 관련해선 타의 추종을 불허하는 무영마저 속일 순 없었다.

'마신이 하나 더…… 누구지?'

무영은 확신했다.

하나, 있다는 것 외엔 모든 게 오리무중이었다.

혹여나 적이라면, 여기서 다른 마신이 합류하면 필패다. 천하의 무영이라도 어찌할 도리가 없다. 아직 마신 둘을 동시에 상대할 만한 성취를 이루진 못한 탓이다.

게다가 마신이 있다면 그 휘하 마왕과 마족들도 멀지 않은 곳에 있을 가능성이 높았다.

한 치 앞을 알 수 없는 상황.

무영은 계속해서 주시했다.

그자가 움직이면 무영도 곧장 응수를 해야 했기에.

하지만 외부의 마신은 이 전장을 멀리서 지켜만 보는 중이었다.

'무엇을 노리는 거지?'

반대파는 아니다.

반대파라면 지금 이 상황을 보고 돕지 않을 이유가 없었다.

그리고 반대파가 아닌 마신은 찬성파뿐.

'마족 외의 모든 것을 말살시키자는 찬성파. 그중에서도 몇 개의 파벌이 있다.'

단탈리안의 기억 속에 남은 지식. 그중에는 마신들에 관한 것도 있었는데, 찬성파도 세 갈래로 나뉘어져 있다는 점이다.

마족들의 노예 역할을 맡을 몇몇 종족은 보존하자는 온건파.

오로지 마족만이 정의라는 과격파.

소수의 이래도, 저래도 상관없다는 중도파.

세 파벌 중 하나에 속한 마신임은 분명하다.

'과격파는 아니다.'

과격파였다면 다짜고짜 검을 들이밀었을 테니.

"빌어먹을 미물 따위가! 전지전능한 신을 이길 수 있을 것 같더냐!!"

쿵! 쿵! 쿠우우웅!

레라지에가 주먹질을 했다.

그러자 거대한 울림과 함께 천경이 비틀거렸다.

'괴물이 따로 없군.'

무영조차 어이가 없었다. 어쨌거나 신격을 막고자 만들어진 게 천경일진대 레라지에는 단순한 괴력으로 천경을 움직이고 있는 것이다.

괴력난신!

전쟁의 마신이 아니라 실은 괴력의 마신인 게 아닐까?

서로 싸우다가 양패구상하길 바랐지만 아무래도 레라지에 쪽이 조금은 우세한 듯싶었다.

주변을 정리하고 레라지에 공격하는 것도 고려해 볼 만했지만, 제3자의 시선이 신경 쓰여서 마음껏 움직일 수가 없었다.

'의도를 알아봐야겠군. 단순히 지켜보는 게 전부인지, 아닌지를.'

쏴아아악!

무영은 날개를 폈다.

이윽고 네 장의 날개에서 수천 개의 깃털이 동시다발적으로 쏟아졌다.

목표는 허공!

아무것도 보이지 않는 허공으로 수천 개의 깃털을 마구잡이로 날려댔다. 적도 은신이 극의에 이르러 무영도 정확한 위치는 몰랐기 때문이다.

하나 조금이라도 변화가 생기면 알아볼 수 있을 것이었다.

그리고 예상대로 광범위한 깃털의 공격으로 인해 변화가 생겼다.

픽!

한 장의 깃털이 벽에 막힌 듯 도중에 떨어졌다.

"놈을 죽여라! 저 잿빛을 죽여!"

레라지에의 휘하 마왕들도 바보는 아니다.

그들에게 있어서 무영은 특히나 눈엣가시.

무영은 집중포화를 받고 있었다.

촤아악!

하나 현재 무영의 관심사는 반대편이었다.

깃털을 날렸을 때 놈이 보일 반응.

무영은 숨어 있는 제3의 마신을 향해 걸어 나갔다.

막아서는 마족들은 무영의 걸음속도조차 줄일 수가 없었다. 마치 원래부터 없었다는 듯 자연스럽게 길을 막는 마족들의 머리가 잘려 나갔다.

마왕들이 직접 막아서지 않는 한 일반 마족이 아무리 많아봤자 무영이 가는 길을 원천봉쇄할 수는 없었다.

그렇게 얼마를 걸어 나갔을까.

"너는 누구냐. 무슨 목적으로 나를 염탐하는 거지?"

아무것도 없는 허공.

하지만 바로 밑에 깃털 하나가 떨어져 있었다.

스으으으으윽.

잠시 후 공간이 일렁였다. 그러곤 사라졌다. 이제는 작은 기척조차도 느낄 수가 없었다.

'내 눈앞에서 사라졌다?'

마법도, 그렇다고 주술도 아니었다.

하지만 상대는 투명한 상태 그대로 공간을 이동했다.

감히 무영을 앞에 두고서 말이다.

이런 게 가능한 힘의 종류는 한 가지뿐이었다.

'권능!'

권능. 신격만이 가질 수 있는 고유의 힘을 일컫는 말.

마신이 가진 권능이 이동과 관련된 것이라면 눈앞에 있어도 놓칠 수 있었다. 그리고 이러한 기술을 가진 자를 단탈리안의 기억 속에서 찾아냈다.

'이러한 은신술과 권능은 파이몬…… 그밖에 없다.'

비밀을 파헤치는 자, 비밀 염탐꾼.

그다.

그는 정확히 무영을 염탐하고 있었다.

이 전장이나 레라지에, 천경이 아니라, 정확히 무영을.

그나마 다행인 점이라면 무영은 아직 '죽음의 힘'을 사용하지 않았다는 것과 기적을 부르는 책 '알스 노바'를 들키지 않앉다는 정도일까.

놈이 무슨 목적으로 무영을 봤는지는 모르겠지만 그다지 좋은 소식은 아니었다.

정보는 무영이 가진 최강의 무기였다.

저들은 무영을 모르고, 무영은 저들을 안다는 것.

그러나 저들이 무영을 인지하기 시작하면 무기는 점점 무뎌질 수밖에 없었다.

그래서 속전속결로 마신들을 정리하려 했건만.

'우선 이 전쟁을 끝낸다.'

수확이 없던 건 아니다.

지켜본 자가 파이몬이란 걸 알았다.

파이몬은 소수의 중도파.

그는 마신들도 그 속을 알 수 없기로 유명하지 않던가.

비관적으로 생각하기엔 이르다.

그러나 계획을 새로 수립하려면 한 시라도 빨리 이 전쟁을 끝낼 필요가 있었다.

"잿빛의 마왕, 이 어리석은 놈. 알아서 사지로 들어왔구나! 살아나갈 생각은 마라!"

레라지에의 휘하 마왕 둘이 다가왔다.

주변을 적군인 마족들이 에워싸고 있었다.

그 숫자가 얼추 1만.

파이몬을 찾겠다고 너무 적진 깊숙이 들어온 모양이었다.

무영은 작게 혀를 차며 말했다.

"내가 죽을 곳은 내가 고른다."

즈즈즈즈!

비탄이 비웃었다.

무영도 동의했다.

적어도 이곳은 자신이 죽을 자리가 아니었다.

"대단하군."

정신체를 이용해 전장을 바라보던 파이몬이 어두컴컴한 성의 지하에서 감탄사를 내뱉었다.

'설마 권능을 꿰뚫어 볼 줄이야. 용의 눈도, 현자의 눈도 아닌 더욱 특별한 것을 지니고 있는 모양이군.'

권능을 꿰뚫어 볼 수 있는 건 오로지 권능뿐이다.

그중 파이몬의 권능은 그 존재를 알아차리기조차 어려울 정도로 은밀하건만.

녀석은 알아봤다. 정확한 위치까지 특정했다.

정신체를 이용해 파이몬은 세계의 모든 곳을 볼 수 있었다. 세계의 반대편을 세밀하게 살피는 것도 가능했다. 그래서 그에게 붙은 이명이 바로 '비밀을 파헤치는 자' 아니겠는가.

'녀석은 이 모든 이변과 현상의 중심지에 있다. 저처럼 불길하고 모순적인 존재는 솔로몬 외엔 본 적이 없건만.'

어디서 튀어나왔단 말인가.

저만한 존재가 느닷없이 나타난다는 건 말도 안 된다. 모든 현상에는 이유가 있게 마련. 녀석이 나타난 것도 무언가 큰 굴레와 연관이 있을 터였다.

'녀석은 세계의 시간을 움직였다. 저 기술은 분명 킹슬레이어의 것이다.'

킹슬레이어!

파이몬은 그가 마계에 있다는 것도 파악하고 있었다. 또한 킹슬레이어가 '솔로몬'과 연관이 있는 자라는 것 역시 알고 있었다.

'킹슬레이어는 솔로몬이 심어놓은 이면의 주인들 중 하나. 그렇다면 저 잿빛 존재는 마찬가지로 솔로몬과 연관되어 있을 가능성이 높다.'

파이몬은 퍼즐을 맞춰나갔다.

솔로몬과 연관이 있다면 이해는 간다.

솔로몬. 그는 72마신들과 적대하는 존재.

반대파를 도움으로써 마신들의 숫자를 줄이고 싶기도 할 것이었다.

'솔로몬, 대체 무슨 일을 꾸미는 것이냐.'

그는 비밀을 파헤칠 뿐, 그 비밀을 함부로 누설하진 못한다.

특히 세계를 변동시킬 만한 사항은 혼자만 알고 있어야 했다.

그것이 파이몬이 가진 조건이자 제약이었다.

'파헤쳐 주마, 악신이여.'

마신이 아닌 악신.

파이몬은 솔로몬을 그렇게 불렀다.

이윽고 파이몬의 정신체가 본체와 나뉘졌다. 이후 그는 빠르게 정신체를 움직이며 한 장소에 다다랐다.

거대한 활화산.

주변 모든 게 용암으로 뒤덮인 그곳에 누군가가 있었다.

마치 세상을 초탈한 듯 머리와 수염이 하얗게 세어버린 노인. 그가 지나는 곳은 용암이 걷혔다. 그가 존재하는 곳만은 다른 세계인 것처럼 이질적인 분위기를 풍겼다.

이윽고 노인이 파이몬을 바라봤다. 하지만 다시 고개를 돌렸다. 어차피 파이몬은 스스로의 제약 때문에 누구에게도 말하지 못한다는 걸 알고 있다는 듯이.

크아아아아아아!

잠시 후 거대한 활화산 안에서 끔찍한 비명이 울려 퍼졌다.

정신체가 흔들릴 정도의 가공할 위력이었다.

용의 형상을 한 거대한 존재.

디아블로!

마치 무언가에 포박된 것처럼 디아블로는 꼼짝도 못하고 있었다.

노인은 그것을 그저 지켜만 보았다.

'솔로몬.'

솔로몬!

노인이 바로 솔로몬이었다.

그가 마계에 있었다.

디아블로와 함께 말이다.

쿠아아아아아앙!

천경이 마침내 쓰러졌다. 죽지는 않았지만 힘을 다한 것이다. 그리고 천경을 상대한 레라지에도 정상은 아니었다.

"이딴 것으로 나, 레라지에를 막을 수 있다고 보았느냐?"

레라지에는 곳곳이 뚫려 있었다. 천경에게 먹힌 부위를 모두 재생시키지 못한 것이다.

놈의 마력이 거의 다했다는 방증.

150만이었던 병력은 불과 10만 정도로 줄어 있었다.

반면 그레모리와 무영의 병력은 아직도 100만을 넘어섰다.

압도적인 승리!

무영도 대부분의 힘을 다 소진하긴 했지만 어차피 일대일로 레라지에를 쓰러뜨릴 생각은 없었다.

대신 무영은 앞장서서 말했다.

"너의 '눈'이 말해주지 않나? 승리가 희박해졌음을."

레라지에도 알고 있을 것이다.

천경과의 싸움이 길어지면 길어질수록 승리의 가능성이 한없이 낮아지는 걸 말이다.

하지만 그는 빠르게 천경을 제압하지 못했다.

그 결과가 지금의 모습이었다.

빠드드득!

레라지에가 이를 갈았다. 그리고 무영의 너머에 있는 그레모리를 바라봤다.

"그레모리여! 네년이 나와 같은 신격의 소유자라면 당당히 앞에 나서라. 이따위 치졸한 짓으로 우리의 명예를 실추시키지 마라!"

나름 틀린 말은 아니었다.

사실 마왕이 나설 자리와는 거리고 멀었으니.

본래라면 무영이 아니라 마신인 그레모리가 나섰어야 했다. 무영은 그녀의 휘하에 있는 마왕의 직함이었으니 괘씸하기도 할 터였다.

그러나 그레모리는 대답하지 않았다. 대신 무영을 바라봤다.

"이번 전쟁의 주인공은 안타깝게도 제가 아닙니다, 레라지에."

그레모리는 현명했다.

이번 승리의 공로가 누구에게 있는지 정확히 알렸다.

무영에게 모든 권한을 넘기겠단 의미.

그로써 아군 마왕들 사이에 있을 소란도 한 번에 잠재운 것이다.

레라지에가 더욱 목소릴 높였다.

"고작 마왕 따위를 신과 독대시키겠다고? 네년…… 그러고도 72좌의 하나라고 할 수 있는가!"

"발악을 하는군."

무영이 한 걸음 앞으로 나섰다.

타칸과 배승민을 비롯한 기타 마족이 모두 물러갔다.

오로지 무영과 레라지에를 위한 자리를 만들어주기 시작했다.

레라지에가 눈을 부라리며 무영을 바라봤다.

"추하다, 레라지에. 네놈은 패배했다. 겸허히 받아들여라."

"내가 죽기 전까지 나는 패배한 게 아니다. 하물며 마왕 따위가 입에 담을 단어는 더욱 아니니라."

무영은 어깨를 으쓱했다.

마왕 따위라.

맞는 말이다.

무영도 마왕의 자리에서 만족할 생각은 추호도 없었다.

"내가 겁나는가?"

"겁? 겁이라고? 크하하하하! 웃기는 말을 하고 있군."

레라지에가 비웃었다.

무영도 입가를 씰룩였다.

처음의 레라지에는 무영이 정면으로 이기기 어려웠다.

하지만 천경으로 인해 힘의 9할가량을 소실한 지금이라면 높은 확률로 가능하다. 어림잡아 7할 정도. 아마 레라지에 역시 그것을 알 것이다. 알지만 인정하기 싫은 거겠지.

무영은 떡밥을 뿌렸다.

"그렇다면 나를 이겨라. 나를 이기면 이 전장에서 얌전히 내보내 주마."

레라지에가 웃음을 멈췄다.

사실상 무영이 문제가 아니다.

주변의 100만대군. 그리고 그레모리가 견디고 있는 한 고작 10만의 병사와 많은 힘을 소진한 레라지에는 이곳을 빠져나갈 수 없을 것이었다.

한데 무영 하나만 이기면 된다면…….

"네가 무슨 권한으로 그런 소리를 하는 거지?"

"내 병사들은 나의 말에 복종한다. 그리고 그레모리도 이 의견엔 찬성할 것 같군."

레라지에가 그레모리에게 다시금 시선을 옮겼다. 그레모리가 약간은 걱정스러운 눈빛으로 고개를 끄덕였다.

지금 이 전장에 한하여 모든 권한은 무영이 갖고 있었다.

하지만, 이는 레라지에에게 너무 유리한 조건이다. 그래서 무영은 단서를 하나 더 달았다.

"대신 내가 이기면 네놈이 가진 '신력'을 갖겠다."

무영은 루키페르를 완전히 흡수하며 한 가지 권능에 눈을 떴다.

그것은 바로 권능포식자!

천마를 죽이고 그의 권능 중 하나인 '7개의 생명'을 무영은 얻은 바가 있었다.

하지만 권능포식자는 무작위다. 그래서 무영은 조건을 걸었다.

레라지에가 가진 권능 중 하나, 신력!

그것은 단순한 힘으로 섬을 움직일 수 있는 괴력 중의 괴력이었다.

이처럼 권능을 선택해서 갖고자 하는 것이다. 단지, 그러려면 상대의 동의가 필요했다.

레라지에로서도 딱히 고민할 이유는 없었다.

어차피 답이 없는 상황에서 무영을 이기는 게 유일한 활로였으니.

"지금까지 내가 보인 게 내 전부라 생각하지 마라."

"조건을 수락하는 뜻으로 봐도 되겠나?"

"그렇다! 어리석은 놈. 내가 왜 전쟁의 마신인지 깨닫게 해주마."

레라지에가 활을 꺼냈다. 하지만 활시위를 당기진 않았다. 대신 활이 형체를 변형하기 시작했다. 이윽고 활은 붉은 용이 새겨진 갑옷의 형상으로 변하더니 그대로 레라지에에게 입혀졌다.

용 사냥꾼.

그 진가가 발휘된 것이다.

"수백에 달하는 용의 피가 나를 강화시킨다. 너는 나를 이길 수 없노라."

레라지에가 미소를 지었다.

그러자 무영은 자신의 가슴에 손을 가져갔다.

뚝. 뚜둑.

마치 열쇠를 열 듯 무영은 가슴에 새겨진 자물쇠를 풀었다.

스아아아아아!

곧 빛으로 이루어진 거대한 창이 허공에 솟아났다.

가브리엘의 창!

모든 신성력이 창으로 집결되자 무영의 회색 날개가 새까 맣게 변하기 시작했다.

루키페르의 힘과 가브리엘의 힘이 정확히 분리된 것이다.

이후 무영은 가볍게 몸을 풀며 말했다.

"나도 본 실력을 내도록하지."

사실 실력이라 할 것도 없었다. 부자연스러운 걸 자연스럽 게 만든 것이 전부니까. 몸이 날아갈 것만 같았다. 억누르던 모든 게 사라진 것만 같은 느낌.

본래 무영은 잿빛이 아니었다. 루키페르의 힘을 가브리엘 의 힘이 억누르면서 잿빛의 날개를 가지게 되었을 뿐이다.

이는 두 힘이 자연스럽게 융화되지 못했다는 뜻이고 무영 이 모든 힘을 행사하는 데 있어서 장애가 될 수밖에 없었다.

하지만 자칫 잘못하다간 폭주의 위험이 있기 때문에 가브 리엘의 힘이 루키페르의 힘을 억누르도록 가만히 놔두고 있 었던 것이다.

하지만.

'가능하다.'

51격, 악즉참을 만들며 무영은 확신했다.

자신의 경지가, 보다 한 차원 올라갔노라고.

그래서 이러한 '분리'도 가능하다고 판단하였다.

본래라면 목숨을 건 도박이겠지만 실제로 해내지 않았는가.

무영은 어느 정도의 가능성이 보이면 행동으로 옮기는 데 주저함이 없었다.

그것이 무영이 순식간에 강해질 수 있었던 이유이고, 그러했기 때문에 수많은 시련을 이겨 나갈 수 있었다.

이번에도 마찬가지.

억지로 섞을 생각을 않고 분리하니 힘의 운용이 한결 편해졌다.

신성력은 신성력대로, 마력은 마력대로.

이어 가브리엘의 창의 크기를 줄여 형태를 고정시켰다.

쌍검술처럼 창과 비탄을 들었다. 무영은 이제 무기나 기술에 구애를 받지 않는다. 그러한 경지는 진즉에 넘었다.

극에 이르면 모두가 같으니 일반 검술이나 쌍검술이나 매한가지였다. 아무런 차이도 없이 구사할 수 있었다.

하나, 가브리엘의 창이 갖는 파괴력은 또 다른 이야기다.

모든 신성력을 집합시켰으니 마족에게 있어선 상극의 힘.

하물며 일반적인 신성력조차 아니었다.

"마계에는 천족이 없거늘⋯⋯!"

레라지에가 한 걸음 뒷걸음질을 쳤다.

있을 리 없는 천적을 만났을 때의 그러한 움직임.

그렇다. 마계엔 천족이 없다.

천사의 흔적도 없다.

하나 가브리엘은 천사 중의 천사. 결코 타락하지 않는 힘을 지닌 천사이니, 감히 레라지에도 다가올 생각을 섣불리 못 하는 것이다.

잿빛일 땐 크게 부각되지 않았다.

루키페르의 힘을 억누르고 억지로 조화를 꾀하느라 본연의 신성력이 많이 죽어 있는 상황이었던 탓이다.

하지만 이제는 분리되었다.

온전한 가브리엘의 신성력이 고스란히 창에 담겨 있었다.

마족으로선 그야말로 상극의 힘!

"어찌 마왕 따위가 천족의 힘을 지녔단 말이냐!"

무영은 살짝 손이 저릿한 걸 느꼈다. 분리하자 약간이나마 반발하는 듯싶었다. 하지만 아주 사용 못 할 정도는 아니었다.

꽤 오랫동안 두 힘이 공존하고 있었던 영향일까?

어느 정도 도박에 가까운 수였으나 제대로 성공했다고 할 수 있었다.

"내가 두려운가?"

하여, 다시금 물었다.

레라지에는 답을 하지 않았다.

쿵! 쿵!

그러나 한발 물러났던 게 창피했던 듯 인상을 찌푸리며 다시금 무영을 향해 걸어오기 시작했다.

"나는 전쟁의 마신이자 용 사냥꾼이니라. 최강의 생물을 먹고 살아가는 내가 고작 그런 삿된 힘에 밀릴 것 같은가!"

투콰아아아앙!

거대한 검은색 구 형태의 마력이 레라지에의 주먹에 서렸다.

그 크기만 50m에 달하는 크기였으니 느릴 법도 하건만, 엄청난 속도로 쇄도하며 무영을 노렸다.

부아아아아아아아!

과연 신력의 소유자.

고작 한 번 땅을 내려친 것뿐인데도 지진이 난 듯이 지면이 사정없이 흔들렸다.

'정통으로 맞았다간 즉사한다.'

아슬아슬한 차이로 레라지에의 주먹을 피한 무영이 계산을 끝냈다.

저 주먹은 막을 생각을 하면 안 된다.

신력은 신체가 가진 순수한 힘. 상극의 신성력을 지녔대도 신력만큼은 어찌할 도리가 없었다.

아마 저 주먹을 정통으로 맞았다간 그대로 전신이 터져 나갈 것이었다.

불멸자의 피부를 얻고 불멸왕의 갑옷을 입었지만 저 신력은 맞을 엄두가 나지 않았다.

'그렇다면 맞지 않으면 그만일 뿐.'

피하는 건 자신 있다.

문제는 피하기만 해서는 이길 수 없다는 것.

수우웅!

주먹이 허공을 가르자 거대한 충격파가 태풍처럼 몰아쳤다. 마족들이 버티지 못하고 날아가고 몇몇은 마법으로 장벽을 세워 막아내고 있었다.

저만한 신력으로 천경을 때려댔으니 천경이 버티지 못하고 나자빠진 것도 이해가 된다.

'기회는 한 번.'

레라지에의 소멸 조건은 이미 만족했다.

전쟁에서의 패배!

납득하지 않는다고 하더라도 패배는 확정이었으니 어찌할 도리가 없을 터.

이제 저 육체를 쓰러뜨리기만 하면 놈은 사라질 것이다.

소멸. 완전한 죽음. 무(無)로 돌아가 종말을 맞이하리라.

'저 육체에 타격을 주려면 악즉참밖에 없다.'

가브리엘의 창과 비탄을 함께 사용하면 파괴력은 증가될 것이나…….

'결을 본다.'

적어도 필멸자라면 결이 있을 수밖에 없다.

물론 불멸자인 마신은 본래 결을 보는 게 불가능하지만 이미 소멸 조건이 만족되지 않았던가?

놈은 이제 불멸자가 아니다.

무영의 예상이 맞는다면 불멸자로 격하됐을 것이다.

'보인다.'

역시나!

소멸 조건을 만족하자 결이 보이기 시작했다.

결이 보이고 타격을 줄 수 있다면 가능성은 더욱 높아진다.

"피하기만 해선 나를 이길 수 없노라!"

레라지에의 공격은 점점 더 매서워졌다.

저 신력은 무척이나 탐났다. 마력이 고갈돼도, 신성력이 없어도 신체의 힘은 지쳐 쓰러질 때까지 사용할 수 있는 법이었으니.

'의외로 다가서는 게 쉽지 않다.'

레라지에의 반응속도는 초월급이었다. 레라지에 자신이 공격을 할지언정, 공격을 당할 빌미를 주지 않았다.

그러나 이대로 시간을 끌면 불리한 건 무영이었다. 극단적이지만 확실한 방법이 필요할 듯했다.

"잡았다!"

후우우우웅!

쿵!

레라지에가 회심의 미소를 지었다.

이윽고 무영이 주먹에 깔렸다.

"……?"

하지만 레라지에는 눈썹을 찡긋거렸다.

타격감이 없다.

주먹이 다시금 바닥을 내려쳤다. 그리고 정확히 주먹의 옆에 무영이 있었다.

막았나?

'아니다.'

레라지에는 내심 고개를 저었다.

막은 게 아니다

옆으로 '빗겨'냈다.

정면으로는 결코 막을 수 없지만 힘이란 건 요령만 있으면 본래 흘릴 수 있게 되어 있다.

물론 모든 힘을 흘리는 건 불가하다. 무영의 신체 중 오른쪽이 사라져 있었다.

삼분의 일가량.

팅! 팅! 티이잉.

비탄이 바닥에 떨어졌다.

부아아악!

피가 분수처럼 쏟아졌으나 무영은 자신만만했다.

"내가 언제 피하기만 한다고 했던가?"

푸욱! 쫘아아아아아악!

무영은 그대로 가브리엘의 창을 레라지에의 주먹에 꽂아넣었다. 그리고 그 상태로 레라지에의 팔에 올라타 달리기 시작했다.

창은 '결'을 따라 레라지에의 육체를 찢어발겼다.

"끄아아아아아아악!"

레라지에가 비명을 내질렀다.

신격의 소유자답지 않은 괴성이지만 상극의 힘이 억지로

신체를 가르니 그 고통은 상상을 초월할 것이었다.

가브리엘의 신성력은 레라지에의 육체 깊숙이 침투되어 레라지에를 파멸시키기 시작했다. 절대로 타락하지 않는 힘이 타락을 만나 강제로 정화하는 작업에 들어갔다.

"그만! 그마아아아안!"

"여기가 유독 약한 것 같군."

팔에서 팔등으로, 팔등에서 어깨로, 어깨에서 목에 다다른 무영이 한쪽 입술을 들어올렸다.

결의 끝은 머리가 아닌 목이었다.

마치 목이 잘려 죽은 듯 결의 끝이 목에 둥그렇게 나 있었던 것이다.

무영은 그대로 가브리엘의 창을 목에 꼽고 베어냈다.

좌아아아아악!

피가 흐르진 않았다.

대신 검은색 불길한 마력이 뿜어져 나왔다.

"아……!"

쿵! 쿠우웅!

레라지에가 무릎을 꿇었다.

그의 신체가 흩어져 가고 있었다.

"이렇게, 이렇게 끝날 순 없다. 돌아가야 한다. 고향으로, 내 집으로……! 난, 나는 이 '쓰레기통' 안에서 죽기 싫단 말이다……! 솔로모오오온!"

결코 신의 반응이 아니었다. 오히려 두려움에 찬 인간의 반응과 가까웠다.

이윽고 레라지에는 완전한 먼지가 되어 사라졌다.

툭!

무영은 그대로 추락하여 바닥에 내팽개쳐졌다.

시야가 흐릿해지고, 정신이 멀어지는 걸 무영은 견딜 수 없었다.

"주인님!"

"노오옴! 괜찮느냐!!"

"빠아아!"

누군가가 다가왔다.

모두가 여러 의미에서 무영을 걱정하는 듯한 목소리였다.

무영은 다시금 한쪽 입꼬리를 말아 올리곤, 그대로 눈을 감았다.

〈왕 살해자! 모든 순수 능력치가 30 상승합니다.〉

〈정의 집행! 신성력이 80 상승합니다.〉

〈권능포식자가 발동합니다.〉

〈계약 내용에 따라, '신력'을 획득했습니다.〉

〈칭호 '마신사냥꾼'이 생성되었습니다.〉

〈그레모리의 신뢰가 상승했습니다.〉

〈마족들이 사용자를 바라보는 시선이 불신 → 경외로 변화했습니다.〉

〈하지만 그들은 아직 사용자를 완전히 믿지 않습니다. 다만,

강력한 전사로서의 예우는 기대할 수 있을 것입니다.〉

고귀한 기사가 고개를 들었다.

붉은 별과 푸른 별.

그 두 별을 따르는 수많은 별.

시간이 지날수록 두 개의 별은 빛을 더해갔다. 갑작스럽게 나타난 혜성과 같지만 세상을 아우를 만한 빛을 뿜어대고 있었다.

고귀한 기사가 푸근한 미소를 지어 보였다.

"잘하고 있나 보군."

"별을 보고 있느냐, 킹슬레이어?"

고귀한 기사, 킹슬레이어가 시선을 옮겼다.

그의 시선에 한 노인이 걸렸다.

주변으론 용암이 빗발쳤고 디아블로의 비명 소리가 계속해서 들렸다.

"당신을 계속 찾아다녔소, 솔로몬."

"이면에 있어야 할 네가 나를? 우리의 계약은 그런 게 아니었을 텐데?"

"계약은 그저 내 소망을 이루기 위해서였을 뿐. 하지만 이제는 그 계약이 필요가 없어졌소. 나를 대신해서 소망을 이뤄줄 존재를 찾았으니."

"허! 계약을 해놓고 필요가 없으니 파기하겠다! 고귀한 기사인 그대답지 않은 발언이로군."

노인, 솔로몬이 가소롭다는 듯이 웃었다.

"무엇보다 너의 꿈은 남이 이룰 수 있을 정도로 가벼운 게 아니지 않던가?"

"나는 그가 올바른 선택을 할 것이라고 믿소. 그리고…… 잘못된 것을 바로잡지 않으면 나는 성이 차질 않는다오."

킹슬레이어.

그는 달라졌다.

자신의 왕을 위해 헌신했으나 너무나도 강력했기에 배신당한 그. 새로운 희망의 왕국을 세우고자 하였으나 계속되는 배신에 절망하고, 절망하고, 또 절망한 끝에 홀로 남은 그가.

무영을 보고 마음을 바꿨다.

나도 계속해서 치열하게 나아가겠노라고.

계속해서 자신의 뜻을 관철시켜 보겠노라고.

무영은 그저 작은 돌멩이였을 따름이지만, 그 돌멩이가 멈춰 버린 호수에 거대한 파장을 낳은 것이다.

"세계의 이변을 읽었소. 솔로몬, 그대가 다시금 이곳에 나타나리라 확신했지. 그동안은 레메게톤의 힘이 그대가 이곳에 오는 걸 막았지만, 레메게톤도 '이변'만은 어찌할 수 없으니 말이오."

이변.

킹슬레이어가 화산 안을 바라봤다.

디아블로. 그의 출현은 이변이었다.

세계와 세계를 이어버렸다.

그래서 이곳에 솔로몬이 당도할 수 있었다.

솔로몬은 고개를 끄덕였다.

"그래. 기사여, 그 말대로다. 한데 계약을 파기하면서까지 나를 찾은 이유가 무어지? 잘못을 바로잡겠다고 했는데 무슨 잘못을 말하는 건지 모르겠군."

솔로몬의 말이 끝나기 무섭게 킹슬레이어가 시간을 멈췄다.

128배속.

공기의 저항마저 느껴지는 그 찰나의 순간.

그 순간 속에서 둘은 대화를 이어 나갔다.

"그대는 이곳의 멸망을 바라오. 모든 생명체가 사라지길 바라지."

"당연하다. 이곳은 본래 마계 따위가 아닌, 내가 만든 쓰레기통에 불과했으니까. 쓰레기통이 차면 버리고 없애는 게 당연하지 않은가?"

"쓰레기통이라……. 나는 그것이 잘못되었다는 걸 알면서도 수긍하고 있었소. 한때의 나는, 내가 살던 세계에 절망하며 모든 걸 파괴했으니 말이오. 하지만 잘못된 것이었소. 내 잘못은 시간이 지난다고 사라지는 게 아니야. 하다못해……."

적의.

솔로몬은 그를 읽었다.

킹슬레이어도 굳이 숨기지 않았다.

스르릉.

고귀한 기사가 자신의 덩치만 한 대검을 뽑아 들었다.

"앞으로 생길 비극만은 막아야 하지 않겠소?"

그 적의를 읽은 순간, 솔로몬도 미소를 지웠다.

"영광의 기사여! 본래라면 허무에 떨어져야 할 너를 구해 준 내게 검을 들이미는군."

"나는 더 이상 고귀하지 않소. 불의와 타협한 나는 영광의 기사 따위가 아니오."

"그래? 참으로 아쉽구나. 너와는 뜻이 통할 줄……."

스아아아악!

촤악!

눈 깜빡할 찰나.

말이 끝나기도 전에, 킹슬레이어가 솔로몬의 몸을 베었다.

대지가 조각났다.

하늘이, 허공이, 마치 퍼즐처럼 잘게 잘려 나갔다.

결코 현실적이지 않은 현상.

광범위한 공간이 마치 같은 세계가 아닌 것만 같은 기묘한 분위기.

"아깝군. 조금만 더 했으면 진정한 전능의 세계로 진입했을 터인데."

그 위에, 솔로몬이 있었다.

그리고 그 밑에 킹슬레이어가 입고 있던 갑주 따위가 널브러져 있었다.

진짜로 시간을 움직여 솔로몬을 멸하려 하였으나 부족했다. 주변의 공간과 시간이 썰려 나간 것은 그 여파였으나 완전히 공간과 시간 자체를 장악하진 못했다.

그것이 킹슬레이어의 한계다.

허무로 끌려간 반쪽짜리 신의 한계.

킹슬레이어는 그 한계를 뛰어넘으려고 무리했고 그 결과 자멸에 가까운 타격을 입었다.

하기야 반쪽으로는 전능한 유일신 솔로몬을 이기지 못한다는 걸 그도 알고 있었을 것이다.

"이면의 주인은 결코 이면에서 나오면 아니 된다. 너희가 만드는 결과는 항상 파멸적이고 아주 엉망이지. 그것을 알기에 나와 계약을 하지 않았던가?"

솔로몬이 작게 중얼거렸다.

계약을 깬 결과는 소멸이었다.

킹슬레이어. 과거 고귀한 기사였던 그는 이제 없다.

그러나 아무런 성과도 없는 것은 아니었다.

솔로몬이 자신의 신체를 내려다보았다.

신체가 급속히 늙어가다가 다시 젊어지기를 반복하고 있었다.

"그래도 제법이로군. 스스로를 제물 삼아 내 '시간'을 묶어 버릴 줄이야. 이런 방법이 있을 줄은 몰랐군."

솔로몬. 그는 어디에도 있고, 어디에도 없다.

시간의 법칙 바깥에서 존재했기 때문이다.

하여 죽어도 죽지 않았다. 불멸자와는 다르다. 그들은 진정한 의미에서의 불멸자가 아니었으므로.

그렇기에 바알조차 솔로몬을 두려워하며 레메게톤으로 아예 입구를 봉쇄한 것이 아니던가.

한데…… 솔로몬의 유일한 약점을 킹슬레이어가 간파했다.

억지로 솔로몬을 시간의 굴레에 넣어버린 것이다.

128배의 배속이라는 스스로의 한계를 넘어 거의 200배속까지 시간을 몰아붙여 억지로 포박해 버린 것이다.

256배속의 시간으로 온전히 실행했다면 꼼짝없이 당했을 터.

본래 이런 일은 오로지 '시간의 천사'만이 가능했다. 하지만 '시간의 천사'는 레메게톤의 봉인이 풀리며 함께 소멸되었다.

솔로몬은 그렇게 알고 있었다.

"킹슬레이어, 네가 과거 조금만 덜 절망했다면 온전히 세계의 법칙을 움직일 수 있는 존재가 되었을지도 모르겠구나."

하지만 실현 가능성은 없었다.

그는 이미 소멸했으므로!

절망은 신격을 좀먹는다.

킹슬레이어는 너무나도 절망한 탓에 온전한 신이 되지 못했다.

그만이 아니라 이면의 주인 모두가 그렇다. 이면의 주인들이 결코 솔로몬을 이길 수 없는 이유다.

완전무결한 신만이 솔로몬에게 대항할 수 있었다.

그리고 마신들조차 그 바알조차도 온전한 신과는 거리가

있었다.

'시간의 굴레에 나를 넣었다고 없던 희망이 생길 것 같으냐?'

킹슬레이어가 억지로 시간의 굴레에 넣었다고 한들 그의 신격은 여전했다.

전지전능!

감히 누구도 대항하지 못한다.

그와 같은 동급의 신격만이 솔로몬에게 타격을 줄 수 있었다.

마계엔 그런 존재가 없다.

하지만 그런 전능한 솔로몬이라도 당장 원하는 바를 행할 순 없었다.

'부질없다는 걸 증명해 주지.'

레메게톤에 의해 본래 솔로몬은 마계에서 영향력을 행사하는 게 불가하다.

하지만 디아블로로 말미암아 생겨난 '이변'을, '대균열'을 더욱 넓히면 솔로몬이 바라는 '청소'도 가능해질 터였다.

'파이몬.'

솔로몬이 고개를 들었다.

파이몬의 정신체가 흔들렸다.

그는 비밀을 파헤치는 자로서 킹슬레이어와 솔로몬의 싸움을 처음부터 끝까지 지켜본 유일한 존재.

그리고 파이몬은 지금 중대한 기로에 서 있었다.

솔로몬이 혼잣말처럼 내뱉은 말.

'시간의 굴레에 넣어졌다'는 그 말.

어쩌면 솔로몬의 유일한 약점이 될지도 모른다.

하지만 파이몬은 비밀의 누설에 제약이 있었다. 그것이 세계에 미치는 영향력이 클수록. 하물며 '솔로몬의 약점'이라면 스스로 소멸의 길로 걸어 들어가는 꼴이었다.

그래서 아랑곳하지 않았으나, 솔로몬은 내심 파이몬이 바알에게 이 사실을 알리길 바랐다.

그들이 발버둥 칠수록 솔로몬의 영향력은 확대된다.

오히려 시간을 단축할 수도 있을 것이었다.

어느 쪽이든 솔로몬은 그다지 상관이 없었다.

이곳, 그들이 스스로 마계라 이름 지은 장소.

여기엔 진짜 악마도, 천사도, 전능한 신도 없으니까.

아르타나스.

데스 로드로 불리는 그는 여전히 어둠 속에 있었다.

이면.

이곳은 아무것도 없고, 또한 모든 게 있는 장소다.

이곳에서 이면의 주인들은 꿈을 꾼다. 자신들이 보고 싶은 걸 보고 가장 행복했던 순간을 무한히 체험한다. 그리고 좌절도 함께 겪는다. 그들 모두는 극한의 좌절 끝에 허무로 떨어진 반쪽짜리 신이었다.

그것은 아르타나스…… 데스 로드 역시 마찬가지.

그는 보고 있었다. 데스 로드로 불리기 전의 자신을.

"생명 마법의 창시자, 위대한 라이프 로드시여!"

"아이를 치료해 주셔서 감사합니다. 아아!"

"찬송하라! 아르타나스, 그야말로 대륙의 유일한 성자이시니!"

생명 마법. 그것은 호문클루스와 같은 '인조 생명'을 만들어내는 마법. 그리고 그 '인조 생명체'를 이용하여 아르타나스는 수많은 이를 고치고 살렸다.

라이프 로드라고 불리며, 진정한 성자라고 불리며 그는 수많은 이의 희망이 되었다.

하지만, 아는가?

생명 마법이라 하는 것은 결국 죽음과도 밀접한 관계가 있다는 걸.

그는 손대선 안 되는 영역을 넘어섰다. 인조 생명체의 창조를 넘어 죽은 자를 살리기 위한 마법에까지 영역을 넓히고자 한 것이다. 그야말로 진정한 '신'만이 가능한 그곳에 닿고자 하였다.

그리고 그 오만함을 파멸을 낳았다.

수많은 실험, 무한한 좌절 끝에 그는 스스로의 몸까지 리치로 바꿨다. 그 결과 그는 지탄받았다. 해서는 안 되는 실험과 금지된 마법을 실행한 결과였다. 끝내 죽음의 사도가 되었다며 전 제국의 공격을 받았다.

"나는 잘못된 길을 걸었던 건가?"

아르타나스는 마치 파노라마처럼 지나가는 장면들을 멀리서 바라보며 자문했다.

데스 로드. 그는 후일 그렇게 불렸다.

하지만 진정한 신의 영역에는 닿지 못했다.

리치가 되지 않았다면, 애당초 그러한 실험 따위를 하지 않았다면 다른 길이 있었을지 수백, 수천, 수만 번을 자문했으나 답은 나오지 않았다.

데스 로드만이 아니다. 이면의 모든 주인이 자신의 문제에 답을 구하지 못하고 있었다. 아주 오랜 시간 동안 그들은 제자리걸음만 하였다.

오로지 한 명…… 킹슬레이어를 빼고는.

"킹슬레이어, 무엇이 너를 움직인 것이냐?"

그는 움직였다. 이변을 읽었고 솔로몬을 찾아 나섰다.

갑자기 정의감이 들어서?

아서라. 이면의 주인들에게 그러한 감정은 마모된 지 오래다.

변화가 생긴 것이다. 그 변화의 원인은 하나밖에 없었다.

'무영. 놈에게 무엇을 본 거지?'

무영. 녀석은 대단했다. 죽음의 예술. 죽음의 힘을 완전히 자신의 것으로 만들었다. 하지만 그게 끝이다. 녀석도 아르타나스가 좌절했던 벽은 넘지 못할 것이었다.

확신했다. 그런데 킹슬레이어는 다르게 본 모양이었다.

'무영의 잠재력은 나 이상이다. 나는 그가 마지막에 이르러 무슨 선택을 할지 궁금할 뿐이야. 나처럼 좌절할지, 아니면 또 다른 선택을 할지.'

영광의 기사.

단순한 무력은 이면의 주인들 중에서도 상위권을 다룰 터인 그가 무영을 인정했다. 인정한 순간 그는 움직였다. 이면을 빠져나간 것이다.

자신의 과거로부터 벗어나겠다는 이야기.

하물며 솔로몬과 대적하겠다니.

'소멸했군.'

이면의 주인은 11명.

마찬가지로 이면에는 11개의 방이 존재한다.

그중 하나가 지금, 사라졌다.

애당초 이 방이라는 건 주인의 마력으로 유지된다. 방의 주인이 소멸했으니 방도 자연스럽게 사라진 셈이다.

'결과는 정해져 있었다. 무모한 도전이었어.'

솔로몬은 평범한 신이 아니다. 몇 개의 세계를 조정하는 태고신으로, 세계의 균형을 유지하는 역할을 맡고 있었다.

예컨대 생물의 멸종, 진화와 같은 부분을 맡는, 그야말로 최고위의 신이었다. 그나마 '시간'을 다루는 킹슬레이어에게 희망이 있긴 했으나 그 희망도 이제는 으스러진 듯싶었다.

'나는……'

아르타나스.

그가 멀어져 가는 영상을 바라봤다.

자신의 과오, 과거에 일어난 일들.

언제까지 후회만 하고 있을 것인가?

이전에는 이런 궁금증도 없었다.

이면의 주인들 중 이러한 의문을 갖게 된 건 오로지 둘.

킹슬레이어와 데스 로드뿐이었다. 그리고 둘은 무영과 직접적으로 연관되어 있었다. 혼의 연결. 영향을 받을 수밖에 없다.

하지만 아르타나스는 부정했다.

'나도 그저 궁금할 뿐이다. 킹슬레이어, 네 녀석의 말마따나 놈이 어떤 선택을 할지 그저 궁금할 뿐이야. 다만, 너와는 다른 방법으로 행할 것이다.'

아르타나스가 자신의 방을 나섰다.

그러자 천천히 방의 문이 닫히기 시작했다.

끼이익!

쿵!

무영은 신전 안에서 눈을 떴다.

하늘까지 닿은 거대한 신전의 중심부. 그곳의 샘 안에서 나체로 정신을 차렸다.

"음."

약간의 통증과 함께 전신을 살폈다.

'치료가 되어 있군.'

잘려 나간 오른쪽 상반신이 재생되어 있었다. 아무래도 이 샘은 치유력을 극대화시킨 샘인 듯싶었다.

"그대로 계세요. 아직 치유가 덜 됐어요."

그 반대편에 그레모리가 있었다. 그녀는 얇은 천 한 장만을 걸친 채 무영과 마찬가지로 샘 안에 몸을 담그고 있었다. 굴곡이 다 비쳤고 감히 수컷이라면 끌릴 수밖에 없는 그러한 매력을 풍겼으나 무영은 미동도 하지 않았다.

"대단하군요. 웬만한 마신들도 저를 보면 흔들리는데."

"흔들렸으면 좋겠나?"

그레모리가 고개를 저었다.

"아니요. 흔들리지 않아서 믿을 수 있습니다."

믿음이라.

둘의 인연이 길지는 않았다. 직접 본 건 고작 두 번째. 물론 무영은 그레모리를 구했다. 그 부분에 있어서 큰 점수를 얻은 듯했다.

"앞으로 어쩔 셈이지?"

주제를 돌렸다. 그레모리의 생각을 듣고 싶었다.

"남은 반대파를 모아서 시간을 끌어야지요. '알스 노바'를 우리가 찾으면 바알도 함부로 움직이진 못할 겁니다."

"알스 노바는 나에게 있다."

"······!"

그레모리의 눈이 화등잔만 해졌다. 설마 알스 노바마저 무영이 가지고 있으리란 생각은 추호도 해본 적 없으니 당연한 일이었다.

"그리고 시간만 *끄*는 건 마음에 안 드는군."

한동안 그레모리는 아군이었다. 최대한 활용하려거든 무영도 자신이 가진 패를 어느 정도 보여줄 필요가 있었다.

"그럼 다른 수가 있나요? 저들은 너무 많고 강력하답니다. 우리가 할 수 있는 건 시간을 끌며 기회를 엿보는 것뿐이에요."

그레모리는 살짝 회의적이었다. 사실이 그렇다. 무작정 공격하는 건 자살 행위다. 설령 알스 노바를 가지고 있더라도 말이다.

"레라지에가 소멸된 소식이 전해지면 저들은 결집할 것이다. 특히 과격파 쪽은 더욱 좋아할 테지. 우리는 그전에 움직여야 한다."

"반대파의 마신은 저를 포함해서 다섯뿐이 남지 않았답니다. 모든 병력을 합쳐도 천만 안팎. 과격파조차 상대하지 못해요."

맞다. 맞는 말이다. 아무리 빨리 움직여도 한계가 있다.

하지만, 다른 방법이 분명히 있었다.

"이 싸움이 왜 마족들만의 싸움이라 생각하는 거지?"

"그럼 아닌가요?"

"판을 넓히면 된다. 단순한 마족의 전쟁이 아닌, 마계의 운명을 건 모든 생명체의 전쟁으로.”

어차피 이대로 있다간 진다. 가만히 있다가 소멸당할 바엔 차라리 발악이라도 해보는 게 낫지 않겠는가. 그레모리와 몇몇 마신이 협력해 주면 불가능한 일도 아니다.

게다가 무영은 그 이상도 생각하고 있었다.

‘사방의 초월체들.’

그들의 도움도 얻겠다.

그레모리는 여전히 이해가 안 된다는 눈빛이었다. 오랜 시간 마족의 자신들만의 전쟁이라 생각하여 사고가 굳은 탓이다. 하여, 무영은 짧게 말했다.

“내가 도와주지.”

샘을 나와 옷을 갈아입으며 무영은 스스로를 점검하는 시간을 가졌다.

‘레라지에를 죽이며 얻은 게 많다.’

생각보다 많은 수확. 단탈리안에겐 약간의 신격과 기억을 빼앗은 것과 달리, 레라지에는 엄청난 선물을 남겼다.

무영은 칭호부터 살펴보았다.

‘마신사냥꾼이라.’

칭호 -〉

마신 사냥꾼(모든 능력치+60, 마신을 소멸시킬 때마다 30씩 증가.)

진화형 칭호!

기존에 가지고 있었던 '거부하는 자(모든 능력치+20)'보다 훨씬 좋다. 감히 칭호의 끝이라 칭해도 무리가 없을 정도다. 단 탈리안과 레라지에를 사냥했기에 60으로 책정이 된 듯싶었다. 말인즉, 이기면 이길수록 무영은 기하급수적으로 강해진다는 것.

'정의 집행, 왕 살해자.'

이기는 것만이 무영의 존재 의의임을 뒷받침을 해주는 능력이었다. 또한 무영이 가진 전승 효과 중 등급이 올라간 것들이 있었다.

전승 효과 →〉
검귀검신의 힘(???. 검귀 혹은 검신이 된다.)
근원의 별(S++. 모든 능력치+50)
왕 학살자(S++. 지혜지능+50, 왕의 진언 효과)
화염의 지배자(S++. 모든 순수 능력치+40)
죽음을 이끄는 왕(S. 죽음의 힘+50. 죽음의 힘 능력치에 따라 언데드 강화. 4당 0.1%, 500 기준 12.5%)
용 사냥꾼(A++. 지능지혜+15. 용의 대적자)
움(A+. 힘 10 증가. 도깨비의 시배자)
비탄의 그레모리(S. 모든 능력치+15)
아수라의 전승자(A. 망자와 마귀의 힘을 다루는 죽음의 힘 10 증가)
영혼 동반자(B+. 언데드와 영혼을 동화할 시 해당 언데드의 능력치 소폭 증가)

멀록의 후예(B+, 멀록의 성장이 빨라진다.)

요정의 축복(B, 요정들이 친근함을 느낀다.)

드워프의 맹우(B, 드워프가 친근함을 느낀다.)

악마사냥꾼(B++, 악마를 사냥하여 결정화를 얻을 확률이 올라간다.)

−〉

14개 전승 효과 총합:

모든 능력치+65(순수 능력치+40), 지능+55, 지혜+55, 죽음의 힘 +60, 힘+10

크게 바뀐 건 두 가지.

근원의 별과 비탄의 그레모리다.

'인도자의 별을 얻고 그레모리에게 인정을 받아서 변화한 모양이로군.'

잡다하다면 잡다하지만, 저 잡다함이 무영이 가진 최강의 무기였다. 모든 힘을 받아들이려 하였고 실제로 성공했다는 것 말이다. 거기에 모든 장비, 스킬의 능력치마저 합산하면 단순 보정치는 무영을 따라올 자가 없을 것이었다.

무영은 상태창 시계를 더 돌려 나머지를 확인했다.

직업 효과−〉

데스 로드(Lord class)

킹슬레이어(Lord class)

대천사(Lord class)

능력치―〉

힘 1,059(585+474) 민첩 827(398+429)

체력 816(401+415) 지능 850(385+465)

지혜 880(355+525) 투기 802(397+405)

마법 저항 885(240+645) 죽음의 힘 855(410+445)

악성향 950(555+395) 진 · 신성력 861(516+345)

진 · 화속성 805(460+345)

종합 레벨: 877

특이사항 : 루키페르의 힘이 봉인되어 있습니다. 가브리엘의 힘을 계승했습니다.

무영검을 만들고 있습니다. 가브리엘의 창이 심장에 새겨져 있습니다. 신력을 얻었습니다.

착용&적용 중인 무구 :

비탄(모능+15, 힘+75, 지능+45, 투기+30), 12궁도 중 3세트(모능+30, 마저+140, 죽음의 힘+40, 민첩+50), 불멸왕의 흉갑(힘+15,투기+30,체력+50,마저+80), 아이작의 신발(체력민첩+30, 지혜악성향+50), 해골장신구(힘+19, 민첩+4), 기사왕의 하의(모능+40, 충절), 황야 세트(마저+80, 지능지혜+20), 별빛(절대자의 별―모능+20)

얻은 게 많다 보니 복잡하게 보일 수 있지만, 중요한 건 능력치의 상승이었다.

종합 레벨 800대.

인류 누구도 밟지 못한 전입미답의 경지를 무영은 걷고 있었다. 특히 가장 많은 상승을 보인 건 힘과 악성향.

'레라지에의 신력을 얻고 힘이 크게 상승했다. 그리고 그와 단탈리안의 신격을 빼앗으며 악성향 역시 높아졌다.'

힘은 네 자리수를 달성했다. 1,049라니…….

몸이 유독 활기를 띤다고 생각하긴 했지만, 막상 힘을 써보진 않아서 와닿진 않았다.

무영은 '신력'의 정확한 설명을 파보고자 하였다.

신력: 사용자의 순수 능력치 '힘'이 1.5배가 된다.

순수 능력치 '힘'을 1.5배 증가시키는 어마어마한 권능이다. 단순한 1.5배가 아니다. 능력치는 높아지면 높아질수록, 그 활용이 커진다. 배수로 능력치를 높여주는 스킬은 없다. 권능만이 가능한 일. 레라지에의 그 무식한 힘이 설명되는 순간이었다.

'아직 부족하다.'

하지만 부족하다. 레라지에를 이긴 건 요행이었다. 천경으로 힘을 빼놓고 몇 번의 도박 끝에 겨우 이기지 않았던가. 한 번이라도 실패했다면 패배는 무영이 맞이했을 것이다.

지금 상태라면 하위급의 마신은 상대가 가능하겠지만 최상위에 있는 마신들을 상대하는 건 역부족이었다.

다른 마신들을 사냥하고 그들의 힘과 권능을 흡수하여 강해져야 한다.

그러기 위해선…….

'그레모리가 필요하다.'

그레모리는 반대파의 수장이다. 유일한 여성체 마신으로서 방어에 능하다는 그 특성상 나머지 네 마신의 지지를 얻고 있었다.

무르무르, 포르네우스, 시트리, 아스모다이.

그들 모두와 힘을 합치면 무영의 이상이 실현 불가능하진 않았다.

문제는 그들이 과연 그레모리의 발언에 동의할 거냐는 것.

'하지 않을 가능성이 더 높겠지.'

아무리 그레모리를 따라온 마신들이라 할지라도 마족은 마족 특유의 오만함이 있었다. 힘을 합친다? 평등한 조건에서 서로가 공조하는 걸 그들이 좋아할 리는 없었다.

애당초 반대파의 의견은 '자신들의 노예가 될 종들은 살려두자'는 것이었으니 '평등하게 대하자'가 결코 아닌 것이다.

하지만 그들은 현실을 깨달아야 한다.

여기서 무영의 입지가 중요했다.

'나란 존재의 가능성.'

단탈리안의 기억, 레라지에의 신력. 그리고 무영이 가진 루키페르와 가브리엘의 힘!

51격까지 깨우친 무영검과 거기에 알스 노바까지 있다.

더불어 무영이 '인간'이라는 점.

무영이 가진 무기는 차고 넘쳤다. 그레모리의 신뢰마저 얻는다면 날개를 몇 개나 단 셈이다.

'지금부터가 중요하다.'

그레모리와 합류했다. 이제야 작은 산 하나를 넘었다. 전략을 잘 짜야 했다. 마신들의 동의를 얻어도 다른 종족이나 사방에 있는 초월체들의 동의를 얻은 건 또 아니었으니까.

직접 찾아가는 건 시간이 너무 오래 걸린다. 적임자 몇을 두고, 하나씩 그들이 찾아오게 만들어야 했다.

그리고 무영은 적임자로 생각해 둔 이가 한 명 있었다.

'용군주 한성. 그가 적임자다.'

용들의 왕에게 신임 받는 그라면 나머지 세 초월체를 끌어들이는 것도 수월할 터였다.

모든 산의 주인, 죽음의 군주, 달의 아이!

그들 하나하나가 마신과도 대적할 수 있는 힘을 지녔다고 알려졌다. 특정 조건에선 오히려 마신들보다 강하기에 마신들도 섣불리 그들의 영역만큼은 침범하지 못하고 있다고.

솔직히 무영도 그들을 만나본 적은 없었다.

그러니 조금이라도 더 잘 아는 용군주 한성이 적임자라 할 수 있었다.

'세라피나와 펜드래건이라면 그를 찾는 방법을 알겠지.'

무영은 그 둘을 잊지 않았다. 이단 심문관 중 하나인 세라피나는 어렸을 적부터 한성과 인연이 있었고, 세라피나의 기사가 된 펜드래건은 한성의 직전제자였다.

그 둘이라면 한성을 찾는 방법 정도는 알고 있을 터.

'사람들도 끌어들인다. 대도시, 뮬라란, 군자성 그 외의 모든 인류를 끌어들여 각축장으로 만든다.'

인류도 빠질 순 없었다. 그들의 숙련도가 마음에 들지는 않지만, 전쟁은 보다 획기적으로 강해질 기회를 제공한다. 비록 많은 이가 죽겠지만 어차피 싸우지 않으면 모두 죽는 건 매한가지.

또한 그들이 모여야 '소멸 조건'이 완성되는 마신도 있었다. 수많은 이가 움직이면 움직일수록, 수많은 변수가 만들어지고 그를 무영이 활용할 수 있게 된다.

그리고 그들 모두를 모으는 데 적합한 이가 다행히도 휘하에 있었다.

"배승민."

이름을 부르자 바닥에 둥그런 원이 생기며 배승민이 튀어나왔다.

이곳은 그레모리의 신전. 본래라면 무영만이 들어오는 걸 허락받았지만 무영의 역량으로 특별히 한 명을 더 부른 것이다. 그만큼 은밀하게 일의 처리를 맡기기 위함이었다.

"부르셨습니까."

조용히 고개 숙인 배승민을 향해 무영이 말했다.

"철의 마왕 엔로스와 장미의 마왕 소아라를 대동하여 뮬라란으로 향해라."

"엔로스와 소아라까지 대동할 필요가 있을는지요?"

배승민 혼자서도 가능하다는 이야기다. 그는 타칸과 달리

만용을 부리지 않는다. 고작 뮬라란. 배승민 혼자서도 유사 시에 대비할 수 있겠지만, 무영은 확실한 걸 원했다.

"네가 할 일이 많다. 강한 수족이 필요할 것이다."

"명을 따르겠습니다."

용군주 한성을 찾고, 뮬라란과 접촉하여 무영을 따르도록 해야 한다. 뮬라란이 움직이면 대도시와 군자성도 움직이게 되어 있었다. 그리고 인류 중 가장 큰 그 세 곳이 움직이면 모든 이가 함께할 수밖에 없다.

물론, 그 과정에서 무영이나 배승민이 겉으로 나오는 일은 최소화해야 했다. 어쨌거나 무영은 그들을 공격한 전례가 있었다. 경각심을 세우기 위해서라지만, 괜한 반발심을 살 필요는 없다. 겉으로 나서는 건 한성과 그레모리, 그 둘 정도면 족했다.

무영은 그림자 속에서 그들을 움직여 적들이 빠져나갈 수 없는 그물을 설치해야만 했으니.

"중간 합류 지점은 나의 영지로 정하겠다. 최대한 빨리 일을 처리해야 할 것이다."

"저의 능력을 십분 활용토록 하겠습니다."

죽음과 관련된 그 능력을 이용해서라도 인류를 규합하겠다는 소리다. 모든 열쇠는 뮬라란과 한성에게 달렸으니 교황을 죽이거나 한성을 언데드로 만들어서라도 일을 진행하겠다는 의지가 전해졌다.

무영도 더 말을 덧붙이진 않았다.

배승민의 능력은 무영도 인정하는 바였다. 또한, 그는 신중하고 누구보다 냉철하다. 배승민이 그러한 선택을 한다면 존중할 필요가 있었다.

나머지 다른 종족의 합류. 도깨비와 거인 불타르, 드워프의 규합은 쉽겠지만 엘프를 비롯한 소수 종족까지 모으려면 더욱 바삐 움직여야 한다.

배승민 하나로는 부족하다. 그럴 만한 인재가 있긴 했지만, 무영의 말을 들을 지는 미지수였다.

'고위 하이엘프인 아인.'

어찌 보면 필요한 것을 무영은 이미 전부 가지고 있는 셈이었다.

무영은 그림을 그렸다. 지금은 비록 뼈대밖에 완성되지 않았지만 그림이 완성되는 날, 천지는 개벽할 것이었다.

치료를 끝마치고 신전을 나섰다.

동시에 수많은 마족의 시선이 무영에게 꽂혔다.

새로이 등장한 마왕, 잿빛.

레라지에를 직접 쓰러뜨린 그 광경은 아직도 그들의 뇌리에 새겨져 있었다.

무영은 주변을 둘러보았다.

"내가 마음에 들지 않는 눈초리로군."

경외하지만 신뢰하진 않는다. 저들의 눈빛은 그러했다. 수많은 마왕과 마족들이 오로지 무영이 나오는 걸 기다리고 있었던 것이다.

그리고 신뢰 없는 경외는 의심을 사게 마련이었다.

"잿빛의 마왕! 나는 24군단의 마왕 오큘러스! 너에게 결투를 청한다."

레라지에를 상대한 그 장면을 봤다면 하지 못할 승부이나, 마족과 마왕은 더한 확신을 원했다. 원래 어느 누구든 자신이 직접 겪지 않으면 제대로 모르는 법이었고, '만에 하나'라는 걸 염두에 두고서 그들은 움직인 것이다.

무영은 어깨를 으쓱했다.

반대파의 마신들이 이곳에 당도하기 전에 주변 정리를 먼저 하는 것도 나쁘진 않을 듯싶었다.

"나는 살살 하는 법을 모른다."

문제는 이 말이 진짜라는 것.

신력을 얻고 힘을 조절하는 연습은 아직 하지 않았다.

잘못 맞으면 레라지에의 주먹에 터져 버린 다른 마족들처럼 같은 꼴을 겪게 될 것이다.

"상관없다! 네 힘이 진짜라면!"

무영은 고개를 끄덕였다.

하기야 갑작스럽게 튀어나온 마왕이 그레모리의 최측근이 됐다. 반박이 있을 수밖에.

펄럭!

무영이 날개를 크게 펼쳤다.

"이런 문제를 길게 끌 필요는 없을 것 같군. 오큘러스, 그대 외에 다른 자들은 없나? 나를 불신하고 내게 불만이 있는 자들 말이다."

없을 리가 없다. 저들의 눈빛이 더욱 포악하게 빛났다.

무영은 입꼬리를 말아 올리며, 손가락을 까딱거렸다.

"한꺼번에 덤비도록."

"오만한 놈!"

그들은 사양치 않았다. 애당초 마족들은 명예라는 글자를 제대로 이해하지 못하는 족속. 다섯 마왕을 포함해 일천에 달하는 마족이 무영을 향해 이빨을 세웠다.

무영은 비탄도 꺼내지 않았다.

힘 조절하는 법을 이번 기회에 익히고자 함이다.

콰아아아앙!

그리고 무영이 주먹을 한 차례 휘두른 순간, 그들은 깨닫게 됐다.

잿빛의 마왕. 그는 단순한 마왕이 아니란 것을.

그는 격이 다른 존재란 것을!

61장
초월자들

모두가 침묵했다. 굳이 싸움을 이어갈 필요도 없었다.

한 방.

대지가 파열하고 바닥이 깊게 패였다. 신전이 흔들리며 자칫 쓰러질 듯이 위태했다. 신전 자체에서 거대한 방어벽이 세워지며 막아서지 않았다면 그레모리의 신전마저 붕궤되었을 것이다.

후우우우웅!

거대한 풍압.

전신의 털이 쭈뼛 설 정도의 위력!

달려들던 마족 수십이 흔적도 없이 사라졌다. 증발이라도 한 것처럼 말이다.

마왕들이 제자리에 섰다. 달려들던 마족들도 뒤로 물러났다. 무영조차 멈칫할 수밖에 없었다.

'이 정도일 줄은…….'

신력을 얻었으니 실험을 해봐야 했다. 그래서 전력을 다해 바닥을 내려쳐 본 게 전부다. 설마 이만한 파장이 생길 줄은 무용조차 상상하지 못했다.

레라지에가 보인 그 괴력만큼은 아니지만 50m 크기까지 뻗어 나가는 덩치에서 나오는 괴력과 무영의 몸집에서 나오는 괴력이 주는 이미지는 분명히 달랐다.

1,000이 넘는 힘 수치.

이 정도면 감히 '초월했다'고 말할 수 있을 것이다. 일반적인 생명체가 내보일 수준은 분명히 넘어섰다.

"멈추세요."

투명한 방어벽이 세워진 신전의 입구 가운데로 그레모리가 모습을 드러냈다.

무영이 느끼기에 그녀는 이런 일이 벌어지리란 예상을 하고 있었을 것이다. 그러니 저토록 시기적절하게 신전을 지켜낼 수 있었을 터.

그녀는 무영의 힘을 깨닫고 서열 정리를 위한 시간을 준 셈이었다.

그리고 무영은 단 한 번의 주먹질로 증명해냈다. 실제로 수십만의 마족이 꿀 먹은 벙어리처럼 무영을 쳐다만 보고 있었다.

적의? 악의?

그 역시 날아갔다.

수십의 마족이 죽었으나 애당초 마족들 사이에 의리를 인간과 대입하면 안 된다. 그들에게 복수심은 매우 옅었다.

"그레모리시여."

가장 선두에 섰던 마왕들이 엉거주춤히 무릎을 꿇었다.

무영도 나름의 예를 다했다. 어쨌거나 무영은 '27군단의 마왕', 그것도 잿빛이란 이명을 가진 마왕이었고 그 이름을 준 건 그레모리였다.

하물며 그레모리는 무영의 계획에 있어서 필수적인 존재.

겉으로라도 그녀를 띄워줄 필요는 있었다. 적어도 '기본'은 해줘야 하지 않겠는가.

그레모리가 천천히 다가오며 무영의 곁에 섰다. 그녀가 왼손을 내밀었고 무영은 그레모리의 손등에 입을 맞췄다. 간단한 충성 서약과 비슷한 행위. 무영이 본격적으로 그런 모습을 보인 적이 없으니 마왕들이나 마족들의 눈빛이 제법 거세게 흔들렸다.

"그는 제가 이명을 내린 잿빛의 마왕입니다. 비록 그가 외부에서 온 이방인이라 하나, 27군단의 군주가 된 이상 사사로운 감정에 이끌려 싸움을 거는 것을 불허합니다."

그레모리는 확실하게 선을 그었다. 앞으로 이런 일이 벌어지지 않도록 모두에게 주의를 주었다. 지금부터가 중요하다는 걸 그녀 역시 아는 것이다. 내부에서 무너지는 것만은 반드시 막아야만 했다.

거기에 무영이 이러한 행동을 취함으로써 명분도 얻었다.

비록 저들의 입장에서 무영은 여전히 건방지긴 하겠지만, '실력'으로 계속해서 입증한다면 다른 마족들과 그 너머 마신들까지 무영을 어찌할 순 없을 것이다.

마족들의 사회는 '실력'이 최우선 되니 말이다.

"긴급회의를 소집하겠습니다. 무르무르, 포르네우스, 시트리, 아스모다이. 최대한 빨리 그들이 올 수 있도록 움직이세요."

반대파의 마신들을 모조리 소집한다. 그레모리는 그럴 만한 권한이 있었다. 하우레스와 레라지아가 소멸된 이상 당분간은 눈치를 볼 필요가 없었다.

찬성파의 마신들이 다른 행동을 취하기 전에 미리 선수를 치겠단 작전. 더불어 무영은 가장 선두에서 모든 궂은 일을 맡게 될 가능성이 높았다.

'그레모리는 내 목적 따위를 전혀 묻지 않았다.'

굳이 묻지 않은 건 행동으로 보겠다는 뜻이리라.

갑자기 나타난 외인을 아무런 의심 없이 포용할 정도로 그레모리는 무르지 않다. 전쟁을 이어가며 무영의 진심을 확인하려 들겠지.

상관없었다.

무영의 목적은 마신들의 말살!

세계의 진실을 파헤치고 살아남은 인류와 함께 지구로 돌아가는 것이다. 무영은 진정으로 '인도자'가 될 작정이었다.

'내 과거는 남에 의해 움직여졌다.'

살수 시절, 무영은 꼭두각시였다. 누군가의 필요해 의해 아무런 의식 없이 누군가를 죽였다.

하지만 이제는 다르다.

자신의 의지로 살아가겠노라고 그렇게 다짐하지 않았던가.

편히 살고자 하였으면 그리 할 수 있었을 것이다. 미래를 알고 있으니 그저 방관만 해도 족했으리라.

하지만 그러지 않았다. 무영은 멈추는 걸 경계했고 나태해지려는 자신에게 채찍질을 했다. 굳이 어려운 길을 선택해 가며 여기까지 왔다. 한 번이라도 스스로에게 타협했다면 도착하지 못했을 것이다.

'나아가자. 멈추지 말자. 뒤도 돌아보지 말자.'

시작이 반이랬다.

무영은 벌써 반을 온 것과 다름이 없었다.

반대파의 마신들을 초빙하고자 마왕들이 움직였다. 그들은 자신의 군단을 이끌고 자리를 비웠다.

하지만 무영은 남아 있었다.

하늘까지 닿은 이것, 천경 때문에.

'움직이지 않는군.'

레라지에와의 싸움으로 천경은 기능을 멈췄다. 죽은 걸까? 건드려 봐도 아무런 반응이 없는 걸 보면 죽은 것 같기도 하였다.

"천경에 대해 아는 바가 있나?"

그레모리 역시 천경을 바라보고 있었다. 적어도 천경이 만들어지는 일에 그레모리가 개입하진 않았다. 천경은 찬성파 쪽에서 만든 걸작. 역시나 그레모리는 고개를 저었다.

"이러한 존재가 있다는 이야기만 들었습니다. 아마도…… 바알의 작품이겠지요."

"바알의 작품이다?"

단탈리안도 천경을 자세히 알지는 못했다. 단지 '매우 불길한 존재'인 것만은 분명했는데, 디아블로를 막고자 만들어진 게 아니라면 무엇일지가 불분명했다.

"바알은 우리와는 다른 존재입니다. 그는 어쩌면 '유일한 자'일지도 모르지요. 때문에 우리는 그의 생각을 전혀 알 수가 없답니다."

그레모리의 말은 우회되긴 했으나 파격적이었다. 한마디로 바알은 '다른 마신들'과는 분명히 다른 존재라는 뜻이었다. 그레모리는 그를 인정하고 있었고 레라지에의 행동을 보면 확실히 맞는 말 같기도 하였다.

'마신은 본래 지구의 인간이다.'

무영은 조금 더 확신할 수 있게 되었다.

단탈리안이 인간의 이름을 가지고 있었던 것. 그리고 그의 기억 속 단편들을 마주하며 그럴지도 모른다고 생각했지만 레라지에를 잡고 확실해졌다. 마신들은 본래 인간이었다고.

아마도 바알이 다르다는 건 본래 '인간이 아님'을 뜻하는 게 아닐까.

무영은 잠시 고민했다.

어쩌면 마신들에게 있어서 '과거 인류'였음은 아킬레스건일지도 모른다. 그레모리에게 묻는다면 겨우 형성한 신뢰 관계가 무너질 수도 있었다.

하지만 궁금한 게 사실이었다. 어떻게 인간이 마신이 될 수 있었는지. 아예 다른 종, 마족으로 태어나 신격을 얻게 되었는지를.

"궁금한 게 많은 모양이로군요."

"나는 본래 마족이 아니니 어쩔 수 없지."

"인간……. 그대는 인간이죠."

그레모리는 무영의 원류를 알았다. 비록 잿빛 날개를 가지고 있다지만, 날카로운 통찰력으로 무영의 정체를 파악한 것이다. 그것을 알기에 무영도 숨기지 않았다.

그레모리가 눈을 감고 이어서 말했다.

"바알이 천경을 만들었다면 아주 깊은 뜻이 있을 거예요. 어쩌면, '그'의 등장 때문일지도……."

"그?"

"그대가 제 휘하에 놓였으니, 감출 이유는 없겠죠. 솔로몬이 나타났어요. 하우레스를 제거한 건 솔로몬과 디아블로…… 그들이었습니다."

무영은 잠시 말문이 막혔다.

솔로몬이 마계에 있다?

하물며 솔로몬이 디아블로와 함께한다는 건 처음 접한 정보였다. 그러고 보면 솔로몬에 대한 마신들의 증오는 상상

이상이었다. 그레모리도 마찬가지였다. 두려워하면서도 증오하는 감정을 그대로 드러냈다.

"찬성파의 마신들도 눈치챘겠군."

"솔로몬이 본격적인 활동을 시작했다고는 생각하지 못할 거예요. 디아블로를 조종하는 게 솔로몬이라는 것도 모르겠지요."

무영은 턱을 쓸었다.

이 정보를 이용할 순 없을까?

지금 찬성파는 반대파를 없애는 데에만 집중하고 있었다. 시선을 흩뜨리는 용도로 사용하기 꽤 적합한 듯싶었다.

"소문을 흘리지."

"솔로몬의 출현을요?"

"솔로몬이 찬성파의 마신들을 없애고 있다. 이 정도면 충분하겠군. 하우레스와 이번 레라지에도 솔로몬의 작품이었다고 하면 혼란이 가중될 것이다."

문제는 휘하 마족과 마왕들의 입단속이지만, 그 부분은 걱정하지 않아도 될 것 같았다. 그레모리의 휘하 마족들은 오로지 그레모리바라기였다.

맹목적인 충성으로 똘똘 뭉쳐 있으니…….

"쉽게 믿지 않을 거예요."

솔로몬이라니, 굳이 찬성파의 마신들만 죽이고 다닌다니 웃기는 이야기다. 하지만 무영은 진지하기 그지없는 표정이었다.

"반대파의 마신들. 그들이 온전한 '반대파'라고 생각하긴 힘들다. 분명히 찬성파 쪽에 반쯤 발을 걸친 자도 있을 테지."

"……."

그레모리는 침묵했다.

무영의 예상대로였다.

"나머지 네 마신이 모이면 은근슬쩍 흘리기만 하면 된다. 그것만으로도 찬성파는 흔들릴 것이니."

"그대는 마신들이 분열하고 서로 죽이기를 원하는군요."

"약자가 강자를 이기려면 이런 방법밖에 없지 않겠나? 그리고 이길 거라면 과격한 찬성파보다는 이쪽이 낫다고 계산했을 뿐이다."

찬성파는 마족을 제외한 모든 종족의 말살을 원하는 쪽이 압도적으로 많다.

반면 반대파는 '현상 유지', 혹은 '나름의 공생 관계'를 원하고 있었다.

무영이 나름의 진심을 토로하자 그레모리가 작게 웃었다.

"바위에 계란을 던지는 꼴이지만 우리도 막다른 곳입니다. 해볼 수 있는 건 전부 해보도록 하지요."

이유, 명분은 중요했다.

무영에겐 분명히 명분이 있었다.

무영은 다시금 천경을 바라봤다.

'천경의 용도를 파악하면 바알의 의도를 알 수 있을 것일진대.'

당장은 알 수 없었다. 하지만 천경의 용도를 바알만 알고 있진 않을 터였다. 마신들을 사냥하다 보면 필시 이와 관련된 정보도 얻게 되리라.

'우선…… 마신들이 모이기 전에 수련을 해야겠군.'

강력해진 힘에 적응할 시간이 필요했다.

무영은 숨겨진 칼이다. 칼을 필요할 때 사용하지 못한다면 무용지물이 되고 만다. 그런 일은 결코 없도록 해야 한다.

별이 빛났다. 붉은 별이 푸른 별과 함께 세상을 적셨다.

아름다운 소녀, 히아신스가 하늘을 올려다보았다.

잔뜩 상기된 얼굴로.

"아아, 저의 왕께서 다가오고 계셔요."

히아신스는 나신이었다. 그녀의 주변으로 수십의 기사가 대기하고 있었지만 감히 히아신스를 향해 시선조차 주지 못했다.

"드디어 저를 맞이하러 오시는 거예요."

히아신스는 기다렸다. 천마에게서 분열하여 새로 태어난 그날부터. 자신의 '왕'이 언젠가 찾아오리라고 확신하고 있었다. 그리고 이제야 때가 됐다.

"맞이할 준비를 해야 해요. 세상에서 가장 성대한 환영식! 왕께선 기뻐하시겠죠?"

소녀의 눈은 더없이 초롱초롱했다. 이윽고 히아신스가 고개를 돌려 기사들에게 말했다.

"교황에게 전하세요. 그분을 맞이할 준비를 하라고."

"명을 따르겠습니다, 신녀시여!"

기사들이 꼭두각시처럼 뻣뻣하게 움직이기 시작했다.

그들만이 아니다.

히아신스가 흘리는 매혹은 이미 이곳 성자의 도시 '뮬라란'을 집어삼킨 뒤였다.

이윽고 유일하게 움직이지 않던 여기사 한 명이 다가와 히아신스에게 분홍빛 원피스를 입혔다.

"세라피나, 기대되지 않나요?

여기사는 세라피나였다. 이 도시에서 유일하게 '매혹'되지 않은 자. 하여 히아신스는 그녀를 편애했다.

하지만 세라피나는 무척이나 복잡한 눈빛이었다. 거부할 수 없다. 히아신스는 무척이나 순수하고 깨끗했기에. 그래서 잔인했지만 자신이 놔버리면 무슨 짓을 저지를지 알 수가 없었던 탓이다. '그분'이 누구인지도 모른다. 하지만 히아신스는 매일 몇 번씩이고 '그분'이란 표현을 사용하며 언급했다.

"그분께서도 기뻐하실 겁니다."

"그래요. 그랬으면 좋겠어요."

히아신스가 콧노래를 불렀다.

세라피나는 내심 고개를 저었다. 앞으로 일어날 일을 전혀 예상할 수가 없었다. 그저 '그분'이란 자가 정상적인 존재이기를 바랄 뿐이었다.

무영의 명령은 간단하면서도 어려웠다.

인류를 하나로 모으고 마신들에게 대항케 하는 것.

배승민은 그 방법에 대해서 고민했다.

'과연 용군주 하나만으로 모든 인류가 모일 것인가?'

그는 부정적이었다. 물론 모이긴 할 것이다. 하지만 '전인류'가 모이리라 생각하긴 어려웠다.

무영의 명령은 절대적이다. 적어도 배승민에겐 그렇다. 휘하의 모든 병사 중에서도 무영에 대한 충성심은 배승민이 가장 높았다. 그렇기에 수단과 방법을 가리지 않고 반드시 일을 성사시켜야만 했다.

'각 도시의 수장들을 꼭두각시로 만드는 게 첫 번째.'

가장 쉽고 편한 길.

배승민은 정신 조작에도 일가견이 있었다. 문제는 시간이 꽤 걸린다는 것. 그리고 무영에겐 시간이 여유롭게 주어지지 않았다. 배승민, 그라고 모르겠는가. 무영은 지금 살얼음판을 걷고 있었다. 한 발자국이라도 삐끗하면 구렁으로 떨어지는 낭떠러지이기도 하였다.

물론 무영은 패배하지 않을 것이다. 그는 여태껏 이겨왔고, 이기기 위해서만 움직이는 탓이다.

하지만…….

'주인님께선 너무나도 무리를 하고 계시다.'

한 걸음을 멈추지 않았다. 그 피로가 여태껏 누적되어 왔다. 언제, 어떻게 터질지 알 수 없다. 무영은 부정하겠지만 인내할 수 있노라고 말하겠지만 배승민은 걱정이었다.

아무리 견고한 벽이라도 작은 구멍 하나로 무너질 수 있었다. 그러니 배승민은 최대한 구멍이 생기지 않도록 만드는 역할을 맡아야 했다.

조금이라도 무영의 피로가 덜어질 수 있도록.

시간을 끌면 끌수록 무영은 무리를 할 수밖에 없었다. 그리고 그러한 피로가 누적될수록 벽은 금이 가며 끝내 뚫릴 터였다. 솔직히 지금까지 달려온 것만 해도 믿기지 않을 정도였으니.

'내가 버팀목이 되어야 한다.'

배승민은 기억이 없다. 그날, 고대의 정령에게 먹힌 뒤 무영에 의해 구해진 뒤로 배승민은 그저 무영을 따르고 있었다.

그가 만든 언데드이기 때문일까?

그것만은 아닌 것 같았다. 기억이 온전했다 하더라도 배승민은 무영을 따랐을 것이다. 문득 그런 생각이 들었다. 때문에 배승민은 무영의 정신적 버팀목이 되고자 했다. 물론 필요 없을지도 모른다.

무영은 배승민이 겪은 누구보다 강인하므로 걱정은 단순한 기우일 수도 있었다. 하지만 설령 그렇다고 하더라도 그저 지지하고 싶은 마음이 든다.

무영은 그럴 자격이 있었다.

'최대한 빠르게. 확실한 방법으로 인류를 뭉치게 하는 법.'

배승민은 고민했다.

마왕의 침공으로 위장할까?

엔로스와 소아라라면 엄청난 위협을 가할 수 있을 터.

하지만 단순한 공격만 해서는 안 된다. 위장이 필요하다. 한 편의 연극이 필요했다.

'그들이 믿는 절대적인 요소. 푸른 사원과 멀린.'

모든 인간은 푸른 사원을 통해 마계로 들어온다. 그리고 푸른 사원의 대마법사 멀린은 전설적인 존재였다. 인간들은 멀린을 구원자 정도로 생각하고 있었다. 마신들의 공격이 시작될 때, 멀린이 나타나 인류를 보호해 줄 것이란 소문마저 무성할 정도였다.

배승민은 그림을 그렸다.

우선 엔로스와 소아라. 강력한 마족이 쳐들어간다. 위기의 순간, 멀린이 대마법사의 역량을 보이며 물리친다. 이후 용 군주 한성과 함께 인류를 이끈다.

구색은 맞았다.

정말로 멀린임을 증명할 수만 있다면 그 파급력은 상상 이상이리라.

그러나 진짜 멀린을 푸른 사원에서 꺼낼 수는 없다.

'멀린의 역할을 맡을 자가 필요하겠군.'

연극…….

마침 적당한 인재가 한 명 있었다.

멀린의 제자 오스카!

무영의 영지에 분명 그런 놈이 있긴 했다.

"제가, 말입니까?"

오스카는 얼떨떨한 표정을 지었다.

멀린의 흉내라니!

그야 멀린의 밑에서 진짜 마법을 배우긴 했다. 하지만 그 기간은 정말 짧았다. 지긋지긋해서 뛰쳐나온 것이다. 영지에서 생활하며 실력이 많이 늘긴 했지만, 멀린이라니.

그러나 섣불리 반대의 의견을 말할 수가 없었다.

눈앞의 존재.

엘더 리치인 배승민은 죽음의 사신과도 같았다. 실상 무영보다 배승민을 무서워하는 이가 훨씬 많았다. 그 완벽한 일 처리, 그야말로 인원을 '갈아서' 모든 일을 처리할 정도로 행동력이 높았다.

무영은 영지를 다스리지만 그 밑에서 노동자에게 채찍을 휘두르는 건 배승민이었다.

꿀꺽!

"네가 적임자다. 멀린에 대해 알고 그를 흉내 낼 수 있는 자는. 보조는 내가 직접 할 테니 크게 걱정할 것 없다."

"그게…… 한마디로 인류를 상대로 사기를 치는 거 아닙니까? 제가 그런 중요한 역할을 할 수 있을까요?"

"너밖에 없다."

무언의 압박이었다.

거절?

있을 수 없었다.

오스카도 그를 알았다. 거절했다간 자신을 언데드로 만들어버릴지도 모른다고.

'이런 제기랄.'

오스카가 멀린에게 도망친 것도 수업이 너무 지루했기 때문이다. 자유롭게 사는 게 오스카가 바라는 것이었다. 하지만 마계에서 무영을 만난 순간, 그런 꿈은 철저하게 무너져 내렸다.

"성공한다면 내 권한으로 너에게 직위를 줄 것이다."

"저, 정말입니까!"

"영주님께서 내게 인사권을 포함한 모든 권한을 맡기셨다."

오스카의 눈이 휘둥그레졌다.

무영의 영지는 날로 커졌다. 지금 그 인원은 백만을 넘어 이백만을 바라보고 있었다.

어떻게 알고 오는지 각종 이종족과 도깨비들이 밀어닥쳤다. 드워프도, 엘프도, 드워프도 아예 이전을 바라는 이가 많았고, 심지어 오크도 들어오려고 애를 썼다.

당연히 그들을 감독할 '지위'를 가진 자들이 필요한 상황.

그리고 그러한 이들은 특혜를 받는다.

인사권을 가지고 감독을 하면 진짜 '왕'처럼 살 수 있었다.

뒤로 들어오는 재화도 쏠쏠하고 이 세계의 이종족은 능력 있는 자가 몇 명의 부인을 갖건 별로 상관하지 않았다.

'나도 엘프 마누라 세 명쯤 데리고 떵떵거리며 살 수 있는 거야?'

꿈이다. 상상만으로도 광대가 승천할 지경.

하지만 인류를 상대로 사기라니, 위험부담이 너무 크다.

"되도록 네가 원하는 직위를 주도록 하지. 원한다면 명예 마법사의 자리까지."

명예 마법사!

오스카는 수습 마법사다. 명예 마법사는 영지에 열 명이 안 된다. 모든 종족 중에서 마법에 특출한 자만이 그 자리에 들어갈 수 있었다.

오스카는 아직 그 정도 실력엔 미치지 못했다. 그리고 맞지 않는 자리는 단명의 지름길이었다.

"아, 아닙니다! 인사 감독 정도면 충분합니다."

"흠, 그 정도로 충분한가?"

"예, 오히려 넘칩니다."

그 말을 꺼낸 순간, 오스카는 내심 뜨끔했다. 멀린의 역할을 맡겠다고 공언한 것과 다름이 없는 것이다.

배승민이 고개를 끄덕였다.

"네가 기억하는 멀린의 모습을 최대한 구체화해서 그려보아라. 나머진 내가 맞춰주겠다."

그렇게 대 사기극이 시작됐다.

영지는 번영했다. 무영이 없음에도 무영의 영향력은 계속 남아 있던 탓이다.

모든 종족이 모여들었다. 싸움에 지친 이들, 자신들의 장소가 필요한 이들, 평등을 바라는 약소 종족. 그들 모두 불화를 일으키지 않겠단 약속만 하면 들여보내줬다. 그들을 보호하며 안전한 땅을 주고 자생할 수 있도록 만들어줬다.

대신, 약속은 철저하게 지켜야만 했다.

불화를 일으키는 자는 철저하게 '말살'했다. 제대로 본보기를 보였다. 그 역할은 오가르가 맡고 있었다. 불의 거인 불타르. 그곳의 족장이 된 오가르가 말이다. 최상위 포식자인 그가 버티고 있으니 불화가 생길 리 만무했다.

하지만 마냥 엄하기만 한 것은 아니었다.

"손목 힘을 길러라. 검은 단순한 힘으로 휘두르는 게 아니다."

오가르는 꽉 막힌 불타르와는 달랐다.

그는 자신이 직접 '교관'을 자처하며 다른 이들에게 무기를 다루는 방법을 가르쳤다.

모르는 것을 배우는 데 거부감이 없었기에 그는 온갖 병기술도 익히고 있었다. 족장으로서의 기본 소양과, 스스로 배우고자 하는 열의가 있었다. 그리고 그러한 기술을 다시 베푸는 데도 아랑곳하지 않았다.

때문에 별의별 종족이 오가르에게 배움을 청하고자 다가왔다. 그 숫자가 벌써 천을 넘겼다.

'종족 조화. 무영을 보고 그것이 가능하다는 걸 깨달았지.'

누군가는 생각했겠으나 실행으로 옮긴이는 없었다.

너무나도 강대한 마족. 서로 생존을 위해 싸우는 종족들이 어찌 화합을 이루겠는가. 설령 합치더라도 불협화음이 생기게 마련이다.

하지만 무영은 강력한 지도자였다. 무영의 휘하 부하들도 만만치 않았다. 무영의 말이라면 진짜 죽을 각오까지 한 이가 많았다. 또한 오가르는 무영을 진정한 '친우'로 생각하고 있었다. 그는 무영을 본받고자 했다.

'불타르들도 바뀌어야 한다. 혼자선 살아남을 수 없어.'

그 선봉에 오가르가 섰다. 이들을 가르치며 녹아들게 하는 데 중요한 역할을 맡고 있었다.

'마족이 무차별적으로 사냥을 하고 있다. 영지에 들어오려는 이민자들이 근래에 들어 기하급수적으로 늘어났지.'

문제는 날이 지날수록 숫자가 너무 늘고 있었다.

마족이, 마신들이 조금씩 본격적으로 움직이고 있었던 탓이다. 마족을 제외한 모든 생명체에게 원한을 가진 듯 죽여대고 있었다.

그를 피해 터를 잃은 이들이 너무나도 많았다. 불타르들도 그 영향에서 벗어날 순 없었다. 힘을 합치지 않으면 희망이 없음을 오가르는 요즘 부쩍 느끼는 중이었다.

"오가르 님."

그때였다. 배승민이 찾아왔다. 오가르가 행동을 멈췄다.

"그만. 잠시 쉬는 시간을 갖겠다."

천 명의 제자가 고개를 끄덕였다.

"돌아왔군. 소식은 들었는데. 그래, 무슨 일로 날 찾아온 거지?"

아무런 용건 없이 배승민이 오가르를 찾아올 리 없었다.

대화가 통한다. 배승민으로선 다행인 일이었다.

"주인님으로부터 전언이 있었습니다."

배승민은 타칸에게도 말을 놓지만 유일하게 한 명, 오가르에게만은 예를 갖췄다. 오가르는 무영의 친우다. 친우는 동등한 관계다. 고로, 오가르 역시 배승민이 함부로 대해선 안될 존재였다.

"전언? 흠, 별일이군."

"주인님께선 오가르 님이 '참전'하시길 바랍니다."

"참전이라?"

"동원 가능한 모든 이를 이끌고 마신의 영역 전역을 돌며 마족을 제외한 모든 종족과 전쟁을 일으키십시오."

"모든 불타르와 내 '제자'들과 함께 말이냐?"

"예. 패배한 자들을 흡수하여 정복하길 원하십니다."

오가르는 턱을 쓸었다. 본격적인 대전쟁의 서막. 배승민은 그것을 말하고 있었다. 진정한 무영의 '정복 전쟁'이 시작되었노라고.

그 시작을 오가르가 끊어 달라는 것이다.

이는 굉장히 위험한 발언이었다. 오가르가 병사들을 대거 끌어들여 다른 곳을 정복한 이후, 다른 마음을 품으면 답이 없어질 수도 있었다.

믿음이 기본 전제가 되어 있기에 가능한 일.

"세를 불린 다음은? 전쟁이란 명분이 필요한 게 아니었던가?"

"모든 지배로부터의 해방입니다."

"지배로부터의 해방? 모순적이군. 결국 무영의 지배를 받게 될 텐데?"

"바알 타도! 그레모리를 비롯한 몇몇 마신이 우리를 도울 것입니다."

"……! 마신들이?"

오가르가 기겁했다.

무영. 녀석이 정말 마신에게까지 손을 뻗친 것이다.

바알을 타도할 수만 있다면, 그 가능성이 있다면 기꺼이 또 다른 지배를 받아들일 자들은 차고 넘쳤다.

"주인님께서 마신 단탈리안과 레라지에를 소멸시켰습니다. 그들의 힘과 권능을 얻고, 바알과 적대하는 마신들을 모아 바알을 공격할 준비를 하고 있습니다."

"허, 미쳤군. 녀석이 정말 일을 냈어!"

오가르는 전율했다. 그 녀석이 끝내 마신까지 처치했단다. 처음 만났을 땐 그야말로 '약자'였던 그 녀석이, 벌써 그 수준까지 성장한 것이다. 믿기지가 않았다. 하지만 배승민이 거짓을 말할 리도 없었다. 사실이라면, 오가르도 놀고 있을 수만은 없었다.

'바알을 타도한다라. 하하!'

꿈에도 생각하지 못한 일이다. 게다가 설마 바알을 적대시하는 마신들과 힘을 합칠 생각까지 할 줄은 몰랐다.

더 고민할 필요가 없었다.

오가르가 살짝 상기된 얼굴로 미소를 지었다.

"내가 기꺼이 선봉장을 맡지."

무영은 이제 혼자가 아니었다. 대신 일을 도맡아 할 손과 발들이 있었다.

그것도 매우 믿음직한 손과 발들이!

무영의 영지에서 마계를 뒤흔들 격동이 시작되고 있었다.

꿈을 꿨다.

무영은 지금 보는 모든 것이 꿈이라고 자각하고 있었다. 허공에 신체가 떠 있고 그 아래에 지구가 있었다.

지구!

푸른 별. 무영이 아닌 다른 이름으로 존재했던 장소.

하지만 이 기억은 단탈리안의 것이다. 흩어진 파편이 뚜렷해져 꿈으로 발현된 것이었다.

'레라지에의 권능을 흡수한 영향인가?'

확실한 건 레라지에의 권능을 흡수한 후로 조금씩 전조가 있었다는 점.

다만, 이처럼 뚜렷하게 꿈으로 나타난 건 처음이었다.

무영은 조금 더 가까이 갔다. 그러자 곳곳에서 연기가 피어올랐다. 거미처럼 생긴 거대한 기계들이 세계를 파괴하고 있었다.

무척 눈에 익다. 저것들의 정체를 무영은 알았다.

'엘라르시고.'

생체 파괴 병기.

엘라르시고를 처음 다룰 때, 비슷한 영상을 보긴 했지만 이처럼 생생하진 않았다.

무영의 시선이 이윽고 고정됐다.

단탈리안…… 그가 인간이었을 시절의 몸으로.

"살려줘!"

"아악!"

모두가 죽었다. 가족, 친구, 모두가.

엘라르시고의 공격은 갑작스러웠다. 어느 날 돌연히 나타나 빠른 속도로 세계를 멸망시켜 갔다.

인류는 저항하지 못했다.

핵을 사용해야만 엘라르시고를 제거할 수 있었고 인류는 자멸의 길로 들어설 수밖에 없었다.

인류 멸망이 확실해진 시기. 살아남은 소수의 사람은 숨었다. 하지만 오래가진 못했다. 수많은 곳에서 동시다발적으로 게이트가 열린 것이다.

검은 구름으로 이루어진 게이트는 살아남은 사람을 모두 빨아들였다. 단탈리안도 마찬가지. 다만, 다른 이들과 다른 건 빨려 들어간 곳에서 '바알'을 만났다는 점이다.

주변엔 아무노 없었다. 오로지 암흑뿐이 없는 공간에 그가 있었다. 무척 혐오스럽고, 커다란 괴물! 그 옆엔 천사의 날개를 가진 여인이 둥그런 모양의 철창 속에 갇혀 있었다.

천사는 무척 초췌했다. 반쯤 쓰러진 채로 죽어가는 중이었다. 하지만 그런 건 당장 단탈리안의 눈에 들어오지 않았다.

"다, 당신은 누구십니까?"

"시간의 천사가 너를 선택했다. 너에겐 내 모습이 어떻게 보이지?"

괴물의 말에 저항할 수가 없었다. 단탈리안은 있는 그대로를 털어놓았다.

"입이 두 개 달린 괴물……!"

헙!

단탈리안이 재빠르게 입을 가렸다. 하지만 이미 늦었다.

"진실과 거짓의 입이라. 너에겐 이 힘이 어울리겠군."

바알의 손에는 책 한 권이 들려 있었다.

레메게톤!

그는 그중 한 장을 찢었다.

그 순간 수많은 박쥐가 튀어나와 단탈리안을 감쌌다.

갸아아아아아악!

꿈은 거기서 끊겼다.

하지만 그 뒤는 안 봐도 알 수 있었다.

'인간 제임스가 마신 단탈리안으로 변하게 된 계기.'

바알이 관여했다. 레메게톤을 그가 직접 들고 있었다. 바알이 마신들을 만든 것이다.

'최초의 마신. 어쩌면 그는 인간이 아닐지도 모른다.'

다른 마신들은 모두 인간이었다. 하지만 평범한 인간이 레메게톤을 손에 넣을 수 있을 리 만무했다. 어쩌면 모든 마신의 원류는 바알일지도 모르겠다.

진짜 마신. 진짜 신격을 가진 진짜 신 말이다.

'솔로몬이 인류를 공격한 건 확실해졌군.'

무영은 꿈을 정리했다. 짧지만 강렬한 내용이 그 안에 있었다. 이로써 작은 의문이 풀렸다. 솔로몬이 인간 청소를 한 건 확실했다.

'어째서?'라는 의문은 남지만 솔로몬이 정의의 편이 아니라는 건 분명하다.

무엇보다…….

'시간의 천사.'

바알은 시간의 천사를 가뒀다. 그리고 단탈리안을 향해, 시간의 천사가 그를 선택했다고 말했다. 마신이 되는 데 무언가 기준이 있었단 말이다.

'조금 더 깊숙한 내용을 다룬 기억이 필요하다.'

바알과 솔로몬. 주역은 이 둘이었다. 이 이상을 알려거든 완전한 기억이 필요했다.

'마신들을 사냥해 그들의 권능을 얻으면 기억이 또렷해질 것이다.'

레라지에로 말미암아 이러한 꿈을 꿨다. 다른 마신의 권능을 더 얻을 수 있다면 보다 많은 것을 알게 되리라.

끼이익!

무영은 고개를 돌렸다.

방의 앞을 지키던 마족 하나가 문을 열고 들어왔다.

"잿빛의 마왕이시여, 모든 마신이 모였습니다. 회랑으로 안내해 드리겠습니다."

거대한 회랑.

이곳엔 이미 다섯 마신이 모여 있었다.

"모두 모여주셔서 감사합니다."

무르무르, 포르네우스, 시트리, 아스모다이 그리고 그레모리.

그들의 표정은 더없이 진중했다. 하우레스와 레라지에가 소멸한 소식을 그들도 접했기 때문이다. 온 몸이 돌로 이루어진 땅의 마신 아스모다이가 가장 먼저 자리를 벅차고 일어나 말했다.

"대체 어떻게 된 일이지? 레라지에, 그 전쟁광이 패배하다니."

"모두 설명해 드리겠습니다. 자리에 앉으시지요."

그레모리가 차분하게 응대했다.

그녀의 존재는 회랑의 분위기를 누그러뜨렸지만, 그래도 궁금증이 너무나 강했다. 이길 리 없는 싸움을 이겼다. 설명이 필요했다.

아스모다이가 자리에 앉자 그레모리가 말했다.

"솔로몬, 그가 나타났습니다."

"……!"

"솔로몬이?"

"그는 마계로 들어오지 못하는 게 아니었나?"

소란이 일었다.

당연한 일이다.

마신들이 이를 가는 존재가 솔로몬이었으니.

무영도 그 자세한 내막까지는 모르지만 둘의 관계가 상당히 복잡하다는 것 정도는 파악하고 있었다.

무영은 몇몇 마왕과 함께 회랑의 끝에 자리하고 있었다.

마신들이 신용하는 자들만 함께할 기회를 얻었는데 이례적으로 무영이 자리에 참석하게 된 것이다. 애당초 기획을 한 게 무영이었으니 당연하다면 당연한 일이었다.

'노장들이로군.'

무영은 기운을 감춘 채 그들을 면면을 살폈다. 언젠가는 역으로 부딪치게 될지도 모르는 자들. 그리고 마신들을 파악하는 데 더없이 좋은 기회였다.

단순히 단탈리안의 기억으로 접하는 것과 직접 접하는 건 분명히 차이가 있었으니.

그리고 저들 네 마신의 기운은 결코 가볍지 않았다. 단순한 신력의 크기를 따지자면 레라지에와 비슷한 정도.

찬성파의 집요한 공격을 지금까지 버텨낸 자들다웠다.

노회한 눈썰미. 스스로의 기운을 숨기지 않고 있으나 그 기세가 제법 날카롭다. 붙어보지 않아도 알 것 같았다.

'저런 자들이 그레모리의 어려움을 방관하고 있었다.'

물론 움직이기가 쉽지는 않았을 것이다. 하지만 레라지에의 위협으로부터 그들은 그레모리를 돕지 않았다. 하우레스와 레라지에의 소멸이 확인된 다음에야 부랴부랴 모였다.

아마도 저들은 그레모리가 버티기 힘들 것이라고 판단한 것이리라.

어쩌면 찬성파 쪽을 살피며 간을 봤을 수도 있겠다.

'바람의 방향이 바뀌었다. 그렇게 생각하고 모인 것이겠지.'

회동은 빨랐다. 불과 10여 일 만에 그들 전부가 모였다. 한마디로 그들을 온전히 신용해서는 안 된다는 거다. 그레모리도 그것을 잘 알고 있을 것이다. 처음부터 그녀는 그들의 도움을 바라는 모습이 아니었으므로.

그들은 진정으로 궁금한 모양이었다. 그레모리가 이 싸움을 종결시킬 무언가를 가지고 있다고 믿는 눈치였다.

그런데 솔로몬의 이름이 언급되어 당황하고 있었다.

검은 경장을 입은 삐쩍 마른 마족, 무르무르가 말했다.

"솔로몬⋯⋯. 그가 정말 마계에 나타났다고?"

그레모리는 잠시 뜸을 들이곤 답했다.

"하우레스와 레라지에를 소멸시킨 것도 그입니다. 정확히 말하자면 그와 디아블로지요."

디아블로의 출현. 그들도 듣는 귀가 있다. 디아블로가 하우레스를 불로 태워 소멸시켰다는 이야기는 그들도 익히 알고 있었다.

한데 그 뒤에 솔로몬이 개입해 있을 줄이야.

제삼자의 개입이라는 게 솔로몬을 뜻하는 것이었을까?

"한데 어째서 그레모리, 그대는 멀쩡한 거지?"

"그와 저는 거래를 했습니다."

"거래! 거래라고!"

"그 불한당과 거래를 하다니, 실망이로군."

"그는 우리의 몰살을 원할 텐데?"

마신들이 반발했다. 각본대로 가고 있었으나 솔로몬에 대한 증오는 무영이 생각한 이상이었다.

그레모리는 침착하게 대응했다.

"솔로몬은 직접적으로 움직일 수 없었습니다. 대신 디아블로를 조종하고 있더군요. 아마도 레메게톤의 서가 가진 영향력이 그에게 제한을 거는 모양인 듯했습니다."

모두가 입을 닫고 그레모리의 목소리에 귀를 기울였다. 공은 공이고 사는 사다. 그들로선 열이 뻗치는 이야기지만 그 내막이 궁금하기도 하였던 것이다.

"그의 최종 목표는 바알의 제거. 레메게톤의 서를 훔쳐간 그만 처벌하면 만족하고 물러나겠다더군요."

"한마디로……."

"찬성파만 선별해서 공격하겠다는 거로군."

바알을 신봉하는 자들이 찬성파다. 반대파는 그의 의견에 반대하여 나온 것이고. 당연히 바알의 제거에 그들이 크게 반대할 이유는 없었다.

무르무르가 다시 물었다.

"그래서 하우레스와 레라지에를 제거해 주었다? 우리가 함께하길 바라고?"

"그렇습니다."

"하지만 그 뒤엔? 그가 우리를 가만히 놔둘 것 같진 않은 데. 이미 한 번 전례가 있지 않나?"

솔로몬이 지구의 인류를 지운 일을 말하는 거였다.

그레모리가 잠시 눈을 감았다.

"조건이 있습니다. 마계를 빠져나가지 않을 것. 마족의 숫자를 더 이상 늘리지 않을 것."

"……."

모두가 다시금 침묵했다.

무영도 처음 듣는 이야기지만 아마도 이 부분에 있어선 거짓이 아닐 터였다.

하우레스를 공짜로 제거해 줬을 리는 만무했으니.

'내가 먼저 제의하지 않았어도 찬성파를 흔들 계획이었군.'

그레모리도 무영이 제시한 것과 비슷한 계획을 진즉 짜두고 있었던 것 같았다. 무영이 없었어도 그녀는 이 자리에서 같은 말을 하지 않았을까?

무영은 거기에 '모든 종족의 합류'라는 살을 붙였을 따름이다.

과연, 녹록치 않다.

정신을 바짝 차렸다. 그레모리는 더욱 많은 걸 알고 있다. 그녀에게 휩쓸려 다니면 결국 주도권을 잃을 것이다.

정보는 무영의 힘이었다.

하지만 지금 당장은 아니다.

'단탈리안의 기억이 조금씩 온전해지고 있다. 마신들의 권

능을 더 포식하면 기억의 완전한 불러오기가 가능해지겠지.'

몇몇 마신을 제거하거 흡수하다 보면 그 진실에 닿게 될 것 같았다. 단탈리안의 흩어진 기억들이, 레라지에의 '신력'을 흡수하고 조금씩 뚜렷하게 변하고 있었다.

'받아들일 것인가?'

진실은 결국 일을 진행하다 보면 알게 되어 있었다. 무영이 당장 관심 있는 건 그들의 선택이었다. 그레모리의 말이 사실이라면 굉장히 굴욕적인 거래다. 보통이라면 받지 않는게 정상일 터.

"그 정도면 나쁘지 않군."

"거래에 대한 확실한 신용만 있다면……."

결과는 반대였다.

무영은 이 대목에서 눈살을 찌푸릴 수밖에 없었다. 굉장히 굴욕적인 거래임에도 불구하고, 그것을 받아들이겠다는 태도들이다. 공통된 적이지만, 아무래도 솔로몬에 대한 본능적인 '공포'는 남아 있는 것인지. 인간일 적의 기억을 모두 버린 건 아닌 모양이었다.

찬성파와 달리 반대파는 마계에 안주해도 상관없다는 주의이기도 하였고.

"그의 신용을 대신할 존재가 있습니다."

그레모리가 시선을 돌렸다. 그 시선의 끝에, 무영이 있었다.

"잿빛의 마왕, 무영입니다."

모든 마신의 시선이 무영에게 쏠렸다.

이는 대본에 없던 일이다.

하!

내심 탄성을 내질렀다.

동시에 무영은 깨달았다. 이는 시험이고, 시련이며, 자신을 묶기 위한 족쇄라는 것을.

'그레모리……. 마냥 내 뜻대로만 흘러가진 않겠다는 거로군.'

무영은 당황하지 않았다. 모든 게 무영 자신의 뜻대로 흘러가리라고 생각한 적은 단 한 번도 없다. 세계의 변동성. 이미 미래는 바뀌었고, 바뀌어 가고 있었다.

다만, 최대한 무영 스스로가 이 흐름을 주도하려고 노력했을 뿐이었다.

이번에도 마찬가지.

'가만히 당하고 있을 수는 없다.'

그레모리의 뜻은 분명하다. 뒤에서의 조정자가 아니라, 앞에 그 진상을 드러냄으로써 시선을 받게 하려는 것. 이후 '솔로몬의 부하'와 같은 뉘앙스를 풍겨서 무영이 사실상 '월권행위'를 하는 걸 방지하려는 셈이다.

그러면서도 자신의 휘하에 두어 무영의 능력은 고스란히 사용하겠다는 목적!

만약 무영이 제대로 된 해답을 내지 못한다면?

그레모리는 창피를 당하게 된다. 대신해서 답할 것까지 생각을 해두었을 것이다.

하지만…… 오히려 그레모리는 안심할 수 있다. 무영의 즉각적인 상황판단 능력이 거기까지밖에 안 된다는 거니까. 무영이 가진 정보가 마신들을 설득하지 못할 정도로 형편없다는 뜻이니!

단 한 수.

이 한 수에 이만한 목적이 담겨 있었다.

'장단을 맞춰주지.'

무영은 앞으로 나섰다. 반대파의 다섯 마신이 무영에게 시선을 옮겼다. 그 눈들. 흥미와 적대감이 고루고루 섞여 있었다. 약한 모습을 보인다면 잡아먹을 준비가 된 사냥꾼의 모습.

반대로 강한 모습을 보인다면?

저들의 상상을 뛰어넘는 주목을 받게 된다면 어떨까. 방금 그 해답을 무영은 본 바가 있었다. 굴욕적인 솔로몬의 일방적 '거래'를 그들은 납득하며 합리화한 것이다.

그들도 같다.

마신. 그렇게 불리지만, 그 원류는 결국 인간이었을 따름이다. 결국은 만들어진 신의 한계였다.

'강자에 약하고 약자에 강한.'

결론은 하나다. 약한 모습을 보이지 말 것.

장단을 맞추려면 제대로 맞출 것!

"반갑다. 무영이라고 한다."

행동과 말투.

모두 지극히 '강자'의 것이었다. 강자가 아래를 바라보는 그러한 여유를 비췄다. 마신들의 반응은 썩 좋지 못했다.

"건방이 하늘을 꿰뚫는군. 네놈이 솔로몬의 수하라도 된다는 말이냐? 그래서 우리를 감시라도 하겠다는 뜻인가?"

무르무르가 물었다. 이곳에 모인 마신들 중 가장 과격해 보이는 자.

무영은 진심을 다해 비웃어 보였다.

"솔로몬의 수하? 하! 솔로몬 따위를 내가 왜 따라야 하지?"

솔로몬을, 솔로몬을 무서워하는 마신들을 비웃었다. 고작 그따위 자리로 무영을 바라본 저들의 시선을 무시했다. 실제로 무영은 솔로몬 따위가 어떻든 상관이 없었다. 그가 만약 숨겨진 '진정한 적'이라면 그조차 베어낼 것이었기에.

"마찬가지로 너희를 감시해야 할 이유도 없다. 고작 '만들어진 신'은 우리의 관심사가 아니다."

"……네놈, 여기가 어떠한 자리인지 잊은 건가?"

그레모리를 제외한 모든 마신에게서 살기가 꽃피웠다.

만들어진 신이래도 오랜 시간 그들은 군림했고 보다 강해져 왔다. 그런 네 존재의 살기를 받아내고 숨을 쉴 수 있는 존재가 과연 마계에 있을까?

살기. 상대를 죽이고자 하는 기운.

하지만 무영에게 그러한 살기 따위는 통하지 않는다. 무영은 살기 그 자체였기에.

대신 무영은 '분리'를 시켰다.

루키페르가 가진 진짜 악마의 힘.

가브리엘의 가진 진짜 천사의 힘.

두 개가 나뉘자 날개가 까매지고 무영의 손에 신성한 창이 들려졌다.

"이 기운은?"

"천사의 힘!"

마신들의 몸이 한 차례씩 들썩했다. 그들과 절대적으로 상극되는 힘을 느낀 탓이다. 마치 독사의 독처럼. 본능이 경고하며 자연스럽게 몸을 들썩였다. 수치스러운 행동. 그들은 즉시 원래의 냉정을 되찾았지만 대신 얼굴에 분노가 드러났다.

반면 그레모리는 의외라는 눈빛이었다. 레라지에를 상대할 때 보인 가브리엘의 힘. 그것을 마신들에게 보일 줄은 예상하지 못한 듯싶었다.

상황에 따라선 정말로 이 자리에서 무영은 죽을 수도 있었다. 그만한 도박이었다.

무르무르가 말했다.

"멀린이 만든 가짜 신성력이 아니로군."

멀린이 만든 가짜 신성력?

사제들이 사용하는 그러한 힘들을 일컫는 말일까.

무영은 잠시 이 문제를 옆으로 던졌다. 지금은 그런 걸 따질 때가 아니었다. 대신, 아주 느긋하게 입을 열었다. 그들의 적대심은 안중에도 없다는 듯이.

"나는 절대로 타락하지 않는 자. 대천사 가브리엘이다."

졸지에 대천사가 되었다. 틀린 말은 아니다. 대천사 가브리엘의 힘을 이었으므로.

무르무르가 즉시 반격했다.

"대천사? 대천사 가브리엘이라고? 그럴 리 없다. 마계엔 천사가 없으니! 하물며 네놈은 인간이지 않은가!"

"천사가 없는데 너희는 어떻게 천사임을 알아보지?"

되받아쳤다.

그들은 마계에 천사가 없다고 말한다. 하지만 천사가 정말로 없다면 어떻게 천사를 알아볼까?

무영은 '꿈'을 떠올렸다.

그곳에 천사가 있었다. 그들은 그 천사를 보고 아는 것이다.

무영이 이어서 말했다.

"너희가 마계라 부르는 이곳에도 분명히 천사가 있었다. 시간의 천사. 바알에게 사로잡힌 비운의 천사가 말이다."

"⋯⋯."

무르무르가 입을 닫았다. 다른 마신들도 마찬가지.

'정보는 힘이다.'

절대적인 정보의 양은 마신들을 이길 수 없다. 하지만 정보의 질이라면 무영도 자신이 있었다.

이로써 무영은 자신의 존재감을 확실하게 알렸다. 그들이 무영을 바라보는 시선도 조금씩 바뀌었다.

무영은 쐐기를 박았다.

"솔로몬의 부하이고 마신의 감시자라 했는가? 아니다. 우리는 솔로몬의 감시자다. 놈의 '이변'을 감시하고 통제하는 게 우리의 역할이다. 나는 인간의 몸과 대악마의 힘 그리고 대천사의 권능으로 그간 모습을 감추고 있었을 뿐.”

만들어진 신이 아니라 진짜 신을 감시하는 감시자!

무영의 말은 외통수였다.

그들도 전혀 상상하지 못한 답변.

하지만 무영의 말 속에 숨겨진 가시는 하나가 아니었다.

“‘우리’라고?”

무르무르가 신중하게 물었다.

지금 무영의 발언. 무영이 진짜 ‘대천사 가브리엘’이라면 굳이 ‘우리’라는 단어를 사용해 가며 표현할 이들은 한정적이었다.

같은 천사. 혹은 대천사들.

바알이 사로잡은 시간의 천사…… ‘알스 포울리나’ 역시 대천사의 신격을 가지고 있었다. 그리고 알스 포울리나는 기적과도 같은 일들을 일으키며 끝내 소멸됐다.

대천사들이 마계에 강림했다면 마신들에게도 비상사태와 같았다. 바알은 이 사태를 결코 묵시하지 않을 것이었다.

반쯤 먹혔다.

그레모리마저 눈빛이 흔들리고 있었다. 그녀도 헷갈리는 듯했다. 하기야 무영의 말은 ‘단순한 인간’이 알기엔 너무나도 방대한 정보량을 담고 있었다.

거짓과 진실을 교묘하게 섞는 것.

‘단탈리안.’

하물며 무영은 단탈리안의 기억을 가지고 있었다.

진실과 거짓의 혼동은 단탈리안의 주특기가 아니던가!

"너희들이 예상하고 있는 대로다. 그중 나만이 유일하게 타락하지 않기에 모습을 드러낸 것이다."

"솔로몬의 감시를 위해 그레모리의 마왕이 되었다는 거냐? 잿빛이여."

무르무르가 날카로운 눈빛으로 말했다.

모든 의문이 해소된 건 아니다.

잿빛의 마왕. 수십만의 병력을 이끄는 대군주.

무영은 그와 같은 자리에 앉아 있었다. 정말 대천사라면, '감시'가 주목적이라면 너무나도 요란한 행차다.

하지만 이미 이 회랑은 무영의 것이었다. 모든 바람이 무영에게로 불고 있었다.

"솔로몬과 그레모리는 접촉했다. 내가 이곳에 오는 건 필연이지. 또한 솔로몬은 바알의 제거를 원하고, 우리도 이 전쟁이 빠르게 종식되기를 원한다. 나는 이 전쟁을 빨리 끝낼 수 있도록 그러한 '권한'을 허락받았다."

전쟁을 빨리 끝내기 위해서다?

퍼석!

탁자가 부식됐다. 무르무르가 강하게 탁자를 쥐고 있었던 탓이다.

그는 긴장하고 있었다.

72좌의 마신 중 하나, 무르무르. 그뿐만이 아니다. 그들 모두도 이 격변에 적응하지 못하고 있었다. 강렬한 태풍에 그저 휩쓸려 가는 꼴이었다.

그들은 마신이라 추앙받으며 온갖 경외와 두려움의 대상이 되지만, 그렇기에 그들은 변화에 익숙하지 못했다.

무르무르가 힘겹게 운을 뗐다.

"이곳은…… 진정한 의미에서의 세계가 아니니라. 시간의 천사 역시 특수한 경위로 들어온 것에 불과했을 뿐. 솔로몬의 주머니와 다를 바 없는 이곳에 어떻게 천사가 들어온 거지?"

"이변이 일어났다."

무영은 말을 아꼈다.

이변.

그것은 디아블로의 출현일 수도 있었고 무영이 시간을 역행한 것 자체일 수도 있었다.

하지만 이 짧은 대답은 수많은 추론을 가능토록 만든다. 그들 스스로가 알아서 생각하고 납득하도록 말이다.

무영도 무르무르의 대답으로 말미암아 더욱 많은 정보를 받아들이고 추론하는 중이었다.

'솔로몬의 주머니…….'

솔로몬은 지구를 공격했다. 인류를 몰살시켰다. 마지막에 이르러 지구 곳곳에 거대한 블랙홀과 같은 게 생기며 인류를 빨아 당겼다.

단탈리안은 그 끝에서 바알을 만났다. 하지만, 그러한 특혜를 받은 건 71인뿐. 나머지 사람들은 어떻게 되었을까?

'푸른 사원. 대부분의 사람은 그곳에서 눈을 떴다.'

푸른 사원은 멀린이 관리한다.

대마법사 멀린은 어떠한 의미에서든 솔로몬과 '공범자'일 가능성이 높았다. 그렇다면 이 '마계' 자체가 '솔로몬의 주머니'란 뜻일까?

"잿빛이여, 말인즉 천사들은 우리 '반대파'의 편에 붙겠다는 거로군. 솔로몬 역시 바알의 죽음을 원하고 말이다."

"우리는 끔찍한 대학살을 원하지 않는다. 그리고 바알은 시간의 천사를 납치했으니 우리로서도 나쁜 일은 아니지. 솔로몬이 도가 넘는 행위만 하지 않는다면 우리로서도 빠르게 이 전쟁을 끝내길 바란다."

이해의 일치라는 이야기였다.

무영이 가진 힘. 대천사 가브리엘의 신성력은 진짜다. 하물며 시간의 천사라는 명분도 있었으니 그들로선 혼란스러울 수밖에.

무영은 그레모리에게로 시선을 옮겼다.

"다시금 본제로 들어가지요. 앞으로 벌어질 일들에 대해서 말이에요."

그레모리는 평상심을 유지하고 있었으나 무영의 눈을 속일 순 없었다.

'당황하고 있군.'

한 방 먹었다고 생각하고 있겠지. 게다가 그레모리도 무영의 진짜 '정체'에 관해서 헷갈려 할 터였다.

이로써 무영은 온전한 자리를 보장받았다. 이곳에 있는 어느 마신도 무영을 무시하지 못하며 무영의 행동에 제한을 걸지 못하게 됐다.

이해의 일치. 그들 역시도 바알이 사라져야 자신들의 자유와 삶을 보장받는 탓이다.

남은 건⋯⋯.

'초월자들.'

초월체라 하는 그들. 동서남북. 사방에 하나씩 존재하며 감히 마신들도 건드리지 못하는 절대자들이다.

사용할 수만 있다면 최고의 패가 될 것이다.

문제는 시간.

다행히 이번의 일로 어느 정도는 시간을 벌었다. 이곳에 있는 마신들 중 찬성파 쪽에 발을 걸친 마신이 분명히 있다. 어쩌면 그레모리를 제외한 넷 모두일 수도 있고.

그들이 찬성파에 소문을 흘리고 대천사의 출현도 알릴 것이다. 그리만 된다면 천하의 바알도 쉽게 움직일 순 없게 될 터.

그사이에 배승민이 빠르게 일을 처리해야 했다. 그리고 무영은 배승민이 자신이 명한 일들을 최단 시간에 해결하리라고 믿어 의심치 않았다.

초월자들만 등에 업는다면 무영은 온전하게 최고 실력자로서 이 반대파를 주무를 수 있게 된다.

'미래는 바뀐다.'

과거처럼 허무하게 스러지진 않을 것이다. 자신의 손으로 모든 실수를 바로 잡으리라.

무영의 눈이 스산하게 빛났다.

마계에서 가장 신성한 종족은 무엇일까?

알려지기로는 유니콘이라고 한다.

하늘을 나는 하얀색의 말.

유니콘의 뿔은 값비싼 약재나 무기의 재료가 되기도 해서 혈안이 되어 구하려는 자가 많았다.

하지만 유니콘은 발견하기가 하늘의 별을 따는 것처럼 힘들다. 그 숫자가 많지 않은 영향도 있지만 유니콘은 모습을 감추고 기척을 없애는 데 특별한 힘을 가지고 있었다.

게다가 속도도 엄청나서 육안으로 좇기가 힘들 정도라고 한다. '유니콘 한 마리를 길들이면 마계를 안전하게 일주할 수 있다'라는 말이 괜히 나오는 게 아니다.

하지만 대부분의 이가 모르는 사실이 있었다.

유니콘은 모이면 독자적으로 세계와 분리된 '공간'을 만들 수 있었다. 그들은 그곳에서 집단으로 서식하며, 살아간다.

하지만 한곳에 머무는 유니콘은 대부분이 암컷이다. 때문에 암컷은 발정기가 되면 그 공간의 바깥으로 나가 수컷을 찾는다.

히이이이이잉!

꿈의 동산이 이러할까?

두 개의 언덕. 그 사이로 무지개가 떠 있다. 졸졸 흐르는 샘물과 넓은 초원엔 오로지 유니콘만이 서식하고 있었다.

그곳에 유독 눈에 띄는 검은 말이 있었다. 마찬가지로 날개와 뿔을 가지고 있었으나 유니콘이라 하기엔 이질적인 존재. 감히 느껴지는 마력은 최상위의 괴물과도 같았다.

지옥마!

본래는 킹슬레이어의 애마다. 그리고 킹슬레이어가 무영에게 준 선물이기도 했다. 하지만 유니콘과 눈이 맞은 이후, 무영을 떠나 유니콘들이 모여 있는 이 공간까지 왔다. 그리고 지옥마는 이곳에서 행복하게 살아가고 있었다.

히이잉!

히이이잉!

마치 애교를 부리듯 유니콘들이 지옥마의 곁으로 모여들었다.

이곳에서 지옥마는 왕이었다.

수백의 유니콘은 모두가 암컷이었고, 그들 모두가 매혹이라도 된 듯이 지옥마를 따랐다. 분명 일반적인 경우는 아니었다.

지옥마의 새끼도 벌써 열이 넘었다. 새끼들은 대부분 지옥마처럼 까맸으나 유독 뿔만은 하얀 상태를 유지했다. 하물며 어마어마한 힘을 품고 빠르게 성장하는 중이었다.

지옥마의 씨를 얻고자 유니콘들은 부단히 애를 썼다. 알아서 음식을 바치고 수발을 들며 온갖 아양을 떨었다.

히이이이이이잉!

지옥마가 늠름하게 걸었다. 마치 모세의 기적이 이뤄지듯 유니콘들이 자리를 비켜섰다. 지옥마는 커다란 바위 앞에 멈춰 섰는데, 그곳엔 희귀한 약초가 즐비했다.

천 년 먹은 만드라고라, 오랜 세월 달빛을 받은 무지개풀, 숲의 생명 전체를 집어삼키고 자란다는 왕의 꽃 등등.

유니콘은 구애자를 향해 이러한 진귀한 약초를 찾는 걸로도 유명했다. 단순히 먹기만 해도 마력이 증진되는 그야말로 전설의 약초들. 그런 걸 매일 먹고 있으니 지옥마는 하루가 다르게 강해졌다.

가운데의 남성다움을 자랑하는 물건도 죽는 날이 없을 정도였으니.

……?

막 만드라고라를 입에 문 지옥마가 고개를 갸웃했다. 약초들 사이에서 무언가가 꿈틀거린 탓이다.

"이렇게는 많이 못 먹어요…… 우히히."

심지어 말도 한다.

지옥마는 곧 그것의 정체를 알 수 있었다.

반투명한 요정.

장난기 다분한 얼굴과 저 침 자국을 보니 떠오르는 게 한 명밖에 없었다.

우히!

무영을 따라다녀야 할 요정이 왜 유니콘의 공간에 있는 걸까?

툭. 툭.

지옥마가 우히의 뺨을 입으로 쳤다.

제아무리 요정이라도 지옥마의 격쯤 되면 마음먹기에 따라 건드리는 게 가능하다.

"으음, 5분만 더 잘게요. 엄마……."

툭! 툭!

"미인은 잠꾸러기래요. 우히는 조금 더 자야 돼요……."

툭!! 툭!!

"아이 씨! 누구야!"

우히가 신경질을 부리며 눈을 떴다. 그러자 전면으로 지옥 마의 얼굴이 우히의 시야를 차단했다.

"까, 깜짝이야! 어? 뭐야, 너, 그, 그그, 검은 말이구나!"

지옥마라는 단어가 생각이 안 나서 대충 검은 말이라고 했 다. 하지만 분명히 기억은 하고 있었다.

히이이잉.

지옥마가 갈기를 멋들어지게 세우며 얼굴을 올렸다. 자신 이 아니고 누가 지옥마이겠느냐는 듯.

"그럼 낭군님도 여기 계시니? 우히는 낭군님이 보고 싶은데."

지옥마가 고개를 저었다.

이곳은 유니콘들의 공간이자 세계. 무영은 이곳에 없다. 반대로 우히가 어떻게 이곳으로 들어온 건지가 궁금했다.

"어떻게 들어왔냐고? 그건……."

우히가 고개를 내렸다. 그러곤 훌쩍이기 시작했다.

"흐아앙, 와이번들한테 쫓겼어. 우히는 낭군님 냄새가 나 는 곳으로 갔을 뿐이거든? 그러다가, 그러다가 이상한 동굴 로 들어갔어. 크흐흥! 훌쩍!"

무영의 냄새를 쫓다가 여기까지 흘러들어 왔다는 소리다.

개도 그만한 후각은 없을 것인데 참으로 대단하다고 할 수 있었다.

우히가 꽃 중의 꽃이라는 왕의 꽃에 대고 코를 풀었다. 숲 하나의 생명력을 지닌 그 꽃이 이내 우히의 체액으로 가득 찼다.

"그런데 정말 낭군님이 여기 없어?"

끄덕!

"왜 없어? 검은 말아, 너는 낭군님의 말이잖아."

히이이이잉!

지옥마가 얼굴을 더욱 들었다. 무영의 말이라는 오명이 마음에 들지 않는다는 태도다.

이곳에서 자신은 왕이었다.

어째서 왕이 누군가의 아래에 있어야 한단 말인가!

"그럼 낭군님이 어디 있는지는 아니? 검은 말아, 우히는 빨리 낭군님한테 가 봐야 한단다."

지옥마가 다시금 고개를 저었다. 알아내려면 알아낼 수는 있지만 그러려거든 이 공간을 나가야 했다.

우히가 다시금 풀이 죽었다.

"낭군님한테 꼭 가야 하는데……. 안 그러면 낭군님이 위험할 수도 있는데……."

히이이이잉?

그제야 지옥마도 조금은 궁금한 모습을 보였다.

어쨌거나 킹슬레이어는 무영을 잘 보필하라고 말했다.

하지만 솔직히 자신이 없어도 무영 그 괴물 같은 놈은 알

아서 잘 살아갈 것이다. 하루가 다르게 강해지니 지금쯤이라
면 마신을 잡았을 수도 있다.

한데 우히의 걱정은 진심이었다.

우히가 겨우 자리에서 일어나 어깨를 늘어뜨렸다.

"디아블로는 아주 위험한 마신이래. 우히의 엄마가 그렇
게 말했어. 아, 우히의 엄마는 요정왕이거든? 그래서 우히가
모르는 것도 많이 알아."

지옥마가 가만히 자리를 지켰다. 이어서 설명을 해보라는
행동.

"그래서 있지? 디아블로가 소환된 게 이상하대. 디아블로
는 원래 '있어서는 안 되는' 신이거든? 그러니까 빨리 소멸시
키지 않으면 세계에 종말이란 게 올 거래."

종말. 세계의 파멸을 뜻하는 단어다.

지옥마는 코를 벌렁거렸다. 자신과는 별 상관이 없었다. 마
계가 망하든 말든 유니콘들과 유유자적 살아가기만 하면 됐다.

"우히랑 그걸 소환한 소환자가 없으면 낭군님은 디아블로
를 이길 수 없대. 아, 그런데 우히의 아빠가 다른 말도 해줬
어. 가장 중요한 문제는 '허무의 주인들'이라고. 디아블로가
존재력을 유지할 수 있는 건 '허무의 주인들'을 먹어서라나?"

허무의 주인들!

킹슬레이어도 그중 하나다. 지옥마의 진짜 주인. 그는 허
무에 빠진 허무의 주인 중 하나였다.

설마 디아블로가 킹슬레이어도 먹이로 삼을까?

하지만 킹슬레이어는 강하다. 진짜 신들도 킹슬레이어는 건드리지 못했다. 지옥마는 그것을 잘 알고 있었다.

"그러니까, 으음, 허무의 주인들을 가져다가 바치는 나쁜 놈이 있을 거래! 디아블로가 허무의 주인들을 먹어서 허무가 무너지면…… 전 차원에 혼돈이 생길 거라나? 우히는 너무 어려워서 잘 모르지만 큰일인 모양이야!"

허무는 신이 되지 못한 신들이 도착하는 종착역이다. 솔로몬은 계약으로 그런 몇몇 존재를 이면에 정착시켜 주었다.

킹슬레이어도 그중 하나.

지옥마는 잠시 경직됐다.

무영은 죽여도 죽을 것 같지 않은 놈이다. 하지만 킹슬레이어는 의외로 약한 존재였다. 그 무력은 어지간한 신에 버금가나 그는 크게 좌절한 이후 나락까지 떨어진 바가 있었다. 무영이 엄청 마음에 든 모양이고 킹슬레이어의 부탁이니 지옥마도 한동안 무영을 도왔다.

솔직히 지옥마는 무영보다 킹슬레이어가 걱정됐다.

"그래서 우히는 낭군님을 찾으러 가야 한단다, 검은 말아. 우히는 다시 움직일게. 잘 있으렴."

우히는 도와 달라는 말도 하지 않았다. 이 일을 자신의 힘으로 온전히 해내겠다는 의지가 있었다.

우히는 본래 그런 요정이 아니다.

어떻게든 꾀를 내서 편하게 지내려고만 하고 악을 쓰고 응석을 부리는데 최적화되어 있었다.

함께한 시간이 얼마 안 되는 지옥마도 알고 있을 정도다.

히이이이이잉!

지옥마가 우히의 앞을 막아섰다.

"검은 말아, 우히를 태워준다는 거니?"

히이이잉!

크게 콧김을 뿜었다. 그러자 우히가 감동한 듯 눈물을 훌쩍였다. 말은 안 했어도 그간 많은 고난을 겪으며 힘이 든 모양이었다.

"고마워! 검은 말아!"

우히가 지옥마의 등에 올라탔다.

히이이잉!

히이이이이잉!

그리고 공간을 나서려고 하자…… 그 뒤로 수백의 유니콘이 따라왔다. 심지어 장성한 자식들도 따라가겠다고 고집을 피웠다. 그들도 우히와 지옥마 사이의 무거운 분위기를 읽은 것이다.

지옥마는 잠시 멈춰 서서 고민하다가 이 공간과 아이들을 지킬 최저한의 숫자만을 남기고 대동하기로 결정했다.

지옥마가 겪은 잠시간의 꿈같은 행복이 종료되는 시점이었다.

땅이 갈렸다. 하늘이 울었다. 거대한 파도가 전방에 몰아쳤다.

한계를 넘어선 대마법.

성을 에워싼 괴물들이 순식간에 죽어 나갔다. 괴물들은 비명을 지르며 도망갔고 마왕들도 후퇴했다.

이어 누더기 망토를 뒤집어쓴 남자가 성벽의 위에 올랐다.

"나는 멀린, 너희의 수호자이며 인도자이니라."

대도시의 모든 사람이 남자를 바라봤다. 그 눈동자가 족히 백만을 넘었다.

"아아! 멀린 님이시다!"

"대마법사 멀린!"

모두가 경외하며 무릎을 꿇었다. 그리고 멀린의 탈을 쓴 남자, 오스카는 긴장하며 침을 꿀꺽 삼켰다.

'배승민 님이 나머지는 알아서 잘해주시겠지.'

배승민의 시나리오는 착착 진행되고 있었다.

뮬라란은 축제가 한창이었다.

거리에 별의별 공연이 가득했다.

쉽게 접할 수 없는 마법, 이적을 담은 도구 등을 아낌없이 공개했다. 하얀색의 올빼미들이 공중을 활보하고, 사제들은 하늘에 신성력을 터뜨려 불꽃 축제를 방불케 만들었다.

역대급. 역대 어느 뮬라란의 주인들도 이만한 규모의 축제를 연 적은 없었다.

사람들의 표정은 밝았다. 그들은 시름을 잊고 놀았다.

"와, 진짜 맛있다. 사과가 무슨 당도가 이렇게 높지?"

배수지가 붉은 사과를 한 입 베어 물곤 행복한 미소를 지었다. 그 옆엔 권왕도 함께하는 중이었다.

권왕은 냅다 한숨을 내쉬었다.

"하라는 수련은 안 하고……."

"축제잖아요, 축제! 스스로가 즐기지 않으면 어찌 발전을 하겠습니까?"

"말이라도 못하면……."

"엇! 저기 삐에로다! 아저씨, 저도 풍선 한 개만 불어줘요!"

"후……."

배수지가 어린애처럼 신이 나선 삐에로를 향해 달려갔다.

물론 애가 맞긴 하지만 모든 걸 전수하고픈 권왕으로선 아쉬울 따름이었다. 그래도 한숨을 내쉰 것과 달리 권왕의 입가엔 미소가 곁들여져 있었다.

'하긴, 이미 내 수준은 넘어섰지.'

배수지가 강해지는 속도는 상상 이상이었다. 이러한 인간을 권왕은 본 적이 없었다. 벌써 인류십강이라는 권왕의 수준을 한참 넘어섰으니. 그리고 그게 강한한 이유는 배수지가 가진 특별한 스킬, '빛의 계보' 때문이었다.

빛의 계보.

모든 능력치를 일정하게 맞춰주는 그 스킬로 인해 배수지는 '만능형'이 됐다.

'그래도 다행이다. 다시 밝아져서.'

배수지는 무영과 배승민을 만난 이후 풀이 죽어 있었다. 권왕이 억지로 데려갔으니 뿔도 났다. 그래서 죽은 듯이 수련만 했는데, 간만에 신이 난 모습이 보여 다행이었다.

"슬슬 시작하겠군."

어느 정도 시간이 흐른 뒤 권왕은 광장으로 나아갔다. 광장에는 이미 수많은 사람이 모여 있었다.

모두 교황의 말을 듣기 위함이다. 정확히는 교황이 전하는 '신녀'의 말이겠지만.

'뮬라란은 신녀에게 장악당했다. 이번 축제도 신녀가 직접 명령한 것일 테지. 무슨 목적이 있을 것이다.'

권왕은 연륜이 있다. 이러한 축제가 하루아침에 계획됐으리라 생각하지 않았다. 축제 뒤에 숨겨진 무언가가 있을 터.

뿌우우우웅!

나팔이 울렸다.

"교황님!"

"교황 만세!"

모두가 양손을 들었다.

교황이 행차한 것이다. 그리고 교황의 옆에는 언제나처럼, 신녀가 함께하고 있었다.

신녀 히아신스.

아직 소녀의 태를 벗지 못했으나 눈이 멀어버릴 것만 같은 매력을 지니고 있었다. 교황마저 꼭두각시로 두고 조종할 정도이니 말은 다했다.

'멀리서 봐도 심장이 떨리는군. 후!'

권왕은 애써 고개를 돌렸다. 오로지 교황만을 바라보기 위함이다.

"와, 저 여자애 진짜 예쁘네요? 인형 같다! 근데 어디서 많이 본 거 같은데……."

자기 얼굴 크기의 막대 사탕을 쥔 채로 어느새 배수지가 다가왔다. 배수지는 매력의 힘에도 끄떡하지 않았다. '악한 힘'이라고 규정된 모든 힘은 배수지를 쉽게 침범하지 못했는데 이번 경우도 그런 듯싶었다.

"존경하는 신교국의 여러분, 오늘의 축제를 즐겨주셨으면 합니다."

교황이 말문을 열었다. 이후 기다란 연설이 시작됐다.

"하아암."

배수지는 저도 모르게 하품을 늘어뜨렸다. 그러다가 주변의 눈총을 받곤 급히 입을 틀어막았다.

"스승님, 원래 교황님이 저렇게 말이 많았어요?"

그러곤 은밀하게 권왕을 향해 속삭였다.

권왕은 고개를 저었다. 교황은 말이 없기로도 유명하다. 오로지 필요한 말만 뱉는다. 하지만 오늘은 미사여구가 너무나도 많았다.

"……얼마 전, 대도시에 마왕 둘이 침범했습니다. 그리고 그것을 멀린께서 막아내셨습니다.”

멀린!

이야기는 이미 신성제국에까지 퍼졌다.

대마법사 멀린. 사람들은 그를 '푸른 사원의 수호자'로 불렀다. 수호자가 직접 세상에 나온 것이다.

교황은 그를 언급하며 앞으로의 방향을 정하고자 하는 것이다. 말은 길었지만 결론은 하나였다.

“우리 신성제국 뮬라란은 멀린의 뜻을 따라 마신들을 타도하는 데 앞장서겠습니다. 모든 신민과 인류를 위해!”

“와아아아아아아아!”

“출정이다!!”

권왕이 이맛살을 구겼다. 갑작스러운 전쟁이라니. 하지만 사람들은 한 치의 의심도 하지 않았다. 그저 하자는 대로 따라가는 모양새. 이 정도면 단체로 주술에 걸린 듯했다.

“가자. 뮬라란을 나가야겠다.”

좋지 않은 징조.

권왕이 말했지만 대답은 들려오지 않았다.

“……?”

이에 의아하여 주변을 둘러봤지만 배수지는 이미 모습을 감추고 있었다.

'이 녀석이 또 어딜 간 거야?'

'누군가가 나를 쳐다보고 있다.'

배수지는 문득 그런 생각을 했다. 하지만 주변을 둘러봐도 자신을 은밀하게 쳐다보는 이는 없었다.

'뭐지?'

배수지는 어렸을 때부터 감이 남달랐다. 무영조차 인정할 정도로 뛰어난 그 감은 몇 번이고 배수지의 목숨을 살린 바가 있었다. 특히 하늘도서관에서 '빛의 계보'를 얻은 뒤엔 그 능력이 극대화됐다.

일전에 무영을 만나 무영의 힘을 잠시 빌렸을 땐, 마치 신이라도 된 기분이 들었다. 그 감각이 배수지의 내면에 아직도 남아 있었다.

그리고 극대화된 감이 말하고 있었다.

느껴지는 시선을 따라가야 한다고.

'대체 누가?'

궁금했다. 이런 성황리 속에 숨어서 자신을 훔쳐보는 이유가 있다면 그 이유가 궁금했다. 무엇보다 느껴지는 시선 속에는 적의가 없었다.

오히려 애틋함이 들었다.

애틋함이라니…….

'찾아보자.'

이대로 놓칠 수 없다는 기분 속에서 배수지는 빠르게 경공술을 펼쳤다. 다른 건 몰라도 속도전은 자신이 있었다. 배수지의 추적 앞에서 도망친 이는 거의 없다고 해도 과언이 아니다.

최고 속도는 감히 음속에 맞먹을 정도.

하지만 시선의 주인은 그보다 빠르게 모습을 감췄다. 성당의 꼭대기에 올랐지만 아무도 없었다.

'이동 마법을 쓴 흔적이 있어.'

하지만 마법을 쓴다고 피할 순 없다. 상대는 배수지를 얕보고 있었다. 무영과 동화된 이후 배수지의 감각은 이미 범상치 않은 수준을 넘어섰다. 권왕이 유파 '신비문'의 모든 걸고작 한 달 사이에 깨우칠 정도로.

감히 천재라는 말이 부족한 인재였다.

덕분에 마법의 흔적을 읽고, 마력의 움직임을 볼 수 있는 눈도 갖게 됐다.

"누군지는 모르겠지만 나랑 하는 숨바꼭질은 재미없을걸?"

배수지도 오기가 생겼다.

여기까지 왔는데 포기하고 그냥 가면 배수지가 아니다.

배수지의 신조는 시작했으면 끝을 보자다. 이러한 성격의 배후에는 무영이 있었지만 덕분에 포기하지 않고 달려올 수 있었다.

배수지는 마력의 향을 좇았다. 그리고 향의 근원지에 다다를 즈음에는 다시 상대가 사라졌다.

몇 번을 반복하자 배수지는 감탄했다.

'대단한 마법사네. 발동 시간이 거의 없어.'

보통의 이동 마법이라 하면 발동시간이 오래 걸리기로 유명하다. 아니면 사용 가능한 숫자에 제한이 있거나. 지금 쫓는 마법사는 그 두 가지 모두에 해당이 없는 듯싶었다.

대마법사 멀린이 대도시에 나타났다는데, 그가 오기라도 한 걸까?

지칠 만도 하건만 배수지는 포기하지 않았다.

'재밌네.'

오히려 재밌었다.

어렸을 때로 돌아간 기분. 아이들끼리 뛰어놀던 그때의 기분을 조금은 느낄 수가 있었다.

상대도 오히려 배수지의 발걸음에 맞춰주는 기분이었다.

해가 떨어질 때까지 술래잡기는 계속됐다.

그 근성에 감동한 것인지 어느 순간 마법의 패턴이 바뀌었다.

배수지가 고개를 갸웃했다.

"이젠 도망가다가 안 되니까 나를 유혹하네?"

뮬라란 전체를 숨바꼭질 하듯이 돌아다녔다. 한데 갑자기 지하로 향한다. 배수지가 쫓아오는 걸 뻔히 아는 상태로 말이다.

이건 올 테면 와보라는 거다.

도발이었지만 배수지에겐 유혹과 같았다.

달콤한 과일을 먹은 뒤여서인지 배수지는 그 도발에 응해주기로 하였다.

스으으.

지하 하수도. 배수지는 흐르는 물 위를 달렸다. 물에 빠지지 않는 수준의 경공술은 이미 예전에 익혔다. 지금은 허공을 걷는 기예도 부릴 수 있었지만, 굳이 이 좁은 곳을 날아다닐 필요는 없었다.

그렇게 얼마쯤을 걸었을까.

'누군가 있어.'

기척이 있었다.

하수도의 교차로. 벽의 이면에 누군가가 자리한 채였다. 족히 반나절 동안 행한 술래잡기의 끝이 보이는 셈이다.

배수지는 조심스럽게 다가갔다. 대단한 마법사이니 아무리 적의가 없어도 방심했다간 큰코다칠 수도 있었다. 일정 거리에 다다르자 최대한 빠르게 다리를 놀렸다.

갈림길의 끝에는 검은색 로브를 뒤집어쓴 남자가 자리하고 있었다.

배수지는 그 남자를 보는 순간 배수지는 전신을 떨었다. 무저갱과 같은 그 눈. 잊을 리 없었다.

"당신은⋯⋯."

"뮬라란을 떠나라."

한없이 낮은 목소리가 귓가를 어지럽혔다. 무영과 함께 있던 리치가 분명했다.

"왜 당신이 이곳에 있는 거죠?"

"알 필요 없다."

알 필요 없다?

그러면서 다짜고짜 떠나라는 말은 상당히 불합리했다.

무엇보다 그는 왜 배수지를 따돌리지 않은 걸까?

'이 리치의 실력이면 나를 백 번은 더 따돌릴 수 있었을 텐데.'

아무리 배수지가 고공행진급의 성장을 이뤘다지만 마왕

엔로스를 맞상대하던 리치에 비할 바는 아니다.

그러고 보면 애매한 기억이 있었다.

그날.

무영과 동화되어 엔로스를 상대하던 날!

배수지는 붙잡혔고, 끝내 기절하고 말았다.

하지만 희미한 의식 속에서 눈앞의 리치를 보았던 기억이 있었다. 현실인지 상상인지 확신할 순 없지만…… 그의 애틋한 눈빛이 왜인지 기억에 남았다.

그리고 이번에도 마찬가지다.

자신을 애틋하게 쳐다보던 게 리치라면, 놀아주듯 몸을 숨기던 게 눈앞의 리치가 맞다면 왜 그런 것인지.

"싫어요."

배수지는 고개를 저었다.

"지금까진 기억이 애매했지만 이제는 확신할 수 있어요. 왜 저를 구했죠? 엔로스에게 붙잡힌 저는 가치가 없었어요. 자신의 몸을 날려가면서까지 구할 가치가요. 저는 말썽꾸러기가 아니었나요?"

실제로 리치는 배수지를 짐짝처럼 취급했다. 그럴진대 마지막에 와서 리치는 배수지를 구했다. 스스로 자폭을 택하며 엔로스를 배수지로부터 떨어뜨려 놨다.

그가 배수지를 바라보던 눈빛은 다급했고 아련했으며 왜인지 그리웠다.

배수지는 그 눈빛을 여태껏 한시도 잊은 적이 없었다.

"당신은 누구죠?"

"나는 망령. 주인님의 그림자. 너는 이번 일에 관계할 필요가 없다. 주인님께서도 바라지 않을 것이다."

"무영 아저씨가요? 아저씨는 저보고 멈추라고 한 적이 없었어요. 단 한 번도."

무영은 핑계다. 위험이 닥쳤다면 정면으로 뚫어내는 게 무영이었다.

무영이 배수지에게 도망치라고 말한다?

무영은 아무런 납득도 할 수 없는 상태에서 그런 말을 할 남자가 아니었다. 한마디로…… 변명이다. 리치는 변명을 하고 있었다.

"처음부터 그랬어요. 본 적이 없는데, 리치인데도 보고 있으면 가슴이 뛰었어요. 사랑은 아니지만 분명히 그에 가까운, 어쩌면 그 이상의 감정을 느껴서 당혹했죠. 당신이 아무리 저를 짐짝 취급해도, 멀리하려 해도 마찬가지였어요. 당신은 대체 누군가요?"

배수지는 복잡하기 짝이 없는 표정을 지어 보였다.

한시도 떠나간 적이 없었던 물음.

사랑이라면 차라리 편하겠다. 그저 사랑이었다면.

하지만 아니다. 이 심장의 떨림은, 그저 그리움이고 사무침이었다.

리치…… 배승민은 침묵했다.

그라고 밝히고 싶지 않겠는가?

'너는 내 딸이다'라고 말하고 싶지 않겠는가.

하지만 지금 자신의 모습을 보라. 죽어서 따스함이라곤 한 점도 느껴지지 않는 몸을! 살점 하나 없이 추레하기 그지없는 이 몸을!

"떠나라. 넌…… 이 전쟁에 참여해선 안 된다."

배승민이 지팡이를 짚었다.

촤아아악!

날카로운 톱니처럼 바람이 배수지를 향해 도약했다.

피하려고 했으나, 그 순간 어깻죽지를 꿰뚫렸다.

투우욱!

"자, 잠깐……."

배수지는 말을 잇지 못했다. 정신을 잃고 쓰러진 것이다.

배승민이 쓰러진 배수지를 바라봤다. 작은 벌레 따위가 다가오지 못하도록 주변에 작은 결계를 쳐주고, 배수지의 체온이 온전하게 유지되도록 몇 가지 마법도 추가해서 걸어주었다.

한 달 뒤에 일어난 배수지는 스스로 이 결계를 깨고 나올 수 있을 것이다.

"너는…… 살아야 한다."

강력한 수면 향을 곁들였으니 앞으로 한 달은 일어나지 못할 터.

배승민은 잠시 배수지를 바라보곤 몸을 돌렸다.

할 일이 많았다.

배승민이 떠나가고 정확히 3일이 지난 시점.

통. 통.

물을 튕기며 누군가가 다가왔다.

"뭐야, 여기라며? 아무도 없는데?"

검은 말의 위에 탄 작은 요정이 심술을 부리듯이 말했다.

히이이이잉!

"검은 말아, 여기가 확실하다고? 그런데 없잖아. 지금 우히한테 거짓말한 거야?"

히이이잉!

"아냐? 여기 있어? 우히가 볼 때는, 음…… 여자가 한 명 있긴 있네. 그리고 묘하게 낭군님의 냄새가 나."

킁킁!

개처럼 냄새를 맡던 작은 요정, 우히가 근처에 설치된 결계로 날아갔다. 결계로 가려졌다지만 지옥마와 우히의 눈엔 뻔히 보였다.

그러곤 결계 속에 있는 배수지를 발견한 뒤 고개를 갸웃거렸다.

"이 여자애한테서 낭군님의 냄새가 나. 설마…… 바람?"

우히가 입술을 쭉 내밀며 배수지의 면면을 자세히 살폈다.

무영의 냄새가 유독 짙게 났다. 이는 배수지가 한 번 무영과 동화한 적이 있기 때문이지만 우히가 그러한 속사정을 알리는 없었다.

지옥마가 착각한 것도 그 이유 때문이었다.

그리고 애당초 우히는 배수지와 만난 적이 없었다.

"히잉, 우히가 없는 사이에 낭군님이 새 여자를 만들었나 봐."

히이이잉!

지옥마가 비웃음을 흘렸다. 강자에겐 수많은 여자가 붙는 법이다. 지옥마도 수백의 암컷 유니콘의 왕으로 불리며 그녀들과의 시간을 즐겼다. 하지만 누구도 불평을 하지 않았다. 지옥마는 그곳에서 왕이었으니 말이다.

"뭐야? 씨이, 남자들은 다 똑같아!"

어디서 많이 들은 대사를 남발하며 우히가 팔짱을 꼈다.

"검은 말아, 이 여자애도 데려가자. 낭군님한테 우히냐고 얘냐고 따질 테야."

히이이잉!

지옥마는 또다시 고개를 갸웃했다. 싫으면 이 자리에서 콱 죽여 버리면 쉬울 텐데. 하지만 우히도 내심 무영과 관계있는 여자를 두고 가긴 싫은 모양이었다.

참, 세상 어렵게 산다고 지옥마는 생각했다.

비상이 걸렸다.

반대파가 결집한 그레모리의 신전을 마족들이 감쌌다. 그 숫자가 거의 천만에 달했으나 긴장 상황은 극에 달했다.

"그가 어째서 이곳에 있는 거지?"

"불가침을 깨려는가?"

그만한 상대가 나타난 탓이다.

상대가 딛는 대지는 까맣게 죽어갔다. 그의 숨결이 닿는 곳엔 역병이 판을 쳤다.

그는 마치 사신과 같은 거대한 낫을 들고 있었다. 그의 뒤로는 수많은 언데드와 수많은 괴물이 득실거렸다.

죽은 자들의 왕!

사방의 네 초월체 중, 북쪽을 지배하는 그가 어째서 이곳에 나타났단 말인가?

다섯 명의 마신이 있다지만 죽은 자들의 왕도 그에 못지않았다.

하지만 그가 어째서 이곳에 있는 걸까?

사방의 초월자들을 모은다는 계획이 있긴 했지만 훗날의 이야기였다. 배승민이 용군주 한성과 함께 그들을 설득하길 바란 것이다.

하지만 부르지도 않았는데 그가 나타났다.

수많은 죽음을 이끌고서!

"죽은 자들의 왕이여, 네가 있는 곳으로 돌아가라. 아니면 큰 화를 당하게 될 것이다."

가장 전투적인 마신 무르무르가 나섰다. 하지만 죽은 자들의 왕은 무르무르에게 시선조차 주지 않았다.

그의 시선은 오로지 한 사람, 무영에게 닿아 있었다.

무영은 인상을 구겼다. 놈의 의도가 자신에게 있다는 걸 파악할 순 있었지만 부르지도 않았는데 어떻게 알고 나타난 건지 알 수가 없었다.

하지만 놈은 분명히 무영을 부르고 있었다.

하여, 무영은 죽은 자들의 왕이 바라는 대로 한 발 앞으로 나섰다.

"내게 용무가 있는 모양이군."

"나의 신께서 나를 너에게 인도했노라."

즉답. 하지만 죽은 자들의 왕이 독실한 신자라는 건 의외였다.

"너만 한 존재도 신을 따르는가?"

"너도 따르고 있지 않느냐?"

무영도 신을 따른다고?

금시초문이었다.

무영은 신을 맹신하지 않는다. 오히려 지독한 불신자라 할 수 있었다. 무영이 믿는 건 스스로에 대한 것뿐이었다.

그런데 신을 믿는다니?

무영이 의아해하자 죽은 자들의 왕이 이어서 말했다.

"아르타나스! 너에게 축복을 내린 진정한 죽음의 권능자 말이다."

데스 로드!

그의 진짜 이름이 죽은 자들의 입을 타고 흘러나왔다.

너무나도 의외의 상황.

북쪽을 지배하는 초월자, 죽은 자들의 왕과 데스 로드가 연관되어 있다는 말인가?

둘은 같은 '죽음'을 다루는 입장이긴 했다. 무영 역시 데스 로드의 힘을 자신의 것으로 완벽하게 승화시켰다.

마신들은 경계하고 적대시하지만 무영은 왜인지 친숙한 느낌이 드는 걸 보면 마냥 착각은 아닌 듯싶었다.

하지만, 데스 로드는 '이면'에 있다.

이면의 존재인 데스 로드가 어떻게 죽은 자들의 왕과 접점이 있는 걸까?

"아르타나스가 너를 보낸 이유가 뭐지?"

무영은 묻지 않을 수 없었다. 돕고자 왔다면 가장 좋은 답변이 되리라. 안 그래도 가장 까다로운 초월자 중 하나가 죽은 자들의 왕이었기 때문이다.

"죽음의 예술만을 사용한 대결이다. 나의 신께선 승자에게 자신의 모든 걸 잇게 하겠노라고 말씀하셨다."

하지만 죽은 자들의 왕이 꺼낸 말은 의외의 것이었다.

죽음의 예술로 말미암은 대결이라. 그렇다면 죽은 자들의 왕 역시 '죽음의 예술'을 사용하는 자란 뜻이었다.

설마 무영 자신 의외에 하나가 더 있었을 줄이야.

'데스 로드의 모든 걸 잇는다.'

무영은 잠시 고민했다. 하기야 과거에도 엉덩이가 무겁기로 유명한 존재였다. 마신들이 기승을 부릴 때에도, 다른 초월자들이 한 번씩은 얼굴을 비출 때에도 죽은 자들의 왕은 북녘의 겨울산에서 아무런 행동도 취하지 않았다.

다만, 그렇기 때문에 북녘은 그야말로 불가침의 영역이었다. 그런 그가 무영이 있는 곳까지 무거운 엉덩이를 떼고 행차했다.

그만큼 데스 로드의 힘이 탐난다는 뜻.

"받아들이지."

받아들이지 않을 이유가 없었다.

물론 이 대결의 패자는 승자의 마음대로 될 가능성이 높았다. 어쩌면 '언데드'로 사역되어 부려질지도 모르는 일이다.

하지만 무영은 자신이 있었다.

적어도 단순한 예술의 영역만큼은 독자적이었으므로.

물론 독자적인 영역을 구축한 건 무영만이 아닐 것이다. 죽은 자들의 왕 역시. 그가 이끌고 온 '죽음'들은 하나같이 특이하지 않은 것이 없었다.

어쩌면 데스 로드의 정통을 이어받은 건 무영이 아닌 그일지도 모르겠다.

하나의 재료를 가지고 장점만을 극대화하는 것.

반면 무영은 서사를 중요시한다. 전혀 다른 영역에서 누가 승리할지는 아무도 장담할 수가 없었다.

"대결의 방법은 간단하다. 같은 조건의 피조물을 가지고 누가 더 대단한 '예술'을 펼치느냐!"

말이 예술이지 결국 누가 더 강력한 죽음을 창조하느냐의 싸움이라는 뜻이다. 그 피조물을 정하는 기준도 중요하겠지만, 정말 평등하게 같은 조건이라면 해볼 만하다.

"나도 조건이 있다."

잠시의 침묵을 깨고 무영이 입을 열었다.

받아들이는 건 당연하지만, 그대로 받아들이는 건 멍청한 짓이다. 특히 지금과 같은 상황에선 더더욱.

"말해봐라."

죽은 자들의 왕은 느긋했다. 승리 자체가 너무나도 당연하다는 듯. 하기야 데스 로드에게서 죽음의 예술을 받았다면 무영보다 훨씬 많은 세월 동안 그 힘을 사용했을 것이다.

반면 무영이 죽음의 예술을 갈고닦은 시간은 현저히 짧았다.

일단 듣고 판단하겠다는 태도인데.

무영은 주변을 둘러보며 말했다.

"자리를 옮기고 싶군. 우리의 '예술'은 누군가에게 평가받기 위한 것이 아니니."

마신과 마족. 그 모두가 둘을 지켜보고 있었다.

하지만 죽음의 예술과 관련된 힘은 무영이 가진 비장의 무기 중 하나였다. 루키페르와 대천사 가브리엘의 힘을 밝힌 이상, 적어도 이것만은 숨기고 싶었다. 예술이라 칭하는 이 대결이 무엇을 의미하는지 마신들은 알지 못하고 있었다.

그리고 무영이나 죽은 자들의 왕이나 이제는 제3자의 평가를 받는 단계를 지났다. 그것을 이해하는 사람도 이곳엔 없을 것이었다.

무영과 죽은 자들의 왕, 이 두 명 외에는 말이다.

"타당하군."

죽은 자들의 왕이 조건을 수락했다. 이어 그가 낫을 휘둘렀다.

휘이이이이이잉!

낫을 휘두름과 동시에 검은색의 구멍이 그의 옆으로 생겨났다.

"들어오라. 이곳이라면 누구의 방해도 받지 않을 것이다."

죽은 자들의 왕이 홀로 그 구멍을 향해 들어갔다.

무영도 혼자 오라는 무언의 압박.

"무영, 나도 함께 가겠다."

타칸이 만류했다. 갑자기 나타나 끌고 가는 저의가 영 수상쩍었다.

하지만 무영은 고개를 저어 보일 따름이었다.

"아니, 나 혼자 가야 한다."

이 싸움은 죽음의 예술가로서의 자존심과 그 이후의 미래까지 걸려 있는 중대한 한판이었다.

무영은 데스 로드의 모든 걸 이어받음과 동시에 죽은 자들의 왕까지도 얻을 작정이었다. 편법은 통하지 않는다. 정면 돌파만이 해답이었다.

'제 발로 찾아왔으니 내가 직접 거둬야겠지.'

검은 원을 향해 발걸음을 옮겼다.

이윽고 죽은 자들의 왕이 데려온 수하들이 무영을 둘러쌌다. 다른 이들은 결코 이 안에 들이지 않겠다는 의미였다.

마신들도 섣불리 움직이지 못했다.

죽은 자들의 왕은 자신이 가진 모든 병력을 데려온 것 같았다. 단순한 숫자로만 따지면 마족들의 숫자에 버금갔다. 물론 직접적인 대결로 들어가면 마신들이 우위에 서겠지만 무시하지 못할 타격을 입을 것이었다.

이곳에 있는 모든 언데드는 죽은 자들의 왕이 직접 창조한 창조물인 탓이다.

"금방 돌아오겠다."

무영이 원에 들어선 순간.

휘이이익!

감쪽같이 검은 원이 모습을 감췄다.

사육장이었다.

지하에는 온갖 괴물이 철창에 갇힌 채 신음하고 있었다.

"이번 대결을 위해 잡아들였다. 최하급의 고블린부터 최상급의 용까지. 원하는 재료가 있다면 아낌없이 사용해도 좋다."

죽은 자들의 왕은 선심이라도 쓴다는 양 말했다.

지하는 상상 이상으로 넓었고 무영이 처음 보는 괴물들도 즐비했다. 그야말로 마계의 모든 괴물을 종류별로 구겨 넣은 모습.

'대단하군.'

숫자도 숫자지만, 이만한 종류를 모아둔 그의 능력에 감탄할 수밖에 없었다.

무영은 사육장을 걸었다. 끝으로 갈수록 괴물들의 등급이 올라갔고 마지막엔 용들이 자리하고 있었다.

화룡, 수룡, 대지룡, 광룡……

거의 전설로 취급되는 피닉스와 그리핀까지!

"무엇을 만들어야 하지?"

"그것은 아르나타스께서 정해주실 것이다."

데스 로드가 직접 알려준다고?

그 순간이었다.

〈모든 재료를 사용하여 하나의 키메라를 완성하라.〉

〈제한 시간 – 72시간〉

눈앞에 떠오른 글귀.

평소와는 달랐다.

데스 로드가 직접 전송한 것처럼 굉장한 악필이었다.

그가 직접 모습을 드러내진 않았지만 이 또한 시련이라는 걸 알 수 있었다.

"키메라라……"

어느 정도 예상했다는 듯 죽은 자들의 왕이 움직이기 시작했다.

그는 원하는 재료를 척척 철창에서 꺼냈다.

'이 싸움, 내가 불리하군.'

사육장은 넓었다. 정말 어지간한 도시 하나의 크기라고 할 수 있을 것이다. 지하에 이런 시설을 마련한 것도 대단하지만 죽은 자들의 왕은 이곳 어디에 무엇이 있는지 정확히 꿰뚫고 있었다.

확실히 불리한 대결이다. 결코 공정하지 못하다. 그렇다고 이미 시작된 싸움을 중단시킬 순 없었다. 지금 이러고 있을 때에도 시간은 흐르고 있었으니.

카아아악!

그아아아악!

가장 먼저 그가 고른 건 피닉스였다. 피닉스와 화룡. 최상급의 재료로 최상급의 키메라를 만들겠다는 게 벌써부터 보였다.

불의 신이라도 만들 셈인 걸까?

'키메라. 수많은 괴물의 집합체.'

어려운 과제다. 단순한 언데드와 달리 키메라는 온갖 괴물의 장점을 모아 만드는 복잡한 녀석이었다.

하지만 혹여나 서로 맞지 않는 신체를 억지로 합하다가 부족용이 생길 가능성도 있었다. 조합도 잘 생각해야 한다는 뜻. 확실히 좋은 재료는 좋은 키메라를 만드는 데 도움이 된다. 이는 불변의 진리지만 무영이 지향하는 바와는 조금 달랐다.

무영은 붉은 깃털을 목에 단 오크 로드의 철창으로 다가갔다. 오크 로드는 무언가 사연이 있어 보였다.

"이름이 무엇이냐?"

무영은 대화를 시도했다.

죽은 자들의 왕은 무영의 행동을 이해할 수가 없었다.

24시간이 넘도록 무영은 괴물들과 일일이 대화를 나누고 있었다. 사육장에 있는 괴물의 숫자는 족히 일만을 헤아린다. 그것들과 전부 대화를 나눌 셈인 건가?

'이해할 수 없다.'

보면 볼수록 모르겠다.

어차피 죽음의 예술은 지배의 힘.

지배의 힘으로 말미암아 언데드로 만들면 창조자에게 절대적인 충성을 보인다. 그전의 기억이나 정신은 온데간데없이 사라지는 것이다. 굳이 알아봤자 하등 도움이 안 된다.

차라리 조금이라도 좋은 재료로 더욱 좋은 조합을 꾀하는 게 나았다.

생각만 하기도 부족한 시간일진대, 무영은 미친 듯이 대화만 하고 다녔다. 더욱 놀라운 건 괴물들이 무영의 대화에 응하고 있다는 점이었다. 동화, 혹은 감정의 공유. 무영은 그러한 능력을 갖추고 있었다.

하지만 역시 키메라를 만드는 것과는 거리가 멀었다.

'포기한 건가?'

아마도 시작한 시점에서 알았을 것이다.

이 대결이 자신에게 절대적으로 불리함을 말이다.

그렇다고 봐줄 생각도 없었다. 이 세상에는 진정한 의미에서의 평등이 존재하지 않는다. 평등을 외치고 다녀봤자 사냥하기 좋은 사냥감만 될 뿐.

죽은 자들의 왕은 신경을 접었다. 대신 자신이 만드는 창조물에 집중했다.

'불의 화신. 모든 것을 태우는 괴물 중의 괴물을 만들겠다.'

가장 진한 불꽃 속에서 태어난 피닉스와 불의 권능을 지닌 화룡, 불의 거인 불타르와 최상급의 불의 정령을 합쳤다.

그뿐인가?

불의 속성을 지닌 괴물들을 한데 모아 정수만을 빼낸다. 그렇게 빼낸 수백 개의 정수를 압축시켜 심장으로 만든다. 다시 그 위에 가장 단단한 피부를 지녔다는 기간테스의 가죽을 덧대고 불이 더욱 활활 타오를 수 있도록 불의 기운을 활성화시키는 마법진을 수십 겹 중첩시킨다.

거기에 오랜 시간 언데드를 만들며 익힌 모든 노하우를 때려 박는다.

감히 사상최강의 창조물이 탄생하리라 믿어 의심치 않았다.

그 과정을 죽은 자들의 왕은 굳이 숨기지 않았다.

무영이 설혹 물의 기운을 가진 키메라를 만들더라도 승리할 확신이 있기에 가능한 일이었다. 아니면 그전에 미리 좌절하게 만들 심산이었다.

한데…….

무영은 좌절하지도 포기하지도 않았다. 그렇다고 물의 기운을 가진 괴물들을 살피지도 않았다. 72시간 중 60시간을 넘어섰을 때까지 무영은 대화를 이어 나갔다.

이쯤 되면 키메라를 만들 의지가 없는 것으로까지 보인다. 놈은 죽음의 예술가가 아니라 괴물들의 절절한 친구라도 되는 게 아닐는지.

"얼추 됐군."

하지만 정확히 62시간을 넘긴 시점에서 무영의 행동이 달라졌다. 10시간을 남기고 무영은 모든 괴물과의 대화를 끝냈다. 만여 마리에 가까운 괴물은 만 가지의 이야기를 가지고 있었다.

하지만 그 이야기 모두를 종합하는 건 불가하다. 대신 한 가지 '테마'를 정해서 무영의 식대로 풀어내는 건 가능했다.

'이번 주제는 한이다.'

한.

서러움, 원망, 안타까움, 슬픔 등을 우리는 '한'이라고 부른다. 무영은 '한이 맺힌' 이들을 모았다. 괴물의 등급엔 연연하지 않았다. 얼마나 커다란 한을 가지고 있느냐, 얼마나 절절하고 얼마나 안타까운지.

무영은 그들과 동화했다. 때문에 그들이 가진 한의 크기를 알 수 있었다.

그중 가장 강력한 한을 가지고 있는 건 '마룡'이었다. 그것도 굉장히 볼품없는 마룡. 당장 죽어도 이상하지 않을 정도로 신체가 피폐해진 용이었다.

어둠 속에서 태어난 그 용은 세상 자체를 저주하고 있었다.

―태어난 순간부터 나는 버려졌다. 배신당하고, 이용당하며, 나는 모든 걸 잃었노라. 피부가 벗겨지고, 이빨을 뜯기고, 내 모든 신체는 재생되고 파괴되기를 반복했다. 감히 죽어서라도 세상을 저주하리라. 나를 태어나게 만든 신조차도 저주하겠다.

오로지 절망과 저주만을 내뿜으며 가까스로 마룡은 생명을 유지하고 있었다. 그 모습이 얼마나 초라했으면 다른 갇혀 있는 용들조차 눈길 한 번 주지 않았다.

오히려 더러운 것을 본 듯 꺼렸다.

무영은 그를 골랐다. 그가 이번 작품의 중심이라고 믿어 의심치 않았다.

"너는 새롭게 태어날 것이다. 세상을 향해 너의 증오를 쏟아붓게 되리라. 어느 누구도 너를 무시하지 못할 것이고, 어느 누구도 너의 증오를 막지 못할 것이다."

저주하고 또 저주해라. 절망하고 다시 절망하는 거다.

그 한은 강력한 원동력이 되어 더욱 강력한 힘을 낳게 될 터였다.

무영은 모든 한을 모았다.

감히 만드는 무영조차 그 감정을 받아들이기가 벅찰 정도로 뭉쳐진 한은 굉장한 힘을 품게 되었다. 무영이 스스로의 한계를 몇 번이나 넘지 못했다면 그 '한'에 삼켜졌을 것이다.

무영은 그들에게 특정한 형상조차 부여하지 않았다.

단지, 한을 합치고 또 합쳐서 하나의 '위대한 악의 정신'으로 만들었다. 그 위대한 악의 정신은 이윽고 스스로 형상을 만들기 시작했다. 무영은 그곳에 자신의 마력을 부여하고 루키페르의 힘을 덧씌웠다.

악의 정신은 스스로 몸집을 불려갔다.

극한에 다다른 음의 힘. 그 형상은 붉게 가열하며 뿔과 날개를 펴냈다.

이윽고.

〈강력하기 짝이 없는 음의 힘이 한데 뭉쳤습니다.〉

〈'균열의 파편 조각' 세 개가 음의 힘을 끌어모으기 시작합니다.〉

〈위대한 악의 정신은 스스로의 형태를 고정시키는 데 성공했습니다.〉

〈조심하십시오. 악의 정신은 손쉽게 다룰 수 있는 힘이 아닙니다. 사용자의 능력이 부족하다면 역으로 '정신 오염'을 당할 수 있습니다.〉

〈악의 원망기. 그 최종 형태, '크림슨 발록'이 완성됐습니다.〉

쿠우우우웅!

거대하게 뻗은 두 쌍의 붉은색 날개. 흉흉한 이빨과 거친 붉은색 눈동자. 저주의 힘이 강하게 느껴지는 뼈 투구를 착용한 그 거대한 괴물이 무영의 앞에서 완성되었다.

'크림슨 발록!'

평범한 발록이라면 무영은 이미 한 번 만나본 바가 있었다. 엔로스. 그가 영지를 위협하고자 풀어놓은 괴물. 정확히 말하자면 무영과 연결된 배수지가 처리하는 걸 공유한 것이지만, 발록의 위용은 상상을 초월했다.

배승민조차 고전했고 무영과 연결된 배수지의 힘을 빌리고서야 처리하지 않았던가.

어지간한 마왕은 손도 못 대는 괴물이 발록이다.

그런데 크림슨 발록?

모든 한을 집약하여 만들어낸 형태는 피처럼 붉었다. 한눈에 보기에도 평범한 발록은 아니었다.

크아아아아아아아!!

지하가 흔들렸다. 크림슨 발록이 괴성을 내지른 탓이다.

캬아아악!

끼에에엑!

캬랑! 캬라라랑!

모든 괴물이 발광했다. 크림슨 발록을 두려워하며 몸을 움츠렸다. 더욱 놀라운 점은, 그 안에는 최상급의 '용족' 또한 포함되어 있었다는 것이다.

용. 고고하고 자존심 강한 존재. 그들이 비명을 내질렀다. 단순히 크림슨 발록의 등장에도 겁을 먹고 있었다.

이어 크림슨 발록이 무영을 쳐다보았다.

세상을 증오하는 그 원망은 분명히 무영에게도 향하고 있었다.

"내가 너의 주인이다."

푸욱!

눈 깜빡할 사이였다.

무영의 팔 한쪽이 날아갔다. 크림슨 발록이 무영을 공격한 것이다.

크아아아아아아아!!

자신의 가슴을 내려치며 포효했다.

주인을 못 알아본다. 아마도 자신의 한을 발산하기 위함인 듯싶은데…… 무영은 입가에 미소를 지었다.

'신성한 축복.'

사라진 왼팔이 순식간에 수복되었다.

이런 타격쯤은 아무것도 아니다. 무영은 알면서도 당해줬다. 녀석의 한을, 마룡이 가지고 있었던 고민을 무영은 잘 알고 있었기 때문이다.

"고작 이것뿐인가? 세상을 저주하겠다고 하지 않았느냐?"

부딪혀 봐라. 모든 한을 쏟아내어라.

크림슨 발록이 무영의 눈을 바라봤다.

무영은 그 눈을 피하지 않았다. 그저 자연스럽게 넓은 아량으로 크림슨 발록의 공격을 받아들일 준비를 하였다.

동시에 질책도 하였다.

잘해보라고. 저주를 퍼부을 대상을 정확히 하라고.

크아아아아아아아아아!!

마치 비명 같았다. 울부짖음. 그러나 결국 갓난아이와도 같은 몸부림이다.

녀석의 한은 어느 누구도 자신을 봐주지 않았다는 곳에서부터 시작하니까.

세상에서 가장 무서운 건 무관심이다.

쿵!

무영의 신체가 허공에 떴다.

콰아앙!

크림슨 발록이 무영의 몸통을 내려찍었다. 곧 무영의 신체가 바닥을 뚫고 깊은 땅 속에 묻혔다.

쿠아아아아아아아아아!

크림슨 발록의 입에서 붉은색의 입자들이 쏟아졌다. 그 공격 한 번에 무영은 지하 수천 미터 아래까지 파묻혔다. 하지만 무영은 죽지 않았다.

저벅. 저벅.

거대한 구멍 위로 무영은 다시금 올라왔다. 전신이 만신창이였지만 신체는 멀쩡했다. 신성한 축복은 육체를 수복하는 능력에 있어선 준권능에 다다르는 스킬. 스킬의 치유 범위를 넘어선 타격을 한 번에 주지 않는 한 무영은 계속해서 재생할 것이다.

"아직 멀었다. 너의 한은 내게 닿지 않고 있다."

더 분노해라. 더욱 저주해라.

후우웅! 콰아악!

크림슨 발록은 자신의 피를 뽑아내 그것을 검처럼 만들었다. 그러곤 무영의 몸통을 잘랐다.

'대단하군.'

반신격을 얻고 불멸자의 피부를 덧씌운 무영에게 이만한 타격을 준다는 것 자체가 크림슨 발록의 위용을 말해주고 있었다.

그리고 자신의 피를 검으로 만드는 저 기술. 놈이 주저하지 않고 공격했다면 무영도 위험할 뻔했다.

하지만 놈은 주저하고 있었다. 이처럼 자신의 공격을, 한을 받아주는 이를 만나 본 적이 없었으니.

한이 생기는 원인은 지독한 무관심과 지독한 모멸감 때문이다. 어느 누구도 관심을 주지 않고 관심을 주더라도 마치 더러운 것을 본 것처럼 피해간다.

다가온 자들은 그를 이용하기 위해 억지로 웃어 보였으며 자신이 피해를 입게 된다면 주저 없이 그를 버렸다.

하지만 무영은 다르다.

무영의 관심은 오로지 크림슨 발록에게 가 있었다. 선의도, 악의도 없는 눈빛으로 그가 부리는 어리광을 받아주고 있었다.

어리광. 그렇다. 결국 어리광일 뿐이다. 나를 봐달라고, 제발 나를 신경 써달라고 부리는 어리광에 불과했다. 그리고 무영은 그의 요구를 정확하게 들어주고 있었다.

수없이 몸이 해체되고 재생했다.

아무리 무영이라도 이 정도 힘을 사용하면 위태롭다. 하지만 무영은 포기하지 않았다. 끝까지 녀석의 '이야기'를 들으려고 애썼다.

'내게도 그런 사람이 있었다.'

무영.

본래 이 이름은 자신의 것이 아니다. 무영은 과거 유영이란 이름이었다. 살수 훈련을 받고 있을 시절, 진짜 무영을 만나지 않았다면 진즉에 모든 자아를 잃고 과거로 돌아오지도 못했을 것이다.

이야기를 그저 들어주는 것만으로도 그게 얼마나 위안이 되는지를 누구보다 더 잘 알고 있는 게 지금의 무영이었다.

그렇게 몇 번을 반복했을까.

크아, 크아아…….

발록이 바닥에 주저앉았다. 그리고 울었다. 서럽게. 그저 서럽게. 마치 어린아이가 된 것처럼 오열했다.

무영은 녀석에게로 다가갔다.

전신이 무너질 것만 같았지만, 모든 마력이 다하고 한계까지 몰렸지만 이 한마디만은 꼭 전하고 싶었다.

"이제 너는 혼자가 아니다."

그리고…… 그 순간.

〈크림슨 발록이 사용자 무영에게 감화되었습니다.〉
〈'영혼 동반자'의 효과가 극대화됩니다. B+ -〉 S+〉

〈크림슨 발록의 능력치가 크게 상승합니다.〉

〈크림슨 발록에게 새로운 능력, '최초 인식'이 부여됩니다.〉

〈'최초 인식'은 병아리가 처음 눈을 뜨고 본 대상을 부모로 인식하는 것과 똑같은 효과를 가지고 있습니다. '최초 인식'에 성공한 대상이 주변에 있을 경우 크림슨 발록의 능력치가 크게 상승합니다.〉

〈크림슨 발록의 종합 능력치가 표시됩니다.〉

〈종합 레벨: 785〉

힘 910(700+210)

민첩 845(650+195)

체력 910(700+210)

지능 715(550+165)

지혜 715(550+165)

마법 저항 780(600+180)

마력 780(600+180)

+영혼 동반자(모든 능력치+15%)

+최초 인식(모든 능력치+15%)

+저주의 울부짖음(S), 선혈의 검(S++), 선혈의 파도(S+), 파괴전차(S+), 버서커(S+++, 특수 조건에서만 발동) 스킬 사용 가능.

+모든 속성 저항(+80%)

엄청난 능력이었다.

만약 더해지는 능력치가 없었다고 하더라도 거의 배승민에 육박하는 상태창이었다. 설마 퍼센테이지로 능력치를 강화시켜 줄 줄이야. 스킬이며, 기본 지속 능력이며 버릴 게 없었다.

이만한 종합 능력치라면 엔로스도 상대가 안 될 것이다. 감히 사상 최강의 괴물이라 하겠다.

무영은 만족스럽게 미소 지었다.

"뒤는 너에게 맡기마."

이러한 피로감은 오랜만이었다. 이 육체가 자신의 육체가 아닌 것만 같은 감각. 수십 번을 더 해체되고 재생되었기 때문일까.

크아아?

크림슨 발록이 허둥지둥했다.

이런 감정을 처음 맛보는지라 더욱 당황한 모양.

의식이 흐려졌다.

무영은 눈을 감으며 마지막 한마디를 입에 담았다.

모든 걸 뒤집을 그 한마디를.

"믿는다."

털썩!

죽은 자들의 왕은 내심 비웃음을 흘렸다.

'제법 대단한 걸 만들었다만……'

의외였다. 설마 저런 걸 만들어낼 줄은 그도 전혀 예상하지 못했다. 온갖 한이 뭉쳐서 크림슨 발록이라는 형태를 만들다니. 키메라인 듯 키메라가 아닌 고유의 괴물이 된 것이다.

하지만 그 뒤가 문제였다.

크아아아아아아아아!!

크림슨 발록은 말을 듣지 않았다.

저주를 담은 울부짖음. 어느 누구의 말도 듣지 않는 저런 괴물이래서야 죽음의 예술을 겨루는 자로서 수치였다. 자신이 만든 창작물이 말을 안 듣는 상황이니 말이다.

한데 놈은 거기서 한술을 더 떴다.

'미쳤군.'

스스로의 육체를 버려가며 공격을 가만히 맞아주고 있었다.

아무리 무영에게 대단한 '격'이 존재한대도 무작정 저런 공격을 맞고 있으면 타격이 갈 수밖에 없었다. 그야말로 자살행위다.

'이번 대결은 나의 승리다.'

죽은 자들의 왕은 고개를 돌렸다. 거저 이기는 게 마음에 들지는 않았지만 그가 의도한 게 아니다. 놈이 스스로 사지로 걸어갔으니 죽은 자들의 왕은 느긋하게 승리를 거머쥐면 됐다.

그리고 머지않아 그가 자신의 창작물을 완성했다.

불의 마수, 불 그 자체인 형상을.

후웅! 후우우우웅!

불의 신이 이러할까?

정돈된 불이 활화산처럼 타오르고 있었다. 불의 정수와 불의 정령, 불의 괴물들이 합쳐져 만들어진 하모니였다. 하지만 그냥 불이 아니다. 지옥불도 이 불에는 못 미친다.

'모든 것을 멸하는 불.'

죽은 자들의 왕은 만족했다. 오랜 시간 자신이 만든 창조물 중에서 세 손가락 안에 들어갈 정도로 완성도가 높았다.

하지만 그 '순수성'에 대해 논하자면 이만한 것도 없었다.

극대화된 불은 속성을 무시한다.

'불의 마신 하우레스를 디아블로가 불로써 소멸시켰다고 했던가?'

그 소식을 듣고 구상을 얻었다.

그는 북녘의 지배자지만 마계 전역에서 일어나는 일 대부분을 파악하고 있었다. 그리고 그의 관심을 끈 건 당연히 디아블로의 출현이다.

불의 마신을 불로 제압하다니, 가능한 일이란 말인가?

하지만 지금 완성된 걸 보면 과연 가능할 법도 하였다.

'극대화되고, 그리하여 순수해진 불은 모든 불을 압도한다.'

이만한 완성도라면 무서울 적이 없다. 아무리 놈이 대단한 괴물을 만들었대도 이 불의 마수 앞에선 무용지물일 터.

죽은 자들의 왕은 자신이 있었다.

패배는 있을 수 없다. 죽음의 예술을 수백 년간 연마한 자신이 같은 기술을 연마하는 자로서 창피한 수준인 저런 녀석에게 진다는 건 불가능한 일이었다.

"……믿는다."

죽은 자들의 왕이 시선을 돌렸다.

'끝났군.'

때마침, 무영이 바닥에 쓰러졌다.

참으로 미련한 짓이다. 저런다고 저 저주 덩어리가 말을 들을 리 있겠는가.

저주와 원망을 모은 괴물. 죽은 자들의 왕도 많이 만들어 봤다. 그리고 그 결과는 한결같았다. 스스로를 저주하고 세상을 저주하다가 끝내 스스로를 몰아붙여 소멸하고 만다. 주변에 있는 것들을 모조리 파괴시키고서.

절대로 다룰 수 없다. 죽은 자들의 왕은 확신하고 있었다.

'죽겠군.'

쓰러졌다면 끝이다. 힘이 다해 재생도 더는 못할 테다. 저 발록의 형태를 한 괴물이 사뿐히 지르밟기만 해도 무영은 속수무책으로 죽어 나갈 것이었다.

그런데…… 그럴진대.

쿵.

크림슨 발록이 몸을 돌렸다.

쿵. 쿵.

그러곤 정확히 죽은 자들의 왕이 만든 '불의 마수'를 향해 걸어 나갔다.

"허."

믿기지 않는 광경이었다.

오로지 한으로 뭉친 괴물을 지배하에 놓았다는 말인가!

미친 듯이 폭주하는 기색도 사라졌다.

과연. 죽은 자들의 왕은 무영에 대한 평가를 조금 수정했다.

하지만, 그래 봤자. 저 발록을 만든 지 고작 10시간 남짓. 완성도에 있어선 분명히 떨어질 것이었다.

"불의 마수여, 저놈을 태워라. 재도 남기지 마라."

후우우우웅!

불의 마수가 자신의 전신에 수놓인 불을 더욱 크게 태웠다.

쿠아아아아앙!

그리고 어느 정도 거리가 가까워지자 크림슨 발록이 울부짖으며 달려들었다.

꽈아아아앙!

불의 마수는 크림슨 발록의 공격을 버텼다.

하지만 바닥이 깊게 패였다.

크림슨 발록은 불의 마수가 가진 불꽃을 전혀 두려워하지 않았다. 도리어 불의 마수를 양손으로 붙잡고는 그대로 목덜미를 물어버렸다.

후우웅! 후우우우웅!

불의 마수는 불을 더욱 태워 크림슨 발록의 전신을 삼켰다.

하지만 크림슨 발록은 미동도 하지 않았다. 오히려 불의 마수가 가진 팔이 뜯겼다. 엄청난 힘으로 압박하자 그 신체가 버티지 못하고 터져 나가기 시작했다.

크아아아아아아아!

거대한 괴성. 크림슨 발록의 그 괴성 한 방에 불꽃이 흔들렸다. 크림슨 발록을 겁박하던 불꽃이 순식간에 휩쓸려 나갔다.

쾅! 쾅! 쾅! 콰아앙!

그 상태에서 불의 마수를 눕힌 크림슨 발록이 양손으로 미친 듯이 불의 마수를 내려쳤다. 한 번을 내려칠 때마다 지하가 흔들렸고 마법으로 강화한 시설들이 무너져 내렸다.

죽은 자들의 왕은 잠시 멍하니 있었다.

크림슨 발록이 무영에게 보인 모습은 애교에 가까웠다. 지금 저 모습은 어지간한 마신이 강림했다고 하더라도 믿을 수 있겠다.

"……어찌."

크림슨 발록의 양손에서 피가 흘러나왔다.

그 피는 검의 형상을 만들었고, 양손에 하나씩 그것을 쥔 크림슨 발록이 불의 마수를 미친 듯이 헤집었다.

처절했다. 저만큼 처절한 광경은 그도 거의 본 적이 없었다. 그야말로 저주를 집대성한 괴물다웠지만 그 목적은 결국 무영의 뜻에 따른 것이었다.

목이 잘리고, 신체가 처참하게 뭉개진 다음에야 크림슨 발록은 행동을 멈췄다.

크아아아아아아아아아아아!

그리고 승리의 함성을 내뱉었다.

순식간에 벌어진 일.

죽은 자들의 왕은 망연자실한 듯 내뱉었다.

"이런 일이……."

데스 로드는 처음부터 끝까지 그 광경을 지켜보고 있었다.

그는 오래전 이면을 벗어나 마계를 활보한 적이 있었고 지금은 '죽은 자들의 왕'이라 불리는 존재에게 가르침을 내린 바가 있었다.

그리하여 죽은 자들의 왕은 초월자로서의 기틀을 다지게 됐으나 데스 로드의 마음마저 움직이지는 못했다.

'킹슬레이어, 너는 이것을 보았던 건가?'

무영의 방식은 너무나도 투박하다. 이질적이고, 위험하며, 틀이 없었다.

그래서일까?

오히려 그런 부분에 있어서 가능성을 느꼈다. 여태껏 보지 못하고 느끼지 못했던 것들을 무영을 보면 왜인지 알게 됐다.

킹슬레이어는 무영의 그런 면모를 일찌감치 깨달을 걸지도 모르겠다. 그리하여 자신의 모든 희망을 무영에게 건 것이다.

무한한 가능성을 지닌 무영에게.

'저건 언데드가 아니다.'

더욱 놀라운 점은 크림슨 발록의 근본에 관한 것이었다. 원한과 저주로 똘똘 뭉쳐 태어났으나 언데드라 부르기엔 생명력이 너무나도 넘쳤다.

애당초 극한의 음을 가진 존재에게서 저런 생명력이 부여될 수 있단 말인가?

이는 죽은 자를 되살리는 급에 버금가는 이적이었다.

과거 데스 로드는 진정한 생명의 창조를 꾀하고 싶었다. 그러지 못해서 좌절했고 스스로가 리치가 됨으로써 모든 가능성을 잃었다.

그런데 무영의 방식은 새로운 시점을 선사했다.

이런 방식도 있노라고, 데스 로드에게 가르침을 주는 것 같았다.

'죽음으로 생명을 만든다. 아니, 이야기를 생명으로 승화시킨다.'

데스 로드는 전율했다. 지금까지 무영이 만들어 온 언데드와는 차원이 다르다. 반신격과 수많은 깨달음을 얻은 무영이 빚어낸 진정한 예술. 서사가 있었다. 간단하지만, 결코 간단하지 않은 방식.

'어쩌면…….'

하지만 정교하지 못하다. 그 점이 장점이지만, 또한 단점이기도 했다.

여기에 데스 로드의 경험이 주어진다면.

무영은 죽음과 진정한 창조의 힘을 가지게 될 것이다.

그런 확신이 들었다.

데스 로드 자신의 경지를 뛰어넘어 자신이 닿지 못한 영역에 발을 들일 수 있을 것이란 확신!

"아르타나스시여! 이 대결은 잘못되었습니다. 저 힘의 사용법은 매우 불길하며 이단적일지니, 부디 이번 대결을 재고해 주시길 바랍니다."

불의 마수가 쓰러지자 죽은 자들의 왕은 간청했다. 무영의 예술은 잘못되었노라고 지적했다.

"죽음의 힘을 다루는 정통자는 바로 저입니다. 저만이 이 예술을 극대화시킬 수 있습니다."

죽은 자들의 왕은 데스 로드가 이 공간을 엿보고 있다는 걸 알았다.

확실히…… 죽은 자들의 왕은 데스 로드를 닮았다.

정통파…… 라고 할 수 있을 것이다.

그 방식부터 모든 것이 데스 로드의 뒤를 잇고 있었다.

그래서 한계가 뚜렷하다.

무엇보다 죽은 자들의 왕은 나아가길 싫어했다.

북녘에 자리를 잡고 단지 그곳을 지배하는 것에 만족하며 살아가고 있었다. 데스 로드가 여태껏 죽은 자들의 왕을 내버려 둔 이유도 그래서다.

반면 무영은 어떤가?

'부딪치고, 승리한다.'

무영에게 시선이 쏠릴 수밖에 없는 이유다.

─승패는 정해졌다. 승복하지 않겠다면 너의 혼을 불태워 꼭두각시로 만들리라.

죽은 자들의 왕이 움찔했다.

그의 혼은 데스 로드에게 귀속되어 있었다. 그만큼의 혜택을 부여받았지만 데스 로드의 한마디면 그의 혼은 구천을 떠돌게 된다.

─그를 따라라. 그리하면 네가 패배한 이유를 알 수 있을 것이다.

"정말로 그가 극의를 볼 수 있다고 생각하는 겁니까?"

─나도 모른다. 하지만 유일하게 가능성이 있는 존재이기도 하지.

데스 로드는 수긍했다. 킹슬레이어가 무영에게 희망을 넘긴 것을 그도 느낀 것이다. 이 부조리함을, 이 혼돈을 정리할 존재는 무영밖에 없다고 말이다.

동시에 자신의 한계도 깨닫고 있었을 터.

솔직히 데스 로드는 이 세상이 멸망하든 말든 상관이 없었다. 데스 로드가 보고 싶은 건 순전한 극의다. 자신이 다다르지 못한 영역!

그곳에 발을 들이는 무영을 보고 싶었을 뿐이었다.

'약속대로 내 모든 것을 물려주마.'

데스 로드가 이면에서 들고 있던 지팡이를 내려찍었다.

동시에 그의 혼이, 정수가 모이며 이내 이면을 넘어 무영에게로 들어갔다.

퍼스스슥!

데스 로드의 신체는 가루가 되어 흩날렸다.

이면에 존재하던 그의 방 역시 사라졌다.

무영은 눈을 떴다.

'힘이 넘치는군.'

크림슨 발록에 의해 수차례 찢어진 신체이건만 눈을 뜨자 힘이 넘쳐 났다. 오히려 이전보다 더욱 강해진 기분이었다.

"일어났군."

그레모리의 신전, 그 중심부에 마련된 무영의 거처였다.

그곳에 죽은 자들의 왕이 있었다.

크림슨 발록도 그 곁에서 무영을 바라보는 중이었다. '최초 인식'의 영향인지 무영이 일어난 걸 매우 기뻐하는 눈치였다.

하지만 죽은 자들의 왕과 이야기하는 게 먼저였다.

크림슨 발록이 멀쩡하다는 건 무영이 대결에서 승리했다는 의미이니.

"나는 졌다. 네가 만든 크림슨 발록은 내 상상을 뛰어넘었다. 하지만 온전히 패배를 인정한 건 아니다."

"그럼 이곳에서 내가 깨어나길 기다린 이유가 뭐지?"

"데스 로드께서 말씀하셨다. 너를 따라다니면 내게 부족한 것을 깨우칠 수 있을 것이라고. 그러니 나는 그것을 깨우칠 때까지 너를 따를 것이다."

무영이 말하지도 않았는데 자처하여 죽은 자들의 왕이 나섰다.

의외의 수확. 죽은 자들의 왕이 승복한 것이다.

무영은 재차 확인했다.

"나는 마신들과 전면전을 벌일 생각이다. 그래도 따르려는 건가?"

"마신들 따윈 무섭지 않다."

죽은 자들의 왕은 태연하게 말했다. 정말로 마신들 따윈 아랑곳하지 않는다는 듯이.

참으로 든든한 우군이었다.

무영은 피식 웃으며 입을 열었다.

"환영한다."

네 명의 초월자 중 하나.

북녘의 주인인 죽은 자들의 왕이 합류한 순간이었다.

죽은 자들의 왕.

그가 북녘을 비우고 마신 전쟁에 참여했단 소식은 순식간에 퍼져 나갔다. 특히 나머지 사방의 초월자들은 그 소식을 가장 먼저 접했다.

"용들의 왕이시여."

용군주 한성.

그가 서녘의 거대한 정원에서 용들의 왕을 만났다.

그의 옆엔 배승민이 있었다. 거대하기 짝이 없는 동체가 고개를 들어 배승민을 바라봤다.

─불길한 존재를 데려왔구나.

"북녘의 왕이 마신 전쟁에 참여한 건 아시고 계실 겁니다. 그 북녘의 왕이 따르는 존재가 이자의 주인이라고 합니다."

"배승민이라 합니다."

배승민은 나름의 예를 갖췄다. 어쨌건 초월자들은 그만한 힘과 역량을 갖추고 있었다. 특히 용들의 왕……. 그는 모든 용들을 움직일 수 있는 권능자였다. 사방의 초월자들 중에서 가장 강력하다 전해진 존재.

하지만 용들의 왕은 현세에 개입하지 않는다. 그럼에도 배승민은 용군주 한성을 만나, 그와 만나길 바란 것이다.

─내가 마신 전쟁에 참여하길 바라는 모양이로군.

굳이 말하지 않아도 용들의 왕은 꿰뚫고 있었다. 배승민이 찾아올 이유가 그 외엔 없음을 알고 있다는 듯 확정적으로 말했다.

그리고 배승민도 부정하진 않았다.

"용들의 왕께서 참전하신다면 과격한 마신들을 정리하는 데 큰 도움이 될 것은 자명한 사실입니다."

─하나, 나는 균형자로서 현세에 개입하지 않음을 원칙으로 두고 있노라.

"균형은 오래전에 깨졌습니다. 그들은 모든 종의 말살을 원하며 그 안엔 용도 포함되어 있습니다."

한마디로 참여하지 않으면 제아무리 최상위의 용족이라 할지라도 몰살당한다는 말이다. 반쯤 협박에 가까웠지만 용들의 왕은 꿈쩍도 안 했다.

─나는 그들이 무섭지 않다.

"용 사냥꾼 레라지에가 소멸했습니다. 저의 주인님께서 직접 그를 소멸시켰습니다."

전쟁의 마신 레라지에.

그는 용 사냥꾼으로도 이름을 떨치는 마신이었다. 감히 용의 천적이라 할 수 있는 마신을 무영은 직접 단죄했다.

─레라지에를 너의 주인이 소멸시켰다? 이상하군.

모든 용의 왕도 이러한 진실엔 닿지 못한 모양이었다.

"본래는 솔로몬이 소멸시켰다고 알려졌지만 이는 사실이 아닙니다. 저의 주인님께서 일부러 흘리신 '거짓소문'일 뿐. 과격한 마신들을 혼란에 빠뜨리기 위한 술책이지요."

─그 이야기에 거짓이 없다는 보장이 있나?

스앙!

배승민이 지팡이를 한 차례 허공에 돌렸다. 그러자 마법진이 그려지며, 이윽고 허공에 거대한 팔이 생겨났다.

투욱!

잘려 나간 팔을 보고 용들의 왕이 말했다.

─레라지에의 팔이로군.

"주인님께서 그를 소멸시켰다는 증거입니다. 만약의 때를 위하여 이 팔만은 유일하게 보존해 두었습니다."

애당초 레라지에를 사냥할 때부터 용들의 왕을 염두에 두고 있었다. 때문에 팔 한쪽만은 보존했고 그것을 배승민이 지금 이 자리에서 선보인 것이었다.

"용들의 왕이시여! 용들을 위협하던 용 사냥꾼은 이제 없습니다. 하지만 과격한 마신들은 호시탐탐 우리를 위협하고 있습니다. 저의 주인께선 용들의 왕께서 힘을 보태주길 바랍니다."

"저도 간청 드리겠습니다."

용군주 한성이 함께 무릎을 꿇었다. 어느 날 갑자기 찾아온 배승민. 그리고 배승민의 이야기를 듣고 한성은 적극적으로 동참하기로 했다.

바람이 불고 있음을 본능적으로 깨달은 것이다.

한성은 과거에도 인류의 승리를 위해 앞장선 인물. 조금의 가능성이라도 있다면 거기에 모든 것을 걸 준비가 되어 있었다.

용들의 왕은 침묵했다.

레라지에의 죽음은 그에게도 실로 기쁜 소식이었다. 하물며 그를 죽인 게 배승민의 주인이라면 몇 개의 값진 상을 내려줄 수도 있었다.

하지만…… 쉽게 선택을 하지 못하는 건 그만큼 위험해서다. 그는 신중하고 또 신중할 필요가 있었다.

그때, 한성이 품에서 몇 개의 칼 조각을 꺼냈다.

"용들의 왕이시여, 명을 받고 저는 이 칼의 주인을 찾아다녔습니다. 빛의 용 샨달톤과 함께 말입니다. 기억하십니까?"

─기억한다. 그 칼 조각의 주인을 찾으라고 내가 직접 명했지.

"그리고 찾았습니다. 하지만 그의 흔적은 남아 있지 않았습니다."

―무슨 뜻이지?

"고귀한 영광의 기사는 살해당했습니다. 아주 강력한 존재…… 공간과 시간을 비틀 수 있는 그런 존재에게 말입니다. 저는 단지 그의 유품 몇 개만을 챙길 수 있었습니다."

이어, 부서진 갑옷 따위를 내놓았다. 용들의 왕이 그것을 가만히 내려다보았다.

그것을 바라보는 왕의 눈에 미세한 떨림이 있었다.

―그가 죽었다고?

"고귀한 영광의 기사. 저는 그 존재에 대해서 몰랐지만, 조사하며 알게 된 몇 가지 사실이 있습니다. 현자들과 그들의 도서관을 모조리 뒤져 관련된 문헌을 찾아냈지요. 바로…… 용들의 왕께서 그와 관계가 있다는 사실이었습니다."

한성은 더욱 깊숙이 고개를 숙였다.

"하지만 그 기사는 이제 존재하지 않습니다. 무엇을 위해 그가 싸웠는지 저는 알지 못하지만, 그의 힘과 사명을 잇는 자를 저는 알고 있습니다."

―말해보라. 그게 누구더냐.

한성은 즉시 배승민을 가리키며 답했다.

"이자의 주인, 무영은 분명히 그 고귀한 기사의 힘을 잇고 있습니다."

한성은 말을 멈추지 않았다.

"움직여야 합니다. 왕이시여, 우리에겐 시간이 많지 않습니다. 그리고 어쩌면 고귀한 영광의 기사는 이 세계의 수호를 위해서 막강한 적과 싸웠을지도 모릅니다. 그의 사명을 잇는 자가 지금 전쟁의 한복판에 있습니다."

용들의 왕.

그는 고귀한 기사와 인연이 짙었다.

한성이 말은 안 했지만 용들의 왕은 과거 그의 손에 의해 길러진 마수들 중 하나였으므로.

비록 용들을 다스려야 하는 운명 때문에 서녘을 지키게 됐지만 그의 죽음은 용들의 왕에게도 매우 슬픈 일이었다.

용들의 왕은 끝내 결정을 내렸다.

─무영이라고 했느냐? 그를 만나 보겠다.

본격적으로 초월자들이 움직이기 시작했다.

62장
마신 전쟁

용군주 한성과 멀린!

둘은 굉장히 상징적인 존재였다.

한성은 인류의 최강자이자 대표로서, 멀린은 인류를 수호하는 마법사로서 사람들을 끌어들이고 있었다. 거기에 뮬라란의 '대대적 합류'가 공식적으로 선언됨에 따라 '마신타도'의 열기가 들불처럼 일고 있었다.

그리고…… 휘광 길드의 부길드 마스터의 자리에까지 올라간 김태환도 그 대열에 포함되어 있었다.

"정말 어마어마한 인파군요."

"군자성에서도 엄청 많이 합류했네요."

"사령세가의 서은세 가주가 지금은 군자성의 실세이니…… 군림세가도 사령세가의 그 암령에겐 이제 한수 접어

준다지 않던가.”

“와, 진짜 예쁘다.”

“그래 봤자 속은 할망구지!”

“쉿! 쉿쉿! 그러다가 들으면 어떡해요?”

김태환을 따르는 이들은 저마다 한 소리를 내며 이야기를 쏟아냈다.

그들의 가장 앞에서 걷고 있던 김태환은 잠시 주변을 둘러보았다.

‘어림잡아 300만은 되겠군.’

300만!

그것도 싸울 줄 아는 사람들만 모은 게 이 숫자다.

어마어마한 대열이 구릉지대를 넘어서고 있었다. 이만한 숫자의 인류가 함께한 적은 없었다.

‘너무나도 순조롭다. 마치 누군가 조종자가 있는 것처럼.’

하지만 이번 합류는 너무나도 빨랐다. 다들 최면이라도 걸린 듯 너도나도 ‘마신 전쟁’에 합류하길 원한 것이다.

멀린의 힘인가?

아니면 용군주 한성과 뮬라란의 협조 덕분일지.

“그런데, 대장. 듣자 하니 우리 인간들만 이 전쟁에 참여하는 게 아니라면서요?”

김태환은 사색을 깨고 옆으로 다가온 이를 바라봤다. 그러곤 뻐드렁니가 유독 돋보이는 남자를 향해 조용히 말했다.

“대마법사께서 이 전쟁은 우리만의 전쟁이 아니라고 하

셨다.”

“그니까 마신의 영역에 있는 특정장소에서 모인다는 거 아닙니까? 이거, 함정 아니에요? 애당초 처음 만나는 종족들과 공조가 잘될지도 모르겠고요.”

타당한 의문이다. 진행은 순조롭지만 이후가 문제였다. 마신 전쟁을 발족한 멀린은 자신의 모든 힘을 쏟아 그들을 퇴치하는 데 협조하겠다고 말했다.

‘마신들의 목적이 모든 생명체의 말살이라니.’

더불어, 멀린은 이 세계의 진실에 대해서도 몇 가지를 입에 담았다. 그중 마신들이 움직이고 있는 정황 및 증거들을 내밀어 인류의 빠른 응답을 촉구했다.

인류로선 움직이지 않을 수가 없었다. 안 그래도 천마를 시작으로 벌써 수차례 위협을 받았다. 사리사욕보다 대의가, 생존이 우선이라 판단한 것이다. 덕분에 공조가 빨랐다.

게다가 정말 마신들이 움직이고 있다면 협조 없인 전멸이라는 걸 모두가 알고 있었다.

“대마법사께서 하신 말씀이 사실이라면 시간이 없다. 교황과 뮬라란이 나섰으니 거짓은 아니겠지.”

무엇보다 뮬라란이 앞장서서 움직인 게 주효했다.

신의 말을 듣는 교황이 성전을 선포하며 대도시와 군자성에 도움을 구했다.

그 외에 수많은 작은 마을과 도시에 공문을 보내 사람을 모았다. 자연스럽게 움직이지 않으면 모이지 않으면 ‘나쁜 놈' 취급을 받게끔 분위기가 조성됐다.

누군가의 각본처럼…… 물 흐르듯 결집하며 움직이고 있었다.

불과 한 달여 사이에.

툭!

"정지!"

대열의 가장 앞에서 신호가 왔다.

"마신의 영역으로 진입한다. 모두 대열을 맞추고 긴장을 늦추지 말도록!"

마신의 영역!

마신들과 마족이 횡횡하는 장소. 온갖 괴물이 존재하며 인류에겐 아직 미지인 곳이다. 과거 수십 차례 원정을 갔지만 모두 '전멸'한 뒤로는 결코 들어가서는 안 되는 장소가 되었다.

몇몇 강자로 취급받는 탐험가가 아닌 이상 누구도 엄두를 못 내고 있었건만.

"젠장, 마신의 영역이라니."

"내가 먼저 죽으면 꼭 양지바른 곳에 묻어줘."

엄숙한 분위기 속에서 그들은 발을 옮겼다.

주변에 대한 경계. 모두가 긴장을 놓지 않았다.

영역 근처에는 위협이 될 만한 괴물이 있다고 보고되지 않았지만, 이곳에서 일어나는 일들은 워낙에 변수가 많았다.

특히 지금처럼.

쿵! 쿵! 쿠웅!

대지가 흔들렸다. 거대한 먼지바람과 함께 반대편에서 무언가가 달려오고 있었다.

그 숫자가 한둘이 아니다.

족히 일만 이상!

"전투 준비!"

"전투 준비!"

창! 차장!

무기를 꺼내 들었다. 김태환도 대검을 들며 침을 꿀꺽 삼켰다.

"환영식이 거창하군요."

"제일 앞에 보이는 건 불타르 같은데요?"

"불타르? 불의 거인? 지미."

먹이사슬 꼭대기에 위치한 포식자가 불타르다. 불의 거인이 머무는 지역 주변은 초토화가 된다는 게 정설이었다. 불타르는 높은 지능을 지녔고, 때문에 상대가 매우 까다롭기로 정평이 나 있었다.

그런 불타르의 숫자가 어림잡아 일만.

"대, 대장. 들어오자마자 전멸하는 거 아닙니까?"

"인류는 뭉칠수록 강해진다."

김태환은 크게 숨을 뱉었다.

맞다. 인류는 뭉칠수록 강해진다. 특화된 스킬을 가진 사람들이 늘어날수록 대처법도 많아지는 덕이다.

이종족이나 괴물들과 분명히 다른 점이었다.

1+1=2라는 공식을 깨는 게 인류였으니. 때문에 그들은 모여서 도시를 이룩할 수밖에 없었던 것이다. 감히 300만의 정예가 모였다면 불타르 1만쯤은 상대할 수 있을 터. 타격이 없진 않겠으나 전진하는 데 무리는 없었다.

그때였다.

미친 듯이 달려오던 불타르들이 바로 앞에서 멈춰 섰다.

먼지구름이 걷히자 그들의 전신엔 피가 가득했다. 막 전쟁이라도 끝낸 듯.

"멀린! 다시 만나서 반갑군."

가장 앞에 선 불타르 하나가 멀린의 이름을 언급했다. 그러자 멀린이 공중으로 떠오르더니, 작게 웃으며 화답하였다.

"오가르, 먼 길을 오게 만들어 미안하네."

"하하! 우리 사이에 뭐. 가는 길이 편하도록 청소를 조금 해놨으니 움직이는 데에는 무리가 없을 거야. 그나저나 인간이 정말 많고 작군!"

오가르라 칭한 거인이 시선을 옮겨 사람들을 바라봤다.

불타르의 크기는 평균 10m 정도. 그런 숫자가 일만이나 모인 장관은, 이곳에 모인 누구도 본 적이 없었다.

"인간의 대표가 누구지?"

오가르가 호탕하게 웃으며 앞으로 걸어 나왔다.

펄럭!

용군주 한성이 빛의 용 샨달톤을 타고 내려왔다.

그는 눈에 잘 띄도록 금빛의 투구와 갑주를 착용하고 있었는데, 그 옆으로 샨달톤과 마룡 아크리사가 함께 서자 장관이 연출됐다.

"한성이라 합니다."

"인간이 용을 두 마리나 길들인 건가? 허! 그것도 고룡급의 고집 세기로 유명한 빛의 용과 마룡이라니."

용은 나이에 따라 마력이 급증하고 급이 나뉜다.

고룡이라면 가장 전성기의 용이다. 그 숫자가 매우 적고 한 마리, 한 마리가 일반적인 용 다섯 마리분의 힘을 낸다고 전해지니.

용을 길들이는 건 거의 불가능한데 한성은 그것을 두 마리나 해냈다.

"운이 좋았지요."

"단순히 운이 좋은 것만은 아닌 거 같지만…… 어쨌든."

한성이 겸손히 말하자 오가르가 잠시 하던 감탄을 멈추고 정식으로 자신을 소개했다.

"반갑소. 불타르를 이끄는 오가르라고 하오."

거대한 성이었다.

드워프들이 주조한 듯 성의 외관은 커다랗고 웅장했으며 활을 들고 성의 외벽을 지키는 이들은 무려 엘프였다.

엘프. 숲지기인 그들은 화살의 궤도를 읽을 수 있다고 전해진다. 그들이 성을 지키고 있다면 웬만해선 들어가지 못한다고 봐야한다.

'드워프와 엘프가 함께하고 있다니.'

김태환은 자못 놀랄 수밖에 없었다.

대표적으로 사이가 나쁜 종족이 엘프와 드워프였다. 한데 이곳에선 적어도 나쁜 기색을 느낄 순 없었다.

무엇보다 성은 300만을 수용할 정도로 컸다. 어지간한 인력으로는 불가능한 일. 이 정도면 대도시에 버금가는 규모라고 할 수 있었다.

무엇보다 성 바깥을 지키는 오크들이 인상적이었다.

'도깨비와 워 오크……!'

그냥 오크도 아니고 인간으로 치면 15살 정도의 지능을 갖췄다고 알려진 '워 오크'다. 주홍빛의 피부를 지닌 그들은 가히 전쟁을 위해 태어난 종족이라 할 수 있었다.

워 오크가 성의 동쪽을, 도깨비가 성의 서쪽을 맡는 중이었는데 그 위압감이 장난이 아니었다.

특히 도깨비들 쪽에선 유독 '두억시니'가 많아 보였다.

"대장, 갑자기 우리를 잡아먹진 않겠죠?"

"저 조금 샌 거 같은데요."

"서던 것도 쪼그라들겠네."

김태환의 부하들은 유쾌하기로는 서러운 이들이었지만 그들에게서조차 긴장감이 느껴졌다. 그만큼 성의 위용에 놀란 것이다.

'마신의 영역에 이런 성을 지을 수가 있는 건가? 대체 누가?'

애당초 주인이 누굴까?

누가 있기에 마신의 영역에 이러한 성을 지을 수 있단 말인가.

김태환은 입구를 넘어 성 안으로 들어갔다. 그리고 천천히 입을 벌렸다.

"정말 모든 이종족이 다 모였군요."

"이건 꿈이야."

"허어……."

모두가 잠시 넋을 잃었다.

그럴 수밖에.

엘프와 도깨비, 드워프, 불타르, 오크와 오우거까지 모였다. 간간히 설인이나 리저드맨과 같은 특수한 괴물들도 모여 있었다. 그들도 인간들을 신기하게 보기는 마찬가지였다.

하지만 적대적이진 않았다.

본래라면 서로의 생존을 두고 경계하며 전투를 벌여야겠지만, 같은 뜻으로 모였기 때문이지 그다지 적대하는 공격하려는 기색은 없었다.

이제 막 들어온 사람들을 환영하는 이들도 있었다.

"환영합니다, 인류여! 그리자넬이라고 합니다."

"생각보다 숫자가 적군. 나는 바타스다."

관록이 느껴지는 아름다운 엘프와 왕관을 쓴 드워프였다.

엘프의 여왕 그리자넬과 드워프의 왕 바타스!

어지간한 사람들도 알고 있는 유명인이었다.

탐험가들의 일지를 보다 보면 이 둘의 이야기는 항상 빠지지 않고 나오기 때문이다.

"반갑습니다."

한성을 비롯한 각 도시의 주인들이 나섰다.

군자성의 서은세, 몸이 좋지 않은 교황을 대리하여 나온 뮬라란의 신녀 히아신스, 대도시를 대표하는 휘광 길드의 길드 마스터 바하무드!

실세 중의 실세라고 전해지는 그들이다.

각 대표들이 짤막하게 인사를 끝마치자 그리자넬이 자애롭게 미소 지으며 말했다.

"여장을 풀고 쉬십시오. 저희 엘프들이 안내를 도울 것입니다."

곧 여왕 그리자넬의 뒤로 아름다운 엘프들이 우르르 몰려나왔다. 미(美)의 기준이라 일컬어지는 종족이 웃으며 다가오니 싫어할 사람은 한 명도 없었다.

쉬는 건 쉬는 거지만 대표들은 할 일이 있었다. 시간이 촉박한 만큼 곧바로 대회의에 출석한 것이다.

그곳에 발탄이 있었다.

"저는 영주 대리인인 발탄이라고 합니다."

"대리인? 그렇다면 영주는 이 자리에 없는 건가?"

휘광 길드의 길드 마스터 바하무드가 물었다.

이만한 성을 짓고, 이종족들을 한데 모은 영주를 보고 싶었는데 대리인이 나오다니. 자연스럽게 인상이 찌푸려졌다.

"영주님께선 다른 일의 처리를 위해 잠시 자리를 비우셨습니다."

"다른 일이라고? 마신 전쟁을 위한 회의보다 중요한 게 있다니, 놀랍군."

비꼬는 듯이 말했지만 발탄은 꿈쩍도 하지 않았다.

"영주는 이미 움직이고 있소. 그는 마신들의 혼란을 주도하는 중이지."

그때 오가르가 끼어들었다.

그 역시 불타르의 대표로서 이 자리에 함께하고 있었다.

"오가르 님, 영주님의 활동은……."

발탄이 다급히 말하자 오가르가 고개를 끄덕였다.

"알고 있다. 그저 영주는 이곳에 있는 누구보다 더욱 마신 전쟁을 위해 열심히 움직이고 있다는 걸 알아주면 좋겠다는 것일 뿐이야."

"그럼 영주…… 님께선 언제 돌아오시죠?"

히아신스가 조막만한 입을 열었다.

교황을 대리하여 자리한 그녀지만 이곳에 도착한 즉시 알았다. 이곳. 이 성이야말로 '그분'의 향기가 가장 진하게 나타나는 곳이라고.

하지만 '그분'은 이곳에 없었다. 히아신스가 마른 입술을 훑었다. 기다림은 익숙하지만, 도무지 참을 수가 없는 탓이다.

"기약할 수 없습니다. 우리가 빠르게 진행하면 할수록 영주님 역시 빠르게 모습을 보일 겁니다."

"그럼 그 '진행'이란 걸 빠르게 해보도록 하죠. 없는 분에게 책을 잡기보단 지금은 건실한 이야기를 할 때인 것 같군요."

히아신스가 씽긋 웃자 분위기가 단번에 기울었다.

그녀가 가진 매혹의 힘은 상상을 초월하는 것. 교황과 뮬라란 전체가 그녀의 미소 한 번에 매료되지 않았던가. 게다가 애당초 대도시를 제외하면 암령 서은세와 히아신스는 이곳의 '주인'이 누구인지를 본능적으로 알고 있었다.

한성 역시 마찬가지였으니 일의 진척이 빨라질 수밖에 없는 이유다.

발탄이 몇 개의 구슬을 들고 자리에서 일어났다.

"우선, 가장 먼저 우리가 목표로 해야 할 적에 대해 말씀드리겠습니다."

지이잉.

구슬에 마력을 주입하자 구슬 위로 모종의 형상이 떠올랐다.

코뿔소의 모습을 하고 있는 거대한 괴물. 그는 철갑을 입고 두 발로 선 채로 산을 부쉈다.

"우리의 1차 목표는 40좌의 마신 로임입니다. 그의 소멸 조건은 '그의 도시를 파괴하는 것'이죠. 일치단결한 힘으로 로임의 도시를 부숴야 합니다."

"우리가 마신을 상대할 수 있다고 보시나요?"

이번엔 서은세가 물었다.

발탄은 고개를 끄덕였다.

"도시만 부수면 됩니다. 그러면 그의 힘은 단숨에 약화될 겁니다."

"그 정보는 누구에게서 나온 거죠?"

"영주님과 멀린께서 알아내셨습니다."

멀린의 탈을 쓴 오스카가 식은땀을 흘리며 씽긋 웃어 보였다.

이곳의 영주는 무영이다. 그리고 무영은 단탈리안의 지식을 가지고 있었다. 무영은 자신이 상대하기 까다로운, 하지만 이들은 비교적 쉽게 상대할 수 있는 마신들을 따로 나누어 계획을 진보시키고자 하고 있었다.

멀린이 공중했으니 정보에 대한 약간의 믿음은 생기는 순간이었다.

서은세가 심각하게 말했다.

"당연히 도시를 보호하려 들겠군요."

"로임의 휘하 마왕은 여덟. 500만의 마족이 도시에 주둔하고 있습니다. 우리가 숫자는 조금 더 많지만 맞상대를 할 순 없습니다."

마신들을 타도하는 것이 목적이다. 로임 하나를 제거하는 데 전력을 쏟아부을 순 없었다.

"그럼? 도시를 부술 다른 방법이 있나요?"

"각자가 각자의 자리에서 가장 잘하는 걸 해야지요."

엘프는 속도가 빠르고 드워프는 중장거리에서의 공격에 강력하며 오크는 그 용맹함으로는 최고로 친다. 도깨비는 환술이나 속성 공격에 능하고 불타르는 사냥의 귀재라고 불리는 거인들.

뿐만인가.

인간들은 순간적인 대처와 암계 따위에 최적화되어 있었다. 또한 온갖 스킬로 보조적인 역할을 해줄 수 있었다. 예컨대 다른 종족의 극대화된 활용과 특공대를 활용한 게릴라전에 엄청나게 유효할 수 있다는 뜻이었다.

이만한 규모로 모인 적이 없어서 그렇지 모이기만 하면 능히 모든 걸 상대할 수 있는 조합이라 할 수 있었다.

마족은 그저 강함을 최고로 치지만 이만한 '변수들'을 상대해 본 적은 결단코 없을 터.

이 변수야말로 이 성에 모인 모두가 가진 최강의 무기였다.

휘이이이잉.

바람이 불었다.

까맣게 죽어버린 대지. 셀 수 없이 많은 벌레가 지상을 가득 채우고 있었다. 그것도 죽은 벌레들이 독소를 내뿜으며 지상을 더욱 더럽히고 있었다.

그 중심에, 반인반수가 쓰러져 있었다.

코끼리의 상체와 인간의 하체를 가진 기괴한 생물. 찬성파. 그것도 극렬한 과격파 중 하나인 26좌의 마신 부네다.

"어, 어떻게…… 이곳을 알고?"

부네의 신체가 가루가 되어 사라지기 시작했다. 소멸 조건을 달성하고 육체가 죽음을 맞이했기 때문이다.

그 바로 옆에 무영과 크림슨 발록이 있었다.

무영은 답하지 않았다. 대신 비탄을 털자 벌레의 체액이 깔끔하게 분리되었다.

'부네의 벌레굴.'

바로 부네가 먹이를 먹는 장소.

이 역시 단탈리안의 기억 속에 존재하던 것이다.

놈은 코뿔소처럼 생겼지만 주로 벌레를 먹는다. 그래서 부네는 여러 지점에 자신이 먹을 벌레를 모아 벌레굴을 형성했다. 일 년에 두 차례 벌레를 섭취하는데, 그때가 놈의 약점이다.

'벌레를 먹는다'라는 소멸 조건이 완성되는, 일 년에 두 차례뿐이 없는 시기인 것이다.

때문에 이때는 부네 홀로 벌레굴에 출현하곤 한다. 어느 부하도 믿지 않고 오로지 홀로 나타난다는 걸 단탈리안의 기억 속에서 읽어냈다.

"지독한 냄새로군."

한참 뒤에서 무르무르가 코를 쥐었다. 무르무르 역시 무영과 함께 부네를 처리하고자 이 자리에 선 것이다.

퍼석!

이후 무르무르가 부네의 허리를 짓밟자 재가 되는 속도가 가속화했다.

"반대파의 버러지들! 바알께서 용서치 않을……!"

스아아아앙.

머지않아 부네가 완전히 사라졌다.

크앙! 크아아아앙!!

크림슨 발록이 자신의 가슴을 내려쳤다.

크림슨 발록은 무영에게서 잘 벗어나려고 하지 않았다. 어쩔 수 없이 데려오긴 했지만 확실히 전투에 도움이 되긴 하였다.

크림슨 발록의 능력치는 이미 마왕의 수준을 벗어났으니 마신에게도 어느 정도 타격을 주는 게 가능했던 것이다.

무영은 근처에 떨어져 있던 커다란 벌레 하나를 주워 크림슨 발록의 입가로 던졌다.

'뭐든 다 먹는군.'

새삼스러운 일이지만 딱히 가리는 것이 없는 게 장점이라면 장점이었다. 이것도 포상으로 인식했는지 크림슨 발록이 기쁜 듯 더욱 우렁차게 괴성을 질렀다.

"발록은 거의 멸종시켰건만. 아직도 저런 괴물 같은 놈이 남아 있을 줄이야."

무르무르가 고개를 저으며 입을 열었다.

발록은 마신들에 의해 거의 멸종 직전까지 갔다. 예전 마계의 주인이었던 그들을 몰아내고 마신들이 터를 잡은 것이다. 강력한 발록은 마왕들로 처리할 수 없었다. 그래서 마신들이 직접 나서야 할 때도 있었다.

크림슨 발록. 저놈은 그중에서도 감히 최상위인 듯싶었다.

이어서 무르무르가 이제야 묻는다는 듯 무영을 바라봤다.

"그런데 어떻게 놈이 있을 벌레굴을 안 거지? 우리들이 아무리 찾으려고 애써도 찾지 못했는데."

"운이 좋았다."

무영은 짧게 설명했다.

그러곤 손을 뻗어 부네의 '권능' 중 하나를 포식했다.

〈권능 포식자가 부네의 권능을 포식합니다.〉

〈'벌레의 힘'을 흡수했습니다.〉

〈'벌레의 힘'은 반경 100㎞ 내의 벌레들을 조종하거나 시야를 획득할 수 있는 부네만의 권능입니다.〉

그다지 쓸모가 있어 보이진 않았다.

마신 정도가 되는 존재면 멀리 있는 벌레들의 움직임조차 읽는 게 가능하다. '눈을 여러 곳에 둔다' 정도의 의미는 있겠지만 반경이 고작 100㎞라면 그다지 효율이 좋은 것 같지는 않았다.

'그래도 없는 것보단 낫겠지.'

몇 개의 창이 더 떠올랐다. 부네를 사냥하며 능력치가 상승한 것이다.

하지만 레라지에를 사냥할 때에 비하면 빈약하다.

'부네는 전투형 마신이 아니니.'

놈은 정보꾼이다. 무영이 가장 먼저 부네를 찾아온 이유이기도 했다. 거기에 무르무르도 함께하고 있었다. 둘이서 하나를 상대하는 셈이니 비교적 쉬운 전투가 될 수밖에 없었다.

"운이 좋았다고? 그것만으로 설명이 될 것 같으냐?"

무르무르가 기가 찬다는 듯이 말했다.

확실히 벌레굴을 찾은 건 무영이 전략적으로 대처해서다.

단탈리안의 기억으로 말미암아 벌레굴을 찾은 뒤, 은신에 능한 부하를 풀어 벌레들의 흔적으로 부네가 언제 식사를 하고 몇 번을 찾아왔는지까지 치밀하게 조사했다.

그렇게 분석하여 가장 확률이 높은 곳으로 온 것이다.

솔직히 50:50이었지만 걸어볼 만한 확률이었다.

하지만 그것을 일일이 무르무르에게 설명할 필요는 없었다.

무영은 무시하며 걸어 나갔다.

'정보꾼 역할을 하는 부네를 처리했으니 이제는 허리를 끊을 시기로군.'

마신들이 슬슬 움직이고 있었다.

아무래도 여러 가지 소식이 들리고 있을 것이다.

가령컨대 반대파가 결집하고 초월자들이 모이고 있다. 정도의 정보 말이다.

'하지만 그들은 배승민이 따로 움직이는 걸 모른다.'

무영은 굴을 두 개 팠다.

본인은 반대파의 마신들과 함께 움직였고, 배승민을 움직여 모든 종족을 결집시켰다. 그들은 가장 먼저 40좌의 마신 로임을 공격할 것이다.

그다음은 57좌의 마신 오세, 60좌의 마신 바퓰라……. 찬성파에 속했지만 그다지 모임 같은 데에 나서지 않는 자들.

물론 종족들이 대연합을 이루더라도 한계는 있었다. 때문에 무영이 바삐 움직이는 중이다. 허리와 허리를 끊으며 혼란을 유도하고 제대로 된 정보가 전달되지 못하도록 만들고자.

제약은 있었다.

무영은 슬쩍 고개를 돌렸다.

'무르무르.'

그는 무영의 감시자로 선정됐다.

아무리 무영이 자신의 존재감을 떨쳤대도 만일을 위한 보험을 필요한 모양이었다.

하지만 무영은 그가 자신의 감시자인 걸 눈치채지 못할 정도로 멍청이가 아니다. 때문에 적당히 거리를 두고 있었다.

"하여간 부네는 우리로서도 골치가 아픈 놈이었다. 놈을 소멸시켰으니 찬성파 놈들도 엉덩이에 불이 붙은 심정일 것이야."

무르무르가 작게 웃었다.

진정으로 기쁘다는 듯이.

하지만 아직 무르무르가 '찬성파의 끄트머리'인지 아닌지는 모르겠다.

무르무르, 그레모리, 포르네우스, 시트리, 아스모다이.

이들 중 하나는 분명한 스파이다. 어쩌면 하나 이상일 수도 있고. 그들에게 필요 이상의 정보가 빠져나가는 걸 무영은 경계해야 한다. 말하자면 배승민의 일이라거나, 무영의 힘과 관련된 것들.

'권능을 포식하는 건 눈치채지 못한 모양이군.'

무영은 무르무르의 반응을 살피고 있었다.

레라지에의 신력을 흡수할 때부터 느끼는 거지만 그들은 무영이 권능을 포식하는 걸 모르는 듯싶었다.

이는 중요한 정보다.

무영이 얻는 권능을 숨겨서 필요할 때 사용할 수 있다는 뜻이니까.

그때였다.

무르무르가 오른손을 들었다.

그는 '표식을 새겨둔 자'에 한하여 오른손을 들어 아무리 멀리 떨어져 있어도 소통을 할 수 있었다. 무영을 감시하고 감시한 내용을 전달하기에 매우 적절한 능력. 또한 스파이 역할을 하기에도 이보다 좋은 능력은 없으리라.

곧 그의 손이 청록색으로 감돌자 무르무르가 말했다.

"그레모리가 페넥스를 소멸시켰다는군."

페넥스. 37좌의 마신.

작전을 세우는 참모 역할을 하는 마신이다. 그레모리를 비롯한 네 마신이 동시다발적으로 공격하여 소멸시키는 데 성공한 것 같았다.

이 정도면 일단 첫 단추는 잘 꿰었다.

'선제공격엔 성공했다.'

문제는 지금부터다

찬성파의 마신 셋이 소멸한 지금 이 사실을 알게 되면 그 순간 그들도 부리나케 모일 것이다. 대책 회의를 하고 반대파를 밀어버리고자 움직이겠지.

'파이몬이 걸리는군.'

부네와 함께 정보를 물어다주는 마신은 하나가 더 있었다.

파이몬!

비밀을 파헤치는 자.

하지만 그의 출처는 알 수가 없었다. 단탈리안도 파이몬에 대해선 거의 모르고 있는 듯싶었다. 그만큼 은밀하게 움직이는 데 도가 텄다는 뜻.

'최악의 수.'

파이몬이 벌써 부네와 페넥스의 소멸 사실을 알아차리고 바알에게 뜻을 전했을 경우마저 상정한다.

바알은 찬성파를 모아 가장 먼저 구심점인 그레모리를 칠 것이다. 솔로몬이 어디에 있는지 모르는 지금, 최대한 빠르게 정리를 하고 싶을 터.

'우리는 철저하게 다수로 소수를 공격해야 하는 입장이다.'

결코 같은 숫자나 더 많은 숫자의 마신을 공격해선 안 된다. 반대파의 세력으로 입는 타격은 작은 것 하나도 치명타로 다가오는 탓이다. 그러니 찍어 누를 수 있는 싸움만을 해야 했다.

무영은 턱을 쓸었다.

파이몬이 알아차리고 바알이 움직인다고 가정했을 때, 자신이 내보일 수 있는 최선의 수.

'미끼를 던진다.'

솔로몬을 저들은 결코 배제할 수 없다. 그렇다면…….

'그레모리.'

그녀를 미끼로 내세워야겠다.

마신의 영역 중심부. 끝없이 번개가 몰아치고 태풍이 부는 죽음의 땅. 그곳에 제1좌, 바알의 신전이 있었다.

수만 개의 계단을 올라가야 비로소 도착하는 공중 신전에서 바알은 세상을 내려다보며 모든 것의 조정자 역할을 할 수 있었다. 평소라면 바알 외엔 아무도 없는 장소이나 지금은 찬성파의 마신 몇몇이 그를 알현하고자 자리에 모였다.

바알. 그는 거대한 권좌에 앉아 고개를 치켜든 채로 무릎 꿇은 마신들을 바라봤다. 그중에는 파이몬도 있었다. 그는 정신체가 아닌 본체로 바알의 앞에 나섰다.

"바알이시여, 반대파의 움직임이 심상치 않습니다. 부네의 소멸을 확인했습니다."

"부네 하나뿐인가?"

마치 모든 걸 알고 있다는 듯이. 그 꿰뚫어 보는 눈동자가 파이몬을 잠식해 들어가자 파이몬은 잠시 침묵하곤 말을 이었다.

"그레모리와 마신들이 움직이는 것을 확인했습니다. 방향상 페넥스가 있는 곳이라고 추정하고 있습니다."

"이기지 못하겠군."

"그렇습니다."

바알은 페넥스의 소멸을 확신했다. 하지만 바알은 여전히 파이몬에게서 시선을 떼지 않고 있었다.

"파이몬, 숨기는 게 있지 않느냐?"

"숨기는 것은 없습니다."

"너의 제약을 알고 있다. 강도 높은 비밀은 발설하지 못하도록 되어 있지. 하지만 '그'와 관련된 일이라면 내게 알려야 할 것이다."

'그'는 솔로몬을 가리키는 말이다.

"그의 위치를 알 수 없습니다."

파이몬은 마치 준비라도 한 듯 즉답했다.

솔로몬. 파이몬은 그를 감시하고 있었다. 하지만 섣불리 말을 할 수가 없었다. 솔로몬에 관해 말하면 킹슬레이어와 엮인 이야기를 해야 할 테고, 자연스럽게 솔로몬이 시간에 묶인 것까지 이야기해야 할 것이다.

그만한 비밀을 내뱉는다면 파이몬은 존재를 유지할 수 없게 된다. 그리고 확신이 들기 전에는 내뱉을 말이 아니라고 판단했다.

솔로몬은 파이몬이 자신을 감시하고 있다는 걸 안다. 이 자체가 함정일 수도 있었다.

"너를 믿는다."

바알이 시선을 거뒀다.

믿는다고 했지만 그는 정말로 파이몬을 믿고 있는 걸까?

파이몬은 내심 부정했다. 파이몬 자신이 바알과 다른 마신들을 믿지 않듯, 그 역시도 모든 이를 신뢰하지 않을 것이었다. 하지만 입 밖으로 꺼낼 순 없었다.

바알.

솔로몬과 마찬가지로 그야말로 진정한 신이기에.

이어 바알이 마신들을 바라봤다.

현재 신전에 모인 마신은 열하나.

모두 모이려면 시간이 걸리지만 한 가지 일을 하는 데에는 적당한 숫자다.

"반대파의 공격은 예견된 일이다. '그'가 나타난 이상 반대파와 접촉할 수밖에 없었을 테지. 또한 그것이 의미하는 것은 그가 아직 불완전하다는 것."

"솔로몬이……."

마신들이 살짝 불안한 표정을 지었다.

솔로몬. 그의 위력을 그들은 누구보다 잘 알고 있었다.

하지만 눈앞의 바알도 그 못지않은 존재다.

"그는 레메게톤의 모든 제약을 풀어낸 게 아니다. 디아블로와 함께 아직은 숨어 있다고 보는 게 맞겠지. 틀림없이 그레모리의 주변에 있을 것이다."

바알의 말은 분명한 사실이었다.

파이몬도 그레모리를 감시하다가 솔로몬을 발견했으니 말이다.

"찾아라. 그리고 끌어내도록."

툭!

마신들이 고개를 숙였다. 이윽곤 순식간에 사라졌다. 바알의 말은 절대적이다. 그가 말한 순간, 그것은 반드시 이루어져야 했다.

하지만 한 명은 가지 않았다.

"파이몬, 내게 하고 싶은 말이 있는가?"

"초월체들의 움직임이 심상치 않습니다."

"북녘의 왕이 그레모리 진영에 들어갔다더군."

"그만이 아닙니다. 용들의 왕, 달의 아이, 모든 산의 주인이 제각각 다른 움직임을 보이고 있습니다."

사방을 지배하는 초월체는 마신에게도 위협적인 존재다. 하여 항상 감시하고 있었다.

"초월체들에게도 그의 입김이 작용한 건가?"

"아닙니다. 그들을 움직이는 존재가 따로 있습니다.

"따로 있다?"

파이몬은 숨을 크게 들이쉬었다.

이 역시 커다란 비밀 중 하나다. 무려 자신을 발견하고 공격까지 한 녀석이니까. 신격을 보유했다는 의미이며 더 나아가 '이면의 주인들'과도 접점이 있으리라 추측됐다.

이를 발설함으로써 파이몬은 최소 한 달은 거동조차 하지 못할 것이다. 하지만 바알의 의심을 피하기 위해선 불가피한 희생이었다.

"무영. 그 이름을 아십니까?"

현재 온전히 무영의 휘하에 있는 병력은 30만. 여기에 죽은 자들의 왕이 합류함으로써 강력한 대군을 얻었다.

그 숫자가 500만에 가깝지만 그들은 죽은 자들의 왕을 따르는 것이지 무영을 따르는 게 아니었다. 죽은 자들의 왕이 무영을 따른다고 하더라도, 이 사이에는 미묘하나 큰 차이가 있었다.

전쟁, 특히 마신 전쟁은 속도전이 생명이다.

단 하나의 명령이 즉각적으로 발휘될 수 있는 이들과 한 단계를 거쳐야 하는 이들의 쓰임새는 조금 다를 수밖에 없었다.

"길을 막아라?"

죽은 자들의 왕이 의외라는 듯이 물어왔다.

거대하게 세워진 천막. 그곳에서 무영은 마력을 전개해 혹시 모를 누군가의 감시를 원천봉쇄하고 있었다. 그만큼 지금 무영이 하고자 하려는 행동은 위험천만한 것이었다.

"그레모리를 노리는 마신들. 그들 중 몇을 네가 막아야 한다. 그사이 내가 그들 중 하나를 회유할 것이다."

"쉬운 일처럼 말하는군."

죽은 자들의 왕이 콧방귀를 뀌었다. 쳐들어오는 마신 중 하나만을 회유하는 작전? 그야 성공하면 엄청난 득이 될 수 있지만 쉽게 만들어질 상황이 아니었다.

죽은 자들의 왕이 마신 하나와 격전을 벌일 능력이 된다고 하더라도 그레모리의 사냥을 위해 최소 일곱 이상의 마신이 공격해 올 것은 자명한 사실.

무영도 죽은 자들의 왕도 위험하다.

"불가능하진 않지."

무영은 어깨를 으쓱했다. 상황은 불리하지만 타개책이 없지도 않다는 듯.

"방책이 있느냐?"

"찬성파에 정보를 흘리는 정보원을 확정했다."

그간 무영은 반대파의 안팎으로 그들을 조사하고 감시했다. 그들만 무영은 조사한 게 아니란 뜻이다.

무영의 목적은 오로지 '스파이'. 정보원을 색출하기 위함이었다. 찬성파와 반대파 양쪽에 다리를 걸치고 양쪽 모두에게 정보를 제공함으로써 자신의 안위를 보장받는 박쥐같은 놈 말이다.

"놈을 잡을 건가?"

"우리가 눈치챘다는 걸 알면 그는 즉시 찬성파로 향할 것이다."

정보원이 누구인지를 확정했다는 게 중요했다. 하지만 그것을 내색하진 않을 것이다. 모르는 척, 잘못된 정보를 흘리고 그것을 덥석 물게 해야 효과가 극대화된다.

"흐음, 그래서 그 정보원이란 게 누구지?"

"그레모리를 제외한 네 마신 전부."

"……허."

죽은 자들의 왕이 탄식을 쏟아냈다.

그렇다. 그레모리. 그녀를 빼곤 모두가 한 발씩 거치고 있다. 무영도 조금은 예견하긴 했지만, 그래도 넷 전부일 거라곤 확신하지 못했었다.

하나 은신하여 그들을 살핀 결과 넷 모두 접점이 있었다. 강약의 차이일 뿐이지 그들도 부정하진 못하리라.

그레모리는 고독한 싸움을 해나가고 있는 셈이다.

"그레모리는 버려지는 패였군."

죽은 자들의 왕이라 할지라도 돌아가는 분위기는 안다. 이야기도 대충 들어서 알고 있었다.

이 역시 맞는 말이다.

솔로몬과 무영의 등장이 없었다면 그레모리는 하우레스와 레라지에의 먹이가 되었을 것이다. 그 즉시 반대파의 남은 인원들은 찬성파로 합류하게 되었을 터. 그들이 지금껏 이곳에 남아 있는 이유는 현상을 파악하여 제대로 된 흐름을 읽어서 어디에 붙어야 할지 계산하기 때문이다.

때문에 그들은 찬성파의 공격에 적극적이지 않았다.

무영이 그레모리를 미끼로 사용한다고 했을 때도 그들은 크게 반대하는 기색이 없었다.

"그래서 역으로 우리의 정보원이 필요하다?"

"이왕이면 영향력이 있는 마신이면 좋겠군."

"저들을 혼란하게 만들 만한 정보는 어떻게 뿌릴 셈이냐?"

"솔로몬을 붙잡고 늘어져야지."

솔로몬이 등장한다.

물론 진짜로 등장하진 않겠지만 그런 정보를 뿌리는 것만으로도 적들의 행동은 심히 위축될 것이다. 선두에 선뜻 나서는 이들이 적어질 테지. 그 틈을 찌른다.

"나는 마신 따윈 두렵지 않다. 하나 너무 위험한 도박이다."

그의 걱정이 뭔지 안다. 그는 무영을 통해 자신에게 부족한 것을 배우고자 하고 있었다. 그런데 무영은 너무나도 위태로운 밧줄 위에 서 있는 중이었다. 조금이라도 삐끗하면 그대로 낭떠러지로 떨어질 것이다.

하지만 무영은 자신 있었다. 자신이 없더라도 있어야 했다. 지금의 무영은 그런 위치에 있었다.

'답이 없는 놈이군.'

무영이 답이 없자 죽은 자들의 왕이 고개를 내저었다. 하기야 이 정도의 배포가 없다면 크림슨 발록을 길들이지 못했을 것이다.

"넌 그런데 왜 아직도 힘을 숨기고 있는 거지?"

"힘을 숨긴다?"

무영이 무슨 말이냐는 듯 되묻자 죽은 자들의 왕이 말했다.

"같은 힘을 익혔기에 은연중 알 수 있다. 너의 날개는 네 개가 아니지 않나?"

예리한 지적이었다.

무영의 날개는 본래 세 쌍. 총합 여섯 개의 날개를 가졌지만 마신들은 네 개의 날개만을 가진 줄 알고 있었다.

무영은 처음부터 아무도 믿지 않았다.

그레모리를 만나고, 그녀를 구하러 갈 때도. 심지어 레라지에를 상대하는 그 위험천만한 순간에도 마지막 2할의 힘은 숨겼다.

그래야만 무영이 살 수 있기 때문이다. 그래야만 미래를 바꿀 수 있기 때문이다.

모든 걸 보일 순 없었다.

무영은 얇게 미소 지을 뿐이었다.

죽은 자들의 왕이 혀를 찼다.

"나보다 더 음흉한 자는 네가 처음이다."

그레모리의 말살을 명령받고 11명의 마신이 급속도로 나아가고 있었다.

그중 가장 선두에 있는 마신은 7좌의 아몬!

엔로스의 본래 주인이며 마법의 창조주라 불리는 마신.

엄격한 조정자임과 동시에 모든 걸 날카롭게 분석할 수 있는 눈을 타고난 그는 같은 마신들도 껄끄러워하는 존재였다.

그는 요즘 들어 더욱 심기가 좋지 않았다.

'엔로스를 정신지배 하다니, 그놈은 대체 뭐지?'

정보원이 물어다준 정보에 의하면 무영이라는 놈이 엔로스를 데리고 있었다고 했다. 천의 마왕인 엔로스를 정보원이 착각할 리는 없으니 이는 진실이리라.

안 그래도 엔로스에게서 느껴지던 '연결 고리'가 어느 순간을 기점으로 사라졌다.

'내가 걸어둔 금제를 깼다.'

엔로스는 최강의 마왕 중 하나. 당연히 아몬으로선 강력한 금제 따위를 걸어놓을 수밖에 없었다. 한데 무영은 그 금제마저 깨뜨리고 엔로스의 정신을 지배했다.

있을 수 있는 일인가?

궁금했다. 그는 모든 마법을 익혔지만 정신 지배는 매우 격이 다른 영역이다. 천하의 아몬이라 할지라도 다른 마신 휘하의 마왕을 지배하진 못한다.

하여 이번 원정에 참여했다. 오로지 무영이란 놈을 확인하고자. 놈의 기술, 그 정신 지배를 확인하고 가능하다면 빼앗아 올 작정이었다.

지이이이익.

순간 왼손의 작은 문신 하나가 청록색으로 물들었다.

'무르무르에게서 통신이 왔군.'

아몬의 정보원은 무르무르다. 그가 특별히 반대파에 심어둔 이중 스파이였다. 무영에 대한 이야기도 그에게서 들은 것이다.

마력을 끌어올려 수신을 허락하자 무르무르가 보낸 정보가 아몬의 머릿속에 자연스럽게 입력되었다.

'그레모리와 솔로몬이 만난다고?'

아몬이 인상을 찌푸렸다.

솔로몬이 나타난다면 필시 디아블로도 함께 있을 것이다.

물론 아몬은 디아블로가 두렵지 않았다. 또한 바알은 솔로몬이 제대로 이곳에서 힘을 발휘할 수 없다고 확언했다.

'이상하군.'

하지만 솔로몬이 그레모리를 다시 만난다는 건 이상하다. 그것도 이런 시기에. 애당초 솔로몬에게서 '자비'를 구하는 것 자체가 이상하다. 반대파에 붙어 바알을 제거한다고?

솔로몬은 완전무결한 집행자다.

피도 눈물도 없이 행하는, 철의 심장의 소유자.

아몬은 그를 잘 알았다.

'어느 쪽이든 오히려 좋은 기회다.'

하여간 진실이라면 아몬은 '솔로몬의 원천적 공포'를 이겨낼 절호의 기회라고 판단했다. 디아블로만 제거하면 솔로몬의 영향력은 극도로 줄어들 터. 거짓이라 할지라도 그레모리의 제거는 예정된 수순이었다.

하지만 다른 이들은 아닌 모양이었다.

"아몬, 대열을 가다듬을 필요가 있을 것 같군. 우리는 잠시 이곳에서 쉬어가겠다."

"보티스."

17좌의 마신 보티스가 가장 먼저 나섰다. 그는 잠시 뒤의 대열로 빠지며 눈치를 볼 작정인 듯싶었다.

"확실히 너무 이르게 출발한 감이 있지. 그레모리를 확실하게 잡으려면 우리도 시간이 필요하다."

"나베리우스……."

쯧!

아몬이 혀를 찼다.

'멍청한 놈들.'

저들도 반대파에 정보원을 이어두었다는 것쯤은 굳이 묻지 않아도 파악할 수 있었다. 동시다발적으로 '솔로몬의 출현'에 들었을 테고, 그러니 굳이 선두에서 나아가긴 싫다는 의미겠지.

겁쟁이가 따로 없었다.

11명의 마신이 출발했지만, 아몬과 함께 선두에서 그레모리를 잡으려는 이들은 결국 다섯뿐이 되지 않았다. 나머지 일곱은 별의별 이유를 들어 한참 뒤의 대열로 돌아간 것이다.

자신의 안위를 지키고자 함인데 한심스럽기 그지없었다.

'언제까지 솔로몬이란 망령에 사로잡혀 있을 것인가.'

어쩌면 그들은 솔로몬을 너무나도 신격화하고 있는 것인지도 모른다. 고향을 멸망시키고 자신들을 이런 곳에 내버린 그를.

아몬은 선두에 선 채 이어서 말했다.

"우리는 계획대로 그레모리를 멸한다. 자비란 없다."

퉁. 퉁. 투웅—
죽은 자들의 왕이 높은 산에 올라 지팡이로 바닥을 다지고 있었다.

지팡이가 바닥에 닿을 때마다 묘한 공명음을 내었다.

"다섯이라."

저 멀리서 다가오는 마신 다섯의 기척을 느꼈다. 더불어 그들과 함께 오는 수백만의 마족도.

아무리 죽은 자들의 왕이라고 할지라도 다섯 마신을 동시에 상대할 순 없다. 자신이 이끄는 죽음의 군단도 저 숫자를 모두 당해내진 못할 것이다.

하지만…….

'시간을 끌고 적들을 분산시키는 정도라면 못할 것도 없다.'

투우우우웅!

지팡이를 한 번 더 내려치자, 주변 풍경이 바뀌었다.

휘아아아아앙!

눈보라가 몰아쳤다. 수많은 설산이 굽이치고 또 굽이치고 있었다.

강제 투영 결계!

죽은 자들의 왕은 북녘의 왕이다. 오랜 세월 왕으로 군림해 왔다. 눈이 휘몰아치는 북녘에서 그를 당할 자는 아무도 없었다. 과거에도, 현재에도, 그리고 미래에도 그러하리라.

"오너라. 죽음을 이끄는 진정한 왕의 힘을 보여주마."

왕이 거센 폭풍과 함께 움직였다.

시선의 너머에서 죽은 자들의 왕이 싸우고 있었다. 결계를 치며 마족들이 그곳을 벗어나는 걸 막았다.

"역시 대단하군요."

그레모리가 작게 감탄했다.

초월자. 과연 그 명성에 맞는 모습이다. 홀로 다섯 마신을 막아내고 있었다.

"이기지는 못할 것이다."

하지만 무영은 부정적이었다.

죽은 자들의 왕. 그는 강하지만, 적이 너무 많다.

기껏해야 시간 끌기.

"저 결계를 뚫고 나오는 자들을 집중 공격할 겁니다. 긴장을 늦추지 말고…… 집중하세요."

그레모리 주변에 모인 병력은 300만 전후. 대부분이 그레모리의 휘하 병력이었다.

다른 반대파의 마신들은 뒤에서 '원호'를 하겠다며 한발 물러난 상태.

아마도 승기가 보이면 귀신같이 나타날 것이다.

반대로 승기가 없어 보이면 또한 귀신같이 물러나겠지.

오로지 무영만이 함께했다.

그레모리도 자신을 제외한 모든 이가 정보원 노릇을 하고 있음을 조금은 눈치챘을 것이다. 아니면 진즉에 알고 있었을 수도 있고. 그래서인지 무영을 바라보는 그레모리의 시선이 한층 누그러져 있었다.

"그대는 정해진 패배에서 자신을 합리화한 적이 있나요?"

그녀가 무영에게 물었다.

생각해 보면 그레모리의 패배는 언제나 정해져 있었다. 과거에도 그녀는 패했고 찬성파들이 인류를 몰살시켰으니까.

하지만 무영은 고개를 저었다.

"없다."

"강하시군요."

"너도 강하다."

무영은 짧게 답했다.

무영이 강하다면 그레모리도 강하다. 그녀는 끝까지 포기하지 않았다. 그것을 무영은 알고 있었다.

그레모리가 작게 미소 지었다.

"고마워요."

"아직은 고마워할 때가 아닌 것 같군."

촤아아악!

쩌어어어억!

그 순간.

누군가가 강제로 결계를 찢었다. 저만한 규모와 위력을 지닌 결계를 마구잡이로 휘두르는 것이다. 그런 짓을 할 수 있는 마신은 극히 드물었다. 그리고 가장 먼저 튀어나온 이를 바라보며 그레모리가 입을 열었다.

"아몬."

아몬!

모든 마법의 지배자. 제7좌를 거머쥔 최상위권의 마신!

무영은 잠시 멈칫했다. 설마 벌써부터 그가 나타나리라곤 무영조차 예상하지 못한 탓이다.

'최상위의 마신들은 서로 잘 협조하지 않는 편일진대.'

아몬. 무엇이 그를 움직였을까?

걸리는 게 있다면 엔로스다.

본래 엔로스는 아몬의 휘하 마왕. 아몬이 걸어둔 금제를 풀어내고 무영은 엔로스를 언데드화시켰다.

마법의 지배자라는 아몬이 그를 눈치채지 못할 리 만무.

하물며 엔로스가 무영의 주변에 있는 걸 다른 '정보원'들이 전했을 것이다. 어느 정도 예견되긴 했지만 그 시기가 무척 이른 게 약간의 변수로 작용했다.

'아몬이 노리는 건 나다.'

무영은 생각을 정리했다.

첫 상대가 아몬이라면 무영도 벅차다. 솔직히 최악의 적수 중 하나다. 단탈리안의 기억 속에서 이몬은 '임격한 조정사'의 역할을 하고 있었다.

바알과 다른 마신들을 조율하는 역할이라는 것이다.

그만큼 능력의 뛰어남을 인정받았으며 단탈리안조차 아몬에 대해선 제대로 파악하지 못했다. 솔직히 알려지지 않은 부분이 너무 많다.

"상대가 좋지 않군요."

"포기할 건가?"

그레모리의 소리에 무영이 쓰게 내뱉었다.

아몬의 위력에 대해선 그레모리도 잘 알고 있을 것이다.

죽은 자들의 왕이 만든 결계마저 찢어발기며 나타난 그를 막고자 수많은 마족이 달려들었지만 아몬이 손가락 하나만 튕겨도 거대한 폭발이 일어났다.

부나방처럼 마족들이 우수수 떨어져 내렸다.

이대로 이곳까지 도달하는 시간은…… 5분이면 족할 터.

그레모리가 고개를 저었다.

"아몬은 바알의 최측근 중 하나. 그를 이길 수 있다면 다른 찬성파 마신들의 행동도 확실하게 위축될 테지요."

"긍정적이군."

"질 생각은 없습니다."

그레모리가 양손을 모았다.

레라지에를 상대할 때와 달리 그레모리는 현재 전력을 회복한 상태.

즈앙! 즈앙! 즈아아아아앙!

모든 그레모리 휘하 마족에게 분홍색의 보호막이 덧씌워졌다.

쿠우우웅!

그리고 그레모리의 앞으로 거대한 여신상이 땅을 뚫으며

튀어나왔다.

동시에 아몬의 공격이 약해졌다.

"마력을 최소화시키는 결계를 쳤습니다. 제가 할 수 있는 건 이 정도예요."

별거 아닌 듯이 얘기하지만 이것만으로도 대단하다.

마법의 창시자 아몬. 그가 가진 마력 수치는 사뿐히 1,000을 넘길 터였다. 아니…… 무영이 느끼는 바가 확실하다면 그 1.5배는 될 것 같았다.

과연 최상위권의 마신이란 말인가.

그런데 그것을 그레모리가 견제하고 있었다. 큰 효과를 주진 못했지만 눈에 띄게 아몬의 공격이 줄어든 건 사실이었다.

하물며 수백만 이들에게 마력 차단 보호막을 걸다니.

상식을 벗어난 운용이다. 몇 번을 봐도 감탄하게 된다.

하지만, 무영이 놀고 있을 순 없는 노릇.

"타칸."

"단 칼에 쓸어버리마."

타칸이 자신감 있게 튀어나왔다. 자신에게 무엇을 맡길지 알고 있다는 듯. 본 드래곤을 탄 타칸은 '용기사'라 칭해도 될 모습이었다.

"크림슨 발록과 함께 '구멍'을 막아라. 죽은 자들의 왕이 펼친 결계가 깨지지 않도록, 틈이 넓혀져선 안 된다."

결계가 언제까지 마신들을 막을 수 있을까?

깨질 건 확실하다. 시간의 문제였다. 무영이 할 수 있는 일은 최대한 그 시간을 지체시키는 것. 그리하여 아몬을 고립시키고 승부수를 띄우는 것이었다.

"알겠다."

타칸이 본 드래곤을 타고 날아갔다.

크림슨 발록은 무영을 한 번 쳐다보곤, 자신의 가슴을 내려치며 날개를 펄럭였다.

무영은 네 장의 날개를 펼쳤다. 가브리엘의 창을 빼고 루키페르의 힘과 분리시켰다. 그리고 기감을 집중하자 잡히는 기척이 있었다.

'파이몬?'

일전 레라지에의 전투에서 느꼈던 감각과 비슷하다.

누군가가 주시하고 있는 느낌.

하물며 이 정도의 희박함이라면 파이몬밖에 없다.

아마도 이만한 군단이 순식간에 그레모리가 있는 곳까지 당도한 건, 파이몬이 정보자의 역할을 했기 때문일 것이다. 그렇다면 이번 싸움 역시 바알의 귀로 흘러들어 갈 가능성이 있었다.

어찌할까?

파이몬의 정신체를 먼저 제거하고 움직여야 하는 걸까?

아몬을 대충 상대할 순 없었다. 어쩌면 숨겨둔 비장의 수들을 꺼내야할지 모른다.

'한데…… 이상하군.'

정신체의 움직임이 이상하다.

그는 무영을 보고 있지 않았다. 그렇다고 그레모리를, 반대파를, 아몬을 보는 것조차 아니었다. 그가 바라보는 건 더 멀리 있는 무언가. 무영의 기감에도 안 잡히는 무언가를 감시하듯 바라보고 있었다.

때문에 무영의 시선이 닿았음에도, 파이몬은 인식하지 못하는 중이었다.

무영은 파이몬의 정신체가 바라보는 곳으로 시선을 돌렸다. 눈을 감고, 기감을 더욱 넓혀, 주변의 지리를 '온전하게' 받아들였다.

그리고…… 발견했다.

하나 더 있었다. 파이몬과 마찬가지로 숨어서 이 전쟁을 지켜보는 이가. 단순한 거짓으로, 적들의 혼란을 위해 뿌린 정보가 진실이 되어 돌아왔다.

'솔로몬.'

솔로몬!

그가 있었다.

무영의 표정이 삽시간에 굳었다.

"이 버러지 같은 놈들! 감히!!"

40좌의 마신, 로임의 도시가 불타기 시작했다. 그의 소멸 조건인 '도시 파괴'가 성사된 셈이다.

순간 로임의 영향력이 줄어들었다. 마족들의 크기가 작아지고 로임의 크기 역시 줄어들었다. 산을 부수던 로임과 그의 군세는 조금씩 밀리기 시작했다.

하지만 '성전'을 선포한 연합군도 멀쩡한 상태는 아니었다.

"허억! 허억! 빌어먹을!"

"끝이 없어!"

"끄아아아악!"

욕설과 비명과 검이 살을 찢는 소리가 범벅된 전장이었다. 모두 정신이 없었다. 너무 많은 죽음을 보아서다. 하지만 앞으로 죽여야 할 숫자가 더욱 많았다.

로임 역시 그대로 당하고만 있진 않았다.

"다 죽여주마. 진정한 파괴자가 무엇인지 보여주겠노라!"

아무리 약화되었대도 마신이다. 로임이 바닥을 박차자 지진이 일었다.

쿵! 쿵! 쿵! 콰아앙!

거대한 코뿔소의 형상을 한 로임이 돌진하자 아무도 막지 못했다. 건물이 뚫리고 부서지는 건 예사다. 그 사이에 낀 생명체는 그대로 압살당했다.

"미친 코뿔소 자식!"

"막아! 뭐라도 해서 막아보라고!"

도시를 파괴하긴 했지만, 마신의 본체에 직접적인 타격을 줄 수 있는 자가 너무나 적었다. 진정한 강자의 부재. 그나마 멀린과 한성이 로임을 겨우 맞상대하고 있는 수준이었다.

"대장! 피해요!"

"하아, 하아……!"

김태환은 정신력을 극한까지 끌어올렸다. 벌써 몇 마리의 마족을 죽였는지 알 수가 없다. 100이 넘는 순간 세는 걸 포기했으니. 입에서 단내가 나고 눈이 뽑힐 것만 같았다. 하지만 이제는 끝인가 싶었다.

코뿔소 형상의 로임이 김태환을 향해 돌진하고 있었다.

'피하긴 힘들겠군.'

마치 슬로우 모션이 된 것 같았다. 본능적으로 죽음을 직감했다. 피할 수 없다. 확정적인 죽음 앞에서 김태환은 피식 웃고 말았다.

'한 번 더 보고 싶었는데……'

문득 푸른 사원에 있을 때가 떠올랐다.

거기서 만난 인연들은 지금도 김태환의 뇌리에 깊숙이 남아 있었다. 만날 수 있다면 한 번 더 만나서 내가 많이 바꿨노라고, 노력해서 부길드 마스터의 자리까지 왔노라고 자랑을 하고 싶었다.

김태환이 부길드 마스터가 되며 많은 부분이 바뀌었다. 개선됐다. 부패한 이들을 쳐 내고 가능성이 있는 이들을 아낌없이 후원하며 대도시의 성향 자체를 바꾸는 데 크게 일조했다.

썩은 기득권층. 그들을 정면에서 상대한 것이다.

무영에게 약속한 대로, 모두에게 확신한 대로 김태환은 그만의 길을 갔다.

무영의 생각이 맞았다. 김태환은 영웅이다. 숨은 공로자다.

하지만 그 영광을 맛보기는 이르다는 걸까?

쿵! 쿵! 쿵! 쿠우웅!

로임이 돌진했다.

김태환은 마지막 힘을 쥐어짜 내 대검을 들었다.

'그냥 죽진 않겠다.'

마지막까지 싸우는 모습을 보일 것이다. 포기한 채로 끝나는 건 억울하니까.

그런데…… 바로 지척에 로임이 다다른 순간, 그가 멈춰섰다. 로임은 행동을 멈추고 하늘을 바라봤다.

동시에 하늘의 태양이 가려졌다.

짙은 어둠. '달'이 떠올랐다.

"뭐야? 왜 갑자기 저녁이……."

"해가 사라졌…… 네?"

"저, 저건 또 뭐야? 뭐가 저렇게 커!"

모두가 호들갑을 떠는 사이, 어둠을 헤치고 하늘에서 내려오는 거대한 물체가 있었다. 용의 형상을 했다지만 그 크기가 일반적인 용에 비할 바가 아니었다.

그야말로 하늘을 가득 채운 것만 같은 크기.

"오셨군."

용군주 한성이 피가 나는 입술을 손등으로 훑으며 웃었다.

용들의 왕.

그가 드디어 자리에 모습을 보인 것이다.

하지만 그는 혼자가 아니었다.

이제 10대 초반이나 겨우 되었을까.

그의 옆에 푸른 눈빛과 머리칼을 지닌, 남자인지 여자인지 모를 아이가 함께하고 있었다. 감정 없는 눈동자에선 서리가 나올 것 같았고 왜인지 지켜보는 것만으로도 소름이 돋는 존재.

"달의 아이께서도……."

한성이 전쟁의 와중 무릎을 꿇었다.

달의 아이.

사방을 지배하는 네 명의 초월자 중 하나!

여태껏 그 모습을 드러낸 적이 없어 베일에 싸여 있던 존재. 그 존재가 용들의 왕과 함께 자리에 나타났다.

뿐만인가?

용들의 왕을 따르는 수많은 용.

달의 아이를 따르는 수많은 정령!

그들은 로임과 그의 휘하 마족들을 공격했다.

"크아아아아아! 나 로임이 패할 것 같으냐!"

로임은 악에 바쳐 소리쳤다.

하지만 그들의 합류로 전장을 확연하게 기울었다. 소멸 조건이 완성되어 약화된 로임은 그들 모두를 감당할 수 없었다.

연합군은 잠시 어안이 벙벙할 수밖에 없었다.

"뭐, 뭐야, 아군이야?"

"이게 대체 무슨 일이야?"

한성은 즉시 용들의 왕에게 다가갔다. 그가 검을 집어넣고 예의를 차리며 말했다.

"결단을 내려주셔서 감사합니다. 왕이시여. 그리고 달의 아이시여.”

용들의 왕은 대답하지 않았다. 대신 달의 아이가 입을 열었다.

“무영, 그는 여기 없나요?”

“예? 그는 여기 없습니다.”

“그에게 가야 해요. 그가 솔로몬을 만나면 늦어요.”

한성은 고개를 갸웃했다. 달의 아이. 아무런 감정이 느껴지지 않았지만 지금은 왜인지 다급해 보였다.

“무슨 이유가 있습니까?”

“솔로몬이 바알에게 빼앗긴 천사…… 그 천사가 무영에게 있어요.”

“천사…… 요?”

달의 아이가 눈을 감고는 말했다.

“천사를 빼앗기면 솔로몬은 완전해집니다. 그러면 이 세계는 끝나요.”

솔로몬은 고개를 갸웃했다. 마신들이 움직이는 경로를 파악하다가 이곳까지 당도하긴 했으나 유독 눈길을 끄는 존재가 하나 있었던 탓이다.

‘이상하군.’

자신의 눈길을 이만큼이나 끄는 존재는 거의 없다.

마신 아몬도, 그레모리도, 솔로몬의 관심을 받지는 않았다. 그런데 이상하게 저 날개 달린 놈은 관심이 간다.

솔로몬이 고개를 들었다.

별. 별들이 움직인다. 그 중심지에 저놈이 있었다.

'별의 인도자.'

그리고 보니 킹슬레이어는 별을 보고 있었다. 킹슬레이어는 그토록 감성적인 이가 아니다. 그런데 별을 보고 마치 희망을 느끼는 것처럼 행동하고 있었다.

왜일까. 왜 그랬을까.

'저놈이었군.'

솔로몬은 확신했다.

킹슬레이어의 희망이 저 날개 달린 놈이었다.

하지만 희망치곤 실망이었다. 느껴지는 힘으로 보자면 상급 마신 정도는 되는 것 같았다. 하지만 그래선 솔로몬에 결코 닿을 수 없다.

게다가 느껴지는 이질적인 기운들이 너무나도 많았다. 한마디로 잡탕. 저렇게 혼돈이 가득한 존재는 솔로몬도 처음이었다.

'킹슬레이어, 네가 보고 믿던 희망은 참으로 보잘것없었구나.'

그 희망이 없어지면 킹슬레이어는 어떤 기분일지.

솔로몬은 손을 뻗었다.

이 세계에서 제대로 된 영향력을 펼칠 수만 있었다면 지금 당장 저놈을 없애 버릴 수도 있었다.

하지만 안타깝게도 필요 이상의 개입은 불가했다.

놈은 별의 인도자. 별들을 끌고 다니며 신격을 가지고 있었다. 이 세계에서 인정받았다는 소리이며 때문에 솔로몬이 당장은 어찌할 수가 없었다. 디아블로를 움직이면 가능은 하겠지만 굳이 지금 이 전장에서 모습을 드러내고 싶진 않았다.

운이 좋은 녀석이었다.

'음?'

그러다가 솔로몬이 다시금 놈을 똑바로 쳐다봤다.

그냥 지나칠 뻔했는데 아무리 봐도 이상하다.

저만한 혼돈의 힘. 그것을 한 종류의 인간이 다룰 수 있다고?

게다가 저 인간의 시간은 매우 이질적이었다.

'시간의 축이 다르게 작동하고 있군.'

지금은 아니지만 솔로몬은 과거 시간마저도 다룰 수가 있었다. 당연히 놈이 가진 '시간의 이질'도 알아볼 수 있다는 뜻이다.

이윽고 솔로몬의 눈이 까맣게 물들었다.

그리하여 솔로몬은 '놈'의 혼, 그 지저까지 바라볼 수 있게 되었다.

그리고 찾았다.

"아아."

솔로몬이 전율했다. 아주 오래전에 잃어버린 중요한 걸 찾은 사람처럼. 바알에게 뺏기고 그 행방을 알 수 없었던 그것이, 놈의 혼에 각인되어 있었던 것이다.

'알스 포울리나. 나의 천사!'

솔로몬이 시간을 다룰 수 있도록 도와주던 천사.

그 천사가 놈에게 있었다.

어떻게 된 일인지는 모르겠지만, 분명했다. 알스 포울리나를 다시 되찾을 수만 있다면 디아블로를 움직이는 귀찮은 짓은 안 해도 된다. 당장에 이 세계를 잿더미로 만들어버릴 수 있었다.

킹슬레이어.

네가 믿던 게 바로 저것인가?

솔로몬이 넋을 잃었다. 그리고 이내 웃으며 입을 열었다.

"되찾아야겠군."

알스 포울리나. 그것은 본디 자신의 것이었기에.

적들을 흔들기 위한 교란작전. 진실이 아닌 정보를 흘리고 그들의 움직임을 제한하는 데에는 성공했다. 하지만 '진실이 아닌 정보'가 '진실'이 되어버린다면 그건 그것대로 문제였다.

'나는 아직 준비가 덜 되었다.'

바알과 솔로몬, 둘은 양대 산맥이다.

차례차례 밟아 나가 마지막에 마주해야 하는 게 그들이었다. 그러기 위해서 무영은 온갖 노력을 하고 있었다. 힘을 숨기고, 분산시키고, 따로 배치하며 여러 방면에서 적들을 공격하고 있는 중이었다.

당연히 당장 무영의 힘이 결집할 수는 없었다.

이 상태에서 솔로몬을 마주한다? 좋지 않다. 그것만은 확실했다. 하물며 솔로몬에 대해선 무영도 단탈리안도 잘 알지 못했다. 그의 '소멸 조건'이 무엇인지, '소멸 조건'이 있기는 한 건지.

무영은 쉽사리 움직일 수 없었다.

아몬의 공격과 파이몬의 의도 그리고 솔로몬의 위험성.

솔로몬을 눈치챈 건 무영뿐이었다. 파이몬도 있기는 했지만 그는 현재 방관자의 입장을 고수하는 중이었다.

'고장 난 자전거······.'

문득 그런 생각이 들었다.

무영은 달렸다. 그저 빠르게만 달려왔다. 마신들을 상대하고, 찬성파가 무영을 제대로 인지하기 전에 먼저 움직였다. 브레이크란 없었다. 멈출 생각도 없었다. 고장 난 자전거와 같다. 무영은 페달을 무작정 밟아대기만 한 입장이었다.

그 결과가 지금 나타난 것일까.

부작용.

이러한 일이 생길 수도 있다는 막연한 생각은 가지고 있었다. 빨리 먹어 체할 수 있듯. 하지만 무영에겐 시간이 없었다. 시간이 지날수록 찬성파는 견고해진다. 반대파가 사라지면 그들은 즉시 힘을 모아 모든 것을 멸할 것이다.

그것을 뻔히 아는 무영으로선 일을 빠르게 진행시킬 수밖에 없었다.

준비가 전부 되지 않은 것들은 때로는 운으로, 실력으로,

혹은 부족한 부분을 어떻게든 메꾸며 여기까지 왔지만…….

솔로몬을 상대할 준비는 전혀 되지 않았다.

전혀. 하나도 말이다.

'무언가를 준비하고 있다.'

또한 무영은 본능적으로 느꼈다. 위험을. 솔로몬이 무영 자신에게서 무언가를 발견했음을.

도망가야 한다고 본능이 소리쳤다.

하지만, 이상하긴 했다.

마신들조차 두려워하는 솔로몬이 무영에게 원하는 것이 있다면 그냥 빼앗아 가면 된다.

그런데 솔로몬은 그 즉시 무영을 해치려 하지 않았다.

아마도 디아블로의 소환을 준비하는 것이겠지.

'솔로몬은 아직 이 세계에서 제대로 된 영향력을 발휘할 수 없다.'

그레모리의 말이 떠올랐다.

만약 그가 온전히 힘을 발휘할 수 있었다면 디아블로는 필요 없었을 것이다.

그렇다면.

'솔로몬은 내게 직접적으로 공격을 가할 수 없다.'

잠정적인 결론을 내렸다.

하지만 디아블로가 소환돼도 위험하긴 마찬가지다.

디아블로는 바알조차 경계하는 것. 무영이 홀로 상대하는 건 '불가'하다.

그러나 아직 시간이 있었다.

"왜 그러시죠?"

그레모리가 살짝 힘에 겨운 듯 물었다. 무영이 움직이지 않는 게 의아한 모양.

무엇을 먼저 처리해야 할지. 무영은 고민했다. 그리고 결정을 내렸다.

"뒤를 조심해라."

"뒤……?"

"그가 있다."

"그라면?"

"솔로몬."

"……!"

그레모리가 움찔했다. 동공이 커지고 놀란 기색이 역력하다. 하지만 그녀는 한 차례 솔로몬을 만난 적이 있었다. 일면식 없는 무영보단 그레모리가 시간을 끌어줄 가능성도 있을 것이다. 그것도 안 된다면 일을 빨리 진행시킬 수밖에.

쿠웅!

땅을 박찬다.

날개를 끝까지 펴고 그대로 상공을 꿰뚫었다. 궤적을 남기며 날아간 무영이 닿은 곳은 아몬이 있는 장소였다.

우르릉! 콰앙!

아몬의 주변은 학살의 명소였다. 아몬은 천둥이 치는 먹구름을 만들고, 불덩이를 양손에 집약시켜 연달아 던졌다. 수많은 바람 칼날을 소환해 주변으로 날아드는 마족들을 단번에 베었다.

광음이 터질 때마다 수백의 마족이 죽어 나갔다.

그나마 크림슨 발록과 타칸을 비롯한 무영의 휘하 병력들이 결계의 구멍을 막고 있어서 더는 적들이 유입되고 있지는 않았다.

하지만 아몬이 괜히 7좌에 자리한 게 아니라는 걸 증명하는 듯 무시무시한 존재감을 떨치고 있었다.

'아몬은 마법의 지배자다. 솔로몬이 두려웠다면 그에 대한 해법 또한 연구했을 터.'

이는 확신이었다.

마법은 미지다. 미지를 다루는 자는 미지에 굴복해선 안 되는 법이다. 솔로몬은 미지 그 자체였고, 아몬의 입장에선 당연히 넘어야 할 산, 극복해야 할 대상이 되었다. 아몬을 끌어들일 수만 있다면. 그렇다면 가능할지도 모른다.

하지만, 어떻게?

'제압은 힘들다.'

처음에는 제압할 생각이었다. 그러나 솔로몬의 움직임이 심상치 않았다. 여기서 힘을 뺐다간 이도저도 아니게 될 수 있었다.

무영은 비탄을 뽑았다.

지이이잉!

낮게 짖는 비탄을, 한 차례 진동시켰다. 이후 아몬을 향해 횡으로 그었다.

좌라아아아아악!

묵뢰가 아몬의 정면을 강타했다.

콰득!

아몬이 묵뢰를 잡았다.

놀라운 광경이었다.

미쳐 날뛰는 검은 번개를 손으로 와락 쥐어버린 것이다.

아몬은 양손에 장갑을 끼고 있었다.

'저 장갑은 미세한 마력의 조정을 위해 만들어졌다.'

한 번의 교환으로 알아볼 수 있었다. 그러한 용도의 장갑이 아몬을 만나 극대화된 셈이다.

설마 묵뢰를 잡아내다니.

아몬이 쥐었던 묵뢰를 다시금 무영에게 던졌다.

콰르르르르릉!

자신이 한 공격에 다시금 되받는 일은 좀처럼 없었다.

무영은 비탄을 들었다. 그리고 날아오는 묵뢰를 양단했다. 애당초 최선을 다한 공격이 아니었기에 이 정도로 끝날 수 있었다. 만약 최고 강도로 묵뢰를 발사하고, 아몬이 그마저도 반사시켰다면 손쉽게 양단하진 못했을 것이다.

"네놈이 무영이란 놈이냐?"

아몬이 재미있다는 듯 무영을 바라봤다.

무영은 묵묵히 아몬을 바라봤다.

그런 무영을 향해 아몬이 물었다.

"어떻게 내 금제를 풀어내고 엔로스를 정신지배 한 거지?"

"너도 알고 있지 않나?"

간단하다.

무영의 힘이, 무영이 가진 권능의 힘이 더욱 컸기 때문이다. 아몬도 그것을 알 것이다. 아는데도 물어보는 건 인정하기 싫다는 거다.

무영이 아몬의 자존심을 제대로 건드린 셈.

"글쎄. 나는 잘 모르겠군. 그러나……."

아몬이 양손을 한 차례씩 털었다. 그 순간 무영의 주변으로 투명한 바람의 칼날들이 생성되었다. 그 숫자가 족히 만 개는 되어 보일 것 같았다.

손짓 한 번으로 이만한 공격이라.

"내가 질 것 같다는 생각은 안 드는군."

휘이이이이익!

무영은 빠르게 칼날들 사이를 비집고 들어갔다. 하지만 모두 피하는 건 무리다. 날개를 펴고 가브리엘의 창을 들었다. 현재 무영은 루키페르의 힘과 가브리엘의 힘을 분리시킨 상태.

창을 크게 휘두르자 더욱 거센 풍압이 칼날들을 밀어냈다. 그 상태에서 무영은 가속했다.

2, 4, 8, 16, 32, 64…… 128!

한 번에 하는 가속이 아닌 순차적인 가속을 행했다. 마치 부스터를 쓰듯 무영의 속도가 빨라졌고 128배의 가속이 행해졌을 때 무영은 칼날의 폭풍을 빠져나올 수 있었다.

그러나 아몬은 마법의 지배자다. 이상을 느낀 순간 이미 다음 수를 써뒀다.

'수증기 폭발.'

수많은 물방울이 허공을 덮씌웠다.

눈에 보이지도 않는 아주 작고 미세한 것들에 아몬의 마력이 더해져 폭탄으로 변했다. 무영에겐 쥐약과도 같은 수다. 가속을 하더라도 저 정도로 밀집된 공간을 헤쳐 나가는 건 무척 어려운 일이었다.

'강행한다.'

돌아갈 수도 있다. 하지만 무영은 강행했다.

가속은 오래 사용할 수 있는 기술이 아니다. 하물며 아몬과의 싸움을 끌어서도 안 된다. 무영의 목표는 아몬에게 다가가는 것. 그저 다가가기만 하면 된다. 그리하면 그다음으로 도약할 수 있었다.

스슷. 스아아아!!

무수히 많은 물방울이 회전하기 시작했다. 그 속도가 무영의 눈에는 매우 느리게 보였으나, 문제는 틈이 없다는 거다.

무영은 날개로 자신의 몸을 감쌌다. 그러곤 허공을 내달렸다.

쿠르르르콰콰콰콰콰쾅!

실시간으로 무영이 달리는 길들에 연쇄적인 폭발이 일어나기 시작했다.

무영의 검은 날개가 조금씩 너덜너덜해져 갔다.

평범한 상처라면 그저 '신성한 축복'으로 회복하면 그만이지만, 아몬의 마력은 기묘한 구석이 있었다. 무영의 몸에 들러붙어 재생이나 회복을 방해했다.

'극상성이로군.'

크림슨 발록의 공격을 당했던 것처럼 계속된 회복을 기대하긴 어려울 것 같았다.

하지만 아몬이 지척이었다. 눈 깜빡할 속도로 다가오는 무영을 아몬도 인지하고 있었다. 그는 곧장 다음 수를 냈다. 찰나와 같은 순간 기지를 발휘한 것이다.

콰득!

무영은 다리를 비틀었다. 어디선가 나타난 얼음 창이 무영의 다리를 꿰뚫은 탓이다. 고통이 몰려왔지만 무영은 그 창을 빼내려고 하지도 않았다. 그대로 허공을 접고, 또 접어, 아몬에게로 다가갔다.

무영은 아몬의 양어깨를 붙잡았다. 가속을 풀었다.

공격을 위해서?

아니다.

"두드리는 이에게 열릴 것이니라."

알스 노바. 기적의 언어를 담은 책. 그 기도문을 들은 순간 아몬의 눈동자가 떨렸다.

"네놈이 어찌 그 기도문을……?"

모두가 반신반의 하고 있었다.

알스 노바를 자칭 '대천사'라는 놈이 가지고 있을지.

아몬은 믿지 않았다. 그런데 정말로 가지고 있었던 것이다. 엔로스의 금제를 풀어낸 것도 그렇다면 알스 노바의 힘일까?

아몬이 반항하려 했지만 무영이 한발 더 빨랐다.

스아아아아!

무영의 눈에서 빛이 흘러나왔다. 빛은 그대로 아몬의 눈과 연결됐다.

이 기도문은 상대의 '영혼'을 개방하는 이적을 발휘한다.

급속도로 피곤함이 몰려왔지만 무영은 정신을 똑바로 차렸다.

'보인다.'

아몬, 그의 혼이 보인다. 그와 연결되었다. 무영이 문을 연 것이다. 그 상태에서 무영은 진짜 '싸움'을 걸었다.

'죽음의 예술.'

아몬을 언데드로 만들기 위함이 아니다. 애당초 불가능한 일이다. 신격을 가진 존재는, 고유성을 극대화시킨 존재는 결코 언데드로 완성되지 못한다. 언데드란 일견 불완전한 존재이기에 완벽함을 추구하는 신격과는 거리가 먼 것이다.

그런데도 이게 왜 싸움이냐.

이는 아몬의 '소멸 조건'과도 연관이 있었다.

'아몬 스스로가 이해할 수 없는 현상에 관여될 것.'

아몬은 마법의 지배자다. 그는 스스로의 자신감이 무척이나 뛰어나다. 그렇기 때문에 모든 걸 이해하려고 한다. 풀어내려고 한다. 그리하여 아몬은 마법의 지배자라는 이명을 얻었다.

알스 노바?

기적의 기도문이라 하지만 결국은 마법의 연장선상이다.

아몬이 이해하지 못할 현상은 아니었다.

하지만 무영이 내미는 힘에 아몬이 아주 잠시라도 지배당하게 된다면?

그 순간 아몬은 무영과 진정한 의미에서 연결될 것이고, 곧 무영의 속에 내재된 혼돈을 맛보게 될 것이다.

그는 결코 이해할 수 없을 터였다.

무영의 존재를, 무영에게 지배당한 자신을!

〈'죽음의 예술'이 마신 '아몬'을 침식합니다.〉

〈언데드화에 실패합니다.〉

〈그러나 '죽음의 예술'은 지배의 힘입니다. '아몬'의 침식이 가속화됩니다.〉

〈마신 '아몬'이 격렬하게 저항합니다.〉

잠시면 된다. 0.1초, 아니, 그 이하의 시간이라도 상관없다. 아주 잠깐이라도 그를 무영 자신의 지배하에 놓기만 하면 됐다.

비장의 무기인 알스 노바의 주문까지 되뇌어 만든 기회.

이 기회만이 꽉 막힌 사방에서의 유일한 희망이었다.

정신력의 싸움. 무영은 피눈물을 흘리기 시작했다. 모든 구멍에서 피가 흘러나왔다. 아무래도 무영의 혼은 마신의 혼에 비할 바는 아니었다. 특히 아몬. 탐구자인 그의 혼은 다른 마신들보다도 훨씬 견고했다.

'불가한 건가?'

정신의 싸움에서 조금씩 밀리고 있었다.

무영은 이를 악물었다.

이젠 물러날 수도 없었다. 혼과 혼이 부딪혀 자칫 잘못하면 서로가 위험한 상황. 어쩌면 무영의 혼이 소실될지도 모르는 일이었다.

그런데, 그 순간이었다.

아몬의 표정이 변했다. 서로의 혼이 거의 뒤섞일 정도로 근접한 그 순간에.

"너는…… 시간을……!"

아몬은 실로 당황한 것 같았다. 알스 노바를 외웠을 때도 이 정도의 변화를 보이진 않았건만. 하지만 이 변화가 틈을 만들었다. 무영의 혼이 순식간에 승기를 잡았다.

〈마신 '아몬'의 지배에 성공했습니다.〉
〈하지만 완전한 지배에는 성공하지 못했습니다.〉
〈유효 시간 7초.〉

7초간 아몬이 무영의 지배하에 들어왔다. 아몬의 눈동자가 잠시 흐릿해졌다.

'해냈다.'

무영은 재빨리 다음 단계로 나아갔다.

7초는 생각보다 많은 시간이었다. 그의 혼에 절대적인 한마디를 새겨 넣기엔 충분했다. 아몬이 본능적으로 거부하는 강력한 언어는 불가하겠지만.

"오로지 스스로를 위하라."

무영은 말했다.

그는 마법의 지배자. 모든 것을 분석하고 풀어내는 자.

본래라면 누구도 따르지 아니하고, 누구도 두려워하지 아니하며, 오롯이 독선의 길을 걸어야 하는 존재였다.

스스로를 위하라.

오히려 아몬이 은연중 바라던 걸, 하지만 굳게 잠가져 있던 빗장을 치워준 셈.

그러니 이 정도면 충분할 것이다.

정확히 7초가 지나고 아몬의 눈에 초점이 돌아왔다. 그러곤 주변 상황과 자신이 겪었던 변화를 깨닫고는 크게 흔들렸다.

"어떻게? 네놈, 내게…… 내게 무슨 짓을 한 것이냐?"

그는 알 수 없다. 마찬가지로 이해할 수도 없다.

소멸 조건이 완성된 것이다. 물론, 소멸 조건이 완성되었다고 하더라도 그를 무영이 소멸시키긴 어려울 것이다. 하위 마신들은 소멸 조건이 완성되면 약화된다. 하지만 아몬 정도의 최상위급 마신은 아무런 타격이 없었다.

하지만, 무영은 만족하고 있었다.

아몬의 혼란. 그의 깊숙이 무영이 집어넣은 '코드'를 그는 모르고 있었다.

"시간을 역행한 건가? 어찌 그 천사가 네놈의 혼에 있는 것이냐?"

천사? 가브리엘을 말하는 건가?

거기에 시간의 역행까지 맞췄다. 무영의 혼과 직접 부딪히며 알아낸 진실인 듯싶었다.

무영 본인도 어떠한 방법으로 시간을 되돌아온 것인지 확신하진 못하고 있었다. 그런데 아몬은 약간이나마 짚이는 구석이 있는 모양이었다.

"있을 수 없다. 어떻게 이런 일이 가능한 거지?"

"불가능은 없다. 자신 스스로 불가능하다 여길 뿐이지."

아몬이 무영을 노려봤다. 그는 화를 내고 있었다. 하지만 동시에 화를 삭이는 중이기도 했다.

아몬. 마법사의 지배자, 진리의 탐구자.

현재 그는 속박을 벗은 상태다. 바알이라는 속박, 솔로몬이라는 속박. 스스로는 눈치채지 못하고 있겠지만 차차 그 효과가 나타날 것이었다.

무영은 느지막하게 말했다.

"아몬, 아직도 솔로몬이 두렵나?"

마신들이 가진 원천적인 공포. 그들이 마신이 되기 전 겪었던 일들은 트라우마가 되어 오랜 시간 그들을 괴롭히고 있었다. 신격을 얻고, 보다 완전해졌음에도 그 공포만은 떨치지 못했다. 그래서 그들은 '바알'이라는 구심점 아래에 모였다. 공포를 희석시켜 줄 존재. 바알은 그러한 의미가 있었다.

아몬이 눈을 반개했다.

"내가 솔로몬 따위를 두려워하는 걸로 보이느냐?"

"그렇다면 잘됐군."

무영은 고개를 돌렸다.

지금 아몬은 혼란해하고 있었다. 극심한 혼란이 가중되어 무영에 대한 공격조차 잊었다. 그만큼 무영은 아몬이 처음 접한 미지였다. 감히 혼돈 그 자체라 할 수 있는 존재. 솔로몬이나 바알과는 다른 영역에 있는 전혀 다른 미지.

하여 무영은 거래를 텄다.

"나라는 '미지'와 솔로몬이라는 '공포' 중 너는 무엇을 택할 거지?"

말을 끝낸 그 순간. 세상이 작열하기 시작했다. 태양이 더욱 붉게 타오르고, 순식간에 올라간 온도는 모든 것을 태웠다.

그레모리가 급히 불에 대항하는 방어막을 전개했지만 역부족이었다.

아아악! 크아아아아악!

약한 마족들이 가장 먼저 타올랐다. 숯이 되어 수없이 많은 숫자가 바닥에 떨어졌다.

뿐만이 아니다.

죽은 자들의 왕. 그가 나머지 마신들을 막아내고자 펼쳐낸 결계가 허물어지기 시작했다.

'디아블로…….'

무영은 고개를 돌렸다. 아몬도 그 현상에 집중했다. 디아블로. 불의 마신 하우레스를 불로 태워 죽인 진정한 화염의 주인! 수십 개의 뿔, 두 발로 섰으나 그 형상은 용에 가까웠다.

압도적인 존재감을 떨쳤다. 그저 등장했을 뿐임에도, 그저 두 눈으로 세상을 바라봤을 뿐임에도 모든 것을 태우고 모든 것을 지우는 중이었다.

무영은 전율했다.

디아블로를 접한 건 두 번째였다. 하지만 막 소환되었을 때의 디아블로는 바알에 의해 후퇴했다. 바알의 그 무지막지한 공격을 받고 발을 옮길 수밖에 없었다.

하지만 지금은 다르다. 그때와는 비교가 안 된다.

아몬, 그의 도움을 얻으면 디아블로쯤은 감당할 수 있으리라 생각했다. 그러나 지금 이 순간 무영은 그 생각을 철회하였다.

'허용량을 넘어섰다.'

이 세계가 받아들일 수 있는 허용량. 그 적절 수위를 넘어섰다고.

"솔로몬……!"

아몬의 눈동자가 흔들렸다. 공포다. 하지만 그 공포에 발악하는 분노도 있었다.

오로지 스스로를 위하라.

진리의 탐구자는 속박되어선 안 된다. 그 무엇에도 말이다. 아몬은 이를 악물었다.

반면에, 다른 마신들은 벌써부터 물러나고 있는 모습을 보였다.

"겁쟁이 놈들."

아몬이 이죽거렸다.

다른 마신들은 아직도 솔로몬에 대한 공포가 팽배했다. 바알이 나서지 않는 이상 그들은 계속해서 도망만 다니는 겁쟁이에 불과할 것이었다. 무영에 대한 호기심. 엔로스를 어떻게 정신을 지배하였는가는 이제 아몬의 관심사가 아니었다.

그레모리를 제거하라는 바알의 명령?

그 또한 마찬가지다. 지금 아몬은 눈앞에 있는 것에 집중하고 있었다.

아몬은 이겨내고 싶었다. 오랜 세월 자신을 겁박하던 것으로부터. 드디어 그 기회를 눈앞에 두게 된 것이다.

크아아아아아아아아!

상념을 잇기엔 디아블로의 공격이 너무나도 빨랐다.

거대한 불줄기가 디아블로의 입으로부터 튀어나왔다.

불길은 하늘 전체를 삼켰다. 도중에 존재하는 모든 존재를 불태우며, 무영과 아몬을 노리고 달려드는 중이었다.

겁화.

아몬이 빙벽을 세웠다. 거대하기 짝이 없는 빙벽을 세우고 공간을 격리시켜 디아블로의 불길을 잠재우고자 하였다. 하지만 부족하다. 디아블로의 불길은 모든 것을 태운다. 모든 '현상' 그 자체를 말이다.

쯧!

아몬이 혀를 찼다. 그러곤 장갑을 벗었다. 장갑을 벗자 아몬의 검은색 손이 유독 눈에 띄었다. 동시에 아몬이 가진 마력이 걷잡을 수 없이 폭주하기 시작했다. 마찬가지로 뿔이 돋아나고 눈자위가 까매졌다. 인간형이었던 전신의 근육이 폭발하듯 팽창하며 크기를 늘렸다.

하나 불안정하다.

무영은 즉시 그레모리에게 시선을 돌렸다.

끄덕!

무영이 원하는 바를 그레모리가 읽었다. 즉시 마력을 제한시키던 결계를 해제시킨 것이다. 마력의 행로를 방해하던 결계가 사라지자 아몬이 본격적인 실력 행사에 나섰다.

"인피티니 스톰."

아몬이 행하는 모든 마법은 발동어가 필요 없다.

하지만 고위급의 마법은 그조차도 입에 담아 힘을 실을 필요가 있었다. 넘쳐 날뛰는 아몬의 마력이 곧 거대한 어질러짐을 낳았다.

아몬의 앞으로 거대하기 짝이 없는 동그란 공간이 형성되었다. 그리고 그 공간은 마치 블랙홀처럼 모든 걸 빨아들였다.

화아아아아악!

디아블로의 불길이 아몬이 만든 공간 안으로 휩쓸려 들어갔다.

막아낸 건가?

'아니.'

무영은 내심 고개를 저었다.

무한한 공간인 줄 알았던 공간이 흔들리고 있었다.

하기야 아몬이 진정으로 '무한'을 다룰 수 있었다면 그는 바알조차 넘어섰을 것이다. 무한이란 마법을 벗어난 기적의 수. 기적은 아몬의 영역이 아니었다.

빠드득!

아몬이 이를 갈았다.

피할 수 있음에도 피하지 않는 건 자존심 때문인가?

아몬의 눈동자가 다시금 바뀌었다. 검은색 눈동자 위로 하얀색의 작은 별 몇 개가 떠오르더니, 빠르게 돌며 디아블로의 '불꽃'을 분석하기 시작했다.

"나는 모든 것을 분석하고 진리에 다다르는 자. 신의 불꽃마저도 파헤쳐 보이겠다."

마법사의 '말'은 힘이 된다. 하기에 진정한 마법사는 말을 아낀다. 진정성을 담아야만 더욱 강력한 힘을 낼 수 있기에.

그리고 지금, 아몬은 다짐했다. 확언을 내뱉었다.

디아블로, 너의 불꽃마저 꿰뚫어 보겠노라고.

곧 아몬이 연 거대한 구멍 속에서 디아블로의 불꽃이 반사

되어 튀어나왔다.

콰아아아아아아아아앙!

디아블로 자신이 쏘아낸 불꽃을 스스로 상대하게 된 것이다.

'대단하군.'

무영은 감탄했다.

무영이 한 일이라곤 빗장 하나를 제거한 것에 지나지 않았다. 그런데 그 순간 아몬이 스스로 한발 나아간 것이다.

설마 디아블로의 공격을 되받아칠 줄이야.

'하지만 부족하다.'

아몬은 이제 막 눈을 떴다. 반면에 디아블로는 완성되어 있었다.

화르륵!

무영은 자신의 불꽃을 모았다. 엄밀히 따지자면 무영이 다루는 불은 디아블로의 불에서 기초한다.

하나 닮았기에 유도할 수 있다.

살짝 길을 트는 것만으로도 디아블로의 불을 움직일 수 있을 터.

화아아아악!

무영의 전신이 타오르는 순간, 디아블로의 불이 둘로 나뉘었다.

하나는 무영을 향해, 하나는 아몬을 향해.

공격이 반감된 셈이다. 아몬이 반격에 나설 빌미를 무영이

제공했다.

크롸아아아앙!

디아블로가 마음에 안 든다는 듯 괴성을 내질렀다. 그러곤 날개를 펄럭이며 허공에 떠올라, 손톱을 바짝 세워 그대로 할퀴었다. 곧이어 날카로운 풍압이 일어나 공간을 베었다.

말 그대로, 공간을 잘라낸 것이다.

그 속도는 무영의 눈에도 거의 잡히지 않을 정도.

촤악!

아몬의 몸이 갈렸다. 정확히 둘로 쪼개졌다.

'분신.'

하지만 그사이에 마련한 분신이었다.

아몬은 일찌감치 디아블로를 향하고 있었다.

'적의 적은 아군이랬던가?'

현재 아몬이 느끼는 분노의 대상은 디아블로이며 솔로몬이었다.

무영 역시 아몬보단 그 둘을 상대하는 게 급했다.

이해가 일치했다.

그르르릉!

비탄이 울었다. 어서 자신의 차례를 달라고 아우성쳤다.

무영은 먼저 가브리엘의 창을 던졌다. 하지만 디아블로에게 던진 것은 아니다.

'솔로몬.'

그가 있다. 디아블로의 뒤에, 몸을 숨긴 채로.

무영이 노리는 건 솔로몬이다. 가브리엘의 창을 던지고 그 이면에 은신을 행했다. 모든 시선이 아몬에게 집중되어 있을 때, 솔로몬을 친다.

기척을 지웠다. 동시에 가브리엘의 창이 날아들어 솔로몬의 몸을 때렸다.

쾅!

하지만 닿지 않았다. 정확히 말하자면 그대로 관통해 버렸다. 솔로몬의 신체엔 아무런 타격이 없었다.

아직, 아직이다.

무영은 은신을 풀었다. 가브리엘의 창이 땅에 닿는 그 찰나에 무영은 비탄을 들고 그대로 무영검을 발휘했다.

51격. 악즉참.

솔로몬이 다른 공간에 있다면 그 공간까지 잘라 버리면 된다. 무영이 악즉참을 날리자 공간이 잘리며 이면의 검은색 공간이 드러났다.

성공인가?

'실패다.'

솔로몬의 신체는 잠시 투명해졌다가 원래의 모습을 되찾았다.

"내가 너를 건드릴 수 없듯, 너 역시 나를 건드릴 수 없다."

솔로몬이 무영을 바라봤다.

바로 지척에서.

무영도 솔로몬을 바라봤다.

"어째서 네놈이 나의 천사와 기도문을 가지고 있는지는 모르겠으나, 얌전히 죽어라. 킹슬레이어처럼."

후아아아아앙!

하늘이 더욱 붉게 달아올랐다. 이어서 수많은 운석이 지면을 향해 치닫기 시작했다.

하지만 무영은 표정을 굳힐 수밖에 없었다.

'킹슬레이어가 죽었단 말인가?'

킹슬레이어, 고귀한 영광의 기사.

무영에게 가속을 가르친 그가?

누군가가 죽는 건 아무렇지도 않다. 하지만 지금은 왠지 달랐다. 아니, 어느 순간부터 조금씩, 아주 조금씩 무영은 달라지고 있었다. 지금은 누군가의 죽음에 미동이 생겼다.

슬픔. 그러한 감정일 수도 있겠다. 무영도 정확히는 모르지만.

솔로몬이 계속해서 말했다.

"슬픈가? 괴로운가? 킹슬레이어는 네놈에게 '희망' 따위를 걸었던 모양이다만…… 운이 없군. 하필이면 내가 찾아버렸으니 말이야."

킹슬레이어는 솔로몬과 싸우고, 졌다.

하지만 의문은 생긴다.

무영은 솔로몬을 건드릴 수 없었다. 그 반대도 마찬가지.

하지만 킹슬레이어는 솔로몬과 대적이 가능했다는 의미다.

이면의 주인이라서?

그는 본래 이 세계의 존재가 아니기 때문일는지.

"너는 디아블로를 이길 수 없다. 그 어떤 수를 쓰더라도."

"어째서 너는 모든 존재를 말살하려 하는 거지?"

무영은 묻지 않을 수 없었다. 그의 증오, 그의 분노는 대체 어디서 나오는 것이란 말인가. 그러자 솔로몬이 스산한 미소를 지어보였다.

"너희 인간은 내가 만든 종 중에 가장 실패작이었다. 가장 무능하고, 가장 호전적이며, 가장 오만하지. 다른 종을 도태시키고, 멸종시키고, 서로를 멸망시켜 가는 무능하기 짝이 없는 놈들."

실패작이다?

말이 이상하다. 그렇다면 솔로몬이 창조신이라도 된다는 뜻일까?

"이곳은 내가 멸망시킨 뒤 남은 찌꺼기들을 모아둔 쓰레기통이다. 쓰레기통은 비우는 게 정상이지 않겠느냐?"

솔로몬은 당당했다. 그의 말에 거짓은 없는 듯싶었다. 무영이 침묵하자 솔로몬이 미소를 지웠다.

"의문은 풀렸나? 이 유희의 끝을 보여준 마지막 답례라고 생각해라, 도둑놈. 알스 노바와 알스 포울리나를 되찾으면 즉시 이곳을 비울 것이니."

쿵!

콰콰콰콰콰쾅!

그의 말이 끝나기 무섭게 수많은 운석이 무영의 머리 위를 뒤덮었다.

솔로몬이 양손을 펼쳤다.

"감히 버려진 쓰레기들 주제에 주인을 물 생각을 하다니, 그게 가당키나 한 일이라고 생각했느냐? 바알이여!"

혼잣말. 쌓인 울분을 토해낸 것과 같았다. 마치 정신병자의 울부짖음이었다. 분명히 제정신은 아니었다.

"비우고 다시 채우리라. 보다 완전한 종의 탄생을 위해!"

그가 말하는 쓰레기통. 우리가 말하는 마계. 서로 같은 장소일진대 그 인식이 너무나도 다르다.

하지만 솔로몬은 여기서 끝내지 않을 것이다. 완전한 종의 탄생을 위해 다시금 다른 종을 탄생시키고 도태시키겠다는 말. 그가 말하는, 소위 무능한 인간들과 다를 게 무어란 말인가?

잘못됐다. 모순이다.

무영은 가속을 시작했다. 비탄을 들고 128배의 속도로 폭발의 여파에서 벗어났다. 운석을 피하고, 부수며, 세 쌍의 날개 전부를 폈다.

'나는 매일을 최후처럼 살았다.'

준비는 안 되어 있으나, 각오는 되어 있었다. 무영이 여태껏 걸어온 길은 항상 벼랑의 끝이었다. 무영은 매번 도전했고 승리해 왔다.

언젠가 한 번쯤은 고꾸라질 수도 있다는 생각. 무영이라고 해본 적이 없겠는가?

하지만 이 세계는 근본적으로 잘못되어 있다. 이 고장 난 세계를 고칠 수 있는 존재는 무영뿐이었다.

자신이 달리지 않으면 누구도 무영의 보조를 맞춰주지 않는다.

때문에…… 항상 최후를 상정했다.

디아블로를 이기지 못할 거라고?

'언제는 이길 수 있는 싸움을 했던가?'

무영은 피식 웃었다. 웃고 말았다.

무영이 전투에 임할 때, 모두가 말하곤 했다.

이길 수 없다고. 질 거라고.

그럴 때마다 포기했다면 여기까지 오지도 못했을 것이다.

솔로몬은 무영을 모른다. 몰라도 너무 몰랐다.

안 된다 하면 더욱 해내고 싶어 하는 게 무영이라는 것을!

'가브리엘의 날개.'

무영은 모든 날개의 깃털을 세웠다. 깃털엔 집대성한 모든 마력과 신성력이 모여 있었다.

그것을 하나하나 조준했다.

떨어지는 운석들. 저것들이 떨어지면 모든 휘하 병력과 마족은 전멸한다. 뿐만 아니라 주변 일대 전부가 '디아블로의 영역화'가 될 것이었다.

막아야 한다. 디아블로가 이곳을 자신의 영역으로 만들면 승산은 한없이 낮아진다.

스아아아아아아아악!

7,777개의 깃털이 허공을 날았다.

쿵! 쿵! 콰앙!

하나의 깃털이 정확히 하나의 운석을 부쉈다.

운석은 계속해서 떨어졌고 무영도 계속해서 빛으로 이루어진 깃털을 날렸다.

누가 먼저 멈추느냐의 싸움.

하지만 무영의 시간이 더욱 빠르다. 내려오는 속도보다 빠르게 운석을 제거했다.

촤악! 촤르르륵!

그러곤 비탄을 휘둘렀다.

무영이 지나가면 그 자리에 있는 운석은 가루가 됐다.

최소한의 힘으로 최대의 타격을.

결을 읽고, 내부에 힘을 주입해 하나씩 운석을 깨갔다.

그러길 수여 초.

무영에게 있어선 수백 초에 다다르는 시간이 지나자 모든 운석이 허공에서 자취를 감췄다.

크아아아아아!

디아블로가 다시금 괴성을 내질렀다. 자신의 뜻대로 풀리지 않자 답답함을 내뱉은 것이다.

'쉽지 않군.'

하지만 무영에게도 쉬운 일은 아니었다.

가속을 풀고 이마를 손등으로 쓸었다. 땀이 흥건하게 젖어나왔다.

"가속을 배웠군. 인간이 배울 수 없는 기술을 가르쳤어. 알스 포울리나의 존재를 킹슬레이어는 진즉에 알고 있었던 모양이로군."

솔로몬이 이죽거렸다. 그의 목소리는 멀리에 있어도 바로 옆에 있는 것처럼 훤히 들려왔다.

무영은 비탄을 겨누며 솔로몬을 향해 말했다.

"한 가지 더 묻겠다, 솔로몬. 너는 진짜 솔로몬인가?"

하나씩 의문이 풀리고 있었다.

하지만 풀리지 않는 것도 마찬가지로 존재했으니.

동시에 솔로몬의 표정이 굳었다.

"그게 무슨 소리지?"

무영은 답하지 않았다. 대신 알스 노바를 찾았을 때를 떠올렸다.

알스 노바…… 기적의 기도문. 그것은 허무에 있었다. 허무의 관리자는 알스 노바를 솔로몬이 두고 갔다고 말했다.

다음에 이곳을 방문하는 이에게 전해 달라고.

그런데 지금 눈앞의 솔로몬은 그것을 훔쳐 갔다며 무영을 도둑이라 비난한다.

앞뒤가 맞지 않다. 허무의 관리자가 굳이 거짓을 말할 이유는 없었다. 고로, 그 한마디 속에서 몇 가지의 진실을 유추할 수 있었다.

'완전하지 못하거나, 가짜거나.'

솔로몬은 레메게톤에 의해 간섭을 받고 있다고 했다. 그 영향으로 기억이 날아갔을 수도 있을 것이다.

아니면…… 그가 진짜 솔로몬이 아닐 가능성도 염두에 뒀다.

어느 쪽이든, 솔로몬은 '불완전'하다는 것!

'그리고 시간의 천사를 내가 가지고 있다고 했지.'

알스 포울리나. 시간의 천사가 가진 진명이었다. 그 정도는 무영도 안다. 시간의 천사는 본래 바알이 납치하여 사육하고 있었다.

하지만 솔로몬은 그 역시 무영이 가지고 있다고 말한다.

'내가 시간을 역행한 것과 관계가 있을 것이다.'

직감이었다. 하지만 정말로 시간의 천사와 무영이 관계되어 있다면 시간 역행을 하여 과거로 돌아온 게 설명이 된다.

아무런 이유 없이 무영이 시간을 돌아오진 않았을 터다.

오로지 무영만이 그런 특혜를 받는다는 건 이상하다.

이는 아주 중요한 정보를 얻었다. 또한 솔로몬에겐 무영이 반드시 필요하다. 무영이 가진 두 가지를 빼앗아야만 비로소 제대로 일을 진행시킬 수 있는 듯싶었다.

의도를 드디어 읽었다.

하지만 솔로몬은 수단이 부족하다. 수단은 디아블로가 유일했다. 솔로몬은 디아블로를 통한 견제 외엔 직접 손을 쓸 수 없다.

'디아블로만 쓰러뜨리면 솔로몬은 문제가 아니다.'

결론을 내렸다. 무영은 어느 때보다 냉철했다.

디아블로. 저 불의 마신만 쓰러뜨리면 솔로몬은 더 이상

손을 쓸 수 없다.

하지만 솔로몬이 아무런 확신 없이 나타나진 않았을 거다.

말마따나, 무영과 이곳에 모인 마신들이 힘을 합쳐도 디아블로를 쓰러뜨리지 못할 거란 확신하에 모습을 드러낸 것일 터.

'역경은 내가 제일 좋아하는 것이다.'

무영은 미소 지었다. 불가능을 가능으로 만드는 건 무영이 제일 잘하는 일이었다.

그야말로 주특기.

이번엔 그 난이도가 조금 높을 뿐이다.

물론 쉽사리 움직이진 않는다. 정리가 필요했다. 어느 정도의 계획도 새로 수립해야 했다.

하여, 무영은 지금까지 풀린 실타래를 간단하게 늘어놓아 보았다.

1. 솔로몬이 지구와 인간을 멸망시켰다.

2. 살아남은 소수의 인간을 쓰레기통(마계)에 버렸다.

3. 바알이 등장하여 솔로몬에게서 레메게톤과 시간의 천사를 훔쳤다.

4. 바알은 레메게톤과 인간을 이용해 나머지 거명의 마신을 만들었다. 그리고 솔로몬이 쓰레기통(마계)에 손을 쓰지 못하도록 힘을 썼다.

5. 하지만 바알은 마족을 제외한 모든 생명을 제거하려 한다.

6. 디아블로의 출현에 의해 이변이 생겼고 솔로몬이 개입할 여
   지가 생겨났다.
7. 솔로몬은 모든 것의 멸망을 원한다.

대략적인 개요다. 의문은 여전히 남아 있었다.

푸른 사원의 멀린과 바알은 어째서 마족만을 남겨두려 하
는 것인지. 아니, 생각해 보면 바알과 솔로몬의 의견은 일치
하는 면이 있었다.

마족. 그들은 새로 생겨난 종이다. 바알과 마신들에 의해
창조되었으므로.

바알은 그들을 새로운 지구의 주인으로 만들 생각인 거다.

그다지 좋은 소식은 아니었다.

바알이나 솔로몬이나, 둘 다 무영의 입장에선 '악'에 불과
했으니.

'누가 이겼어도 인류는 멸망했을 것이다.'

과거, 바알은 본격적으로 움직였다. 인류는 순식간에 멸절
해 갔다. 인류만이 아니라 다른 모든 생명체도. 지금 되새겨
보면 솔로몬을 이길 자신감이 있었던 게 아닐는지.

하지만 누가 이기든 인류는 멸망이 확정되어 있있다.

그런데…… 변수가 생겼다.

무영이라는 아주 작은 변수가.

과거 바알이 가졌던 알스 노바와 어쩌면 알스 포울리나까
지 가지고 있을지 모르는 무영이 돌아와 미래를 바꾸는 중이

었다.

무영은 제3의 길을 갈 것이었다.

누구도 걷지 않은 길.

'둘 다 없앤다.'

바알과 솔로몬을 없애고 진정한 의미에서의 평화를 되찾을 것이다. 그리고 없앨 수 없다면 누구는 마계로, 누구는 쓰레기통으로 부르는 이 세계도 부숴 버릴 작정이었다.

더 이상 새로운 종은 필요 없다.

도태하는 종은 자연스럽게 진행이 될 필요가 있었다. 누군가의 강요에 의해서가 아니라 자연적인 선택에 의해서!

모든 것을 지구로 이주시킨다.

'완전한 것은 없다. 그딴 건 망상에 불과해.'

완전을 위해 불완전을 버린다?

이는 가능성을 버리는 짓이다. 지금 무영의 탄생과 성장 자체가 그 가능성에서 비롯된 것 아니겠는가.

하물며 솔로몬조차 완벽하지 못하다.

그 스스로는 결코 인정하지 못하겠지만!

크아아아아아!

디아블로의 주변으로 거대한 불기둥들이 솟아올랐다. 아몬은 그런 디아블로를 제대로 맞상대해 주고 있었다. 시간문제이긴 했다. 마력이 고갈되는 순간 아몬은 디아블로를 감당할 수 없게 되리라.

무영은 모든 정리를 끝냈다. 목적이 뚜렷해졌다. 무영이 처음부터 생각했던 바를 그대로 밀고 나가면 된다는 결론을 내렸다.

단지 그 목적의 중간에 솔로몬이 추가되었을 따름이다.

지이이이이잉!

비탄이 몸을 떨었다. 배가 고프다는 아우성이다.

'탐식.'

비탄은 탐식의 힘을 가지고 있었다. 하지만 아무거나 먹진 않는다. 자신과 동급, 혹은 그 이상의 것만을 섭취하는 아주 까다로운 녀석이었다.

그런 비탄이 울고 있었다. 눈앞에 먹이가 있다는 듯. 그리고 어느덧 무영의 손으로 되돌아온 가브리엘의 창이 더욱 밝게 빛나고 있었다.

가브리엘의 창은 본래 비탄의 먹이대상이 아니었다.

하지만 무영이 루키페르와 가브리엘의 힘을 완벽히 분리하고 더욱 강력한 힘을 바라자 그 뜻에 동조하기 시작한 것이다.

무영은 비탄을 들었다.

비탄은 그저 무영의 허락만을 갈구하고 있었다.

그래, 이 또한 가능성이다. 무한한 가능성의 한 줄기였다.

솔로몬이 이런 상황을 이해할 수 있겠는가?

오로지 완벽만을 추구하는 그는 결코 제대로 된 신이 아니다.

진정한 창조신이라면 '진화'의 시스템과 그 가능성을 분명히 이해할 것이었기에.

　고로, 무영은 불신했다.

　바알을, 솔로몬을, 모든 신을.

　그들은 가짜다. 진짜의 이름을 빌린 가짜!

　무영은 비탄의 진화를 허락했다.

　"먹어 치워라."

　콰득! 콰득! 콰드득!

〈'탐식'이 발동합니다.〉

〈비탄이 '가브리엘의 창'을 먹어치우기 시작합니다.〉

〈비탄이 포식을 끝마쳤습니다.〉

명칭: 비탄

등급: EX

분류: 무기

효과: 모든 것의 비탄. 거짓을 죽이는 검.

*신(유일)

*닿은 존재에게 '비탄(모든 능력치-20%)'을 전파

*적의 피를 흡수해 체력으로 전환

*탐식(검 흡수)

**묵뢰(S+++, 강력한 번개공격)

**불가침(S+++, 모든 악을 끊어내는 힘)

*힘+100

*투기+100

*지능+100

*진 · 신성력+200

*모든 능력치+100

비탄이 진화했다.

처음 그 시작은 그저 한 자루 검에 불과했으나, 진화에 진화를 거듭하며 완성에 가까운 형태를 지니게 된 것이다. 손잡이 중앙에 가브리엘의 힘이 집약된 깃털 하나가 장식되었고 검신은 보다 서슬 퍼렇게 빛나기 시작했다.

단순한 외형적인 변화만이 아니었다. 쥔 순간 알 수 있었다. 비탄의 진화는 무영 본인의 진화와 같다는 것을.

비탄의 이야기가 더욱 잘 들렸다. 무엇을 뜻하고 무엇을 바라는지. 비탄이 마치 한 몸처럼 느껴졌다.

'신검합일.'

진정으로 비탄과 무영이 하나가 되었다.

그레모리가 시선을 돌렸다.

자신의 힘을 빌려 선사되었던 검이 지금은 자신의 의지를 완전히 벗어나 오롯이 완성되었다. 찬란한 빛이 흘러나오며 주변을 집어삼킨 비탄의 위용에 모든 이가 행동을 멈췄다.

그레모리도, 마족들도, 디아블로도…….

이윽고 비탄을 무영이 쥔 순간 무영은 변했다. 피부로 느껴지는 거대한 존재감이 주변 모두를 짓누르기 시작했다.

'그대는 정말 알 수가 없군요.'

그레모리에겐 패배가 확정되어 있었다. 하지만 무영이 나타나고부터 모든 게 달라졌다. 한 치 앞을 알 수 없지만, 아주 조금씩이라도 앞으로 나아가고 있었다.

무영을 바라보고 있노라면 그레모리의 멈췄던 감정이 다시금 꽃피어나는 것만 같았다.

그가 비탄의 주인이기 때문일까? 비탄이 느끼는 감정을 자신이 느끼는 건 아닐는지.

'무엇을 바꿀 셈이죠? 그대는 무엇을 바꿀 수 있나요.'

솔로몬은 모든 존재의 죽음을 바란다. 죽음 속에서 다시 새로운 생명을 창조할 셈이다.

반대로 바알은 마족만 살린다는 주의다. 그레모리는 그 모든 선택이 싫었다. 그들의 그 극단적인 선택은 결국 자신들을 파멸로 몰아넣을 것이었기에.

하지만 무영은 다르다. 그는 모든 걸 아우르려 한다. 그 길이 결코 순탄하지는 않을 것임에도 그는 굳이 그 길을 걸으려고 하고 있었다.

'새로운 길……'

처음에는 의심했다.

갑자기 나타난 강자.

레라지에를 소멸시키고, 자신을 뒤흔들며 움직이려는 태도가 보였기에 견제를 하고자 하였다. 하지만 오랜 시간이 지나지 않았음에도 어느덧 무영을 바라보는 시선이 바뀌었다.

여전히 무영이 무슨 속내를 가진지 알 수는 없지만, 무영은 목표를 위해 결코 멈추지 않는 사람이었다.

그렇기에 주변을 바꾼다. 그저 자연스럽게.

아몬도 마찬가지였다.

무영이 비탄을 들고 디아블로와 대치한 순간, 아몬은 스스로 무영의 보조를 자처했다.

아무리 같은 적을 뒀다지만 방금 전까지 칼을 맞댔던 이들이 이처럼 쉽게 결집하는 건 있을 수 없는 일이다. 오로지 그 당사자가 무영이라 가능한 일이었다.

'어차피 더는 물러날 곳도 없답니다.'

그레모리가 손을 모았다.

곧이어 수십 개의 꽃잎이 하늘에 수놓아졌다. 꽃잎들이 이내 하나로 합쳐지며 무영을 보호하기 시작했다.

'무영, 부디 이겨주세요.'

스컹!

비탄이 디아블로의 피부를 갈랐다.

화아아아아악!

잘려 나간 피부에서 거대한 화염이 솟구쳤다. 무영이 급히 한 발 물러나자 아몬이 그 자리에 몇 개의 작은 공간을 만들었다.

그 공간들은 불꽃을 흡수하고 용량을 채운 뒤 그대로 소멸했다.

그래 봤자 찰나의 시간을 번 것에 불과했지만 무영이 빠져나가기엔 충분한 시간이다.

캬아아아아아아!

디아블로가 광분했다. 수천 개의 불꽃이 주변을 수놓으며 무영을 향해 날아들었다.

그것을 다시금 아몬이 막았다. 아몬이 세운 거대한 얼음기둥이 불꽃에 대신 직격당한 것이다.

"착각하지 마라. 디아블로를 죽이는 게 더 중요하다고 판단했을 뿐이니!"

아몬이 무영을 스쳐 지나가며 말했다. 자존심 강한 아이가 억지로 우기는 듯한 말투였지만 무영은 애써 무시하며 다시 비탄을 들었다.

'통한다.'

공격이 통한다. 진화하여 완성된 비탄은 디아블로의 살갗마저 베어낼 수 있었다.

하지만 베어낸 살갗은 순식간에 재생되었다. 단순 재생 능력만 보자면 '신성한 축복'에 견줄 만하였다.

'할 수 있다.'

그래도 가능성이 생겼다. 0의 확률이 1로 변한 정도이긴 했지만 이게 어딘가. 두꺼운 벽도 미세한 구멍 하나로 무너지는 법이다. 저 재생 능력도 결코 무한하진 않을 것이다.

하물며…….

"합류하마."

죽은 자들의 왕이 나섰다. 상대하던 마신들이 후퇴하고 남은 잔챙이들을 정리한 후 합류한 것이다.

그뿐만이 아니었다.

"쉴 시간은 없을 것 같구나!"

크릉. 크르르!

타칸과 크림슨 발록도 마찬가지였다.

다아블로. 놈은 하나였다. 반면 무영은 여럿을 동료로 두고 있었다. 아몬의 마법과 그레모리의 방어까지 합한다면 아주 못 해볼 싸움은 아니다.

"내가 낸 상처에 공격을 퍼부어라. 재생이 되기 전에 해야 한다."

무영의 계획은 간단했다.

바로 틈을 넓히는 것.

비탄의 공격으로 온전히 디아블로를 쓰러뜨릴 수 없다면 계속해서 다른 공격을 퍼부으면 된다.

콰아아아아아아아!

디아블로가 꼬리를 강하게 내려쳤다. 이윽고 디아블로의 주변으로 하늘 끝까지 닿는 거대한 불기둥이 생성되었다.

'가속.'

무영은 다시 시간을 조정했다. 가장 느리게, 그 속에서 무영만은 온전하게 움직일 수 있었다.

콰득! 콰드득!

뼈가 소리를 내질렀다. 피부가 벗겨졌다.

벌써 몇 차례나 사용했기 때문일까?

무영의 신체가 조금씩 버티지 못하는 지경까지 다다르고 있었다. 그러나 멈추지 않았다. 무영은 침착하게 불길을 뚫고 들어가 최초의 공격을 날렸다.

1격.

좌악!

디아블로의 가슴 부위가 벌어졌다.

128배로 느려진 세상 속인데도 그 순간 디아블로의 상처가 치유되기 시작했다.

가공할 재생능력.

그러나 무영검은 느리다. 느리면서 조금씩 빨라진다. 2격과 3격을 넣을 시간이 부족하다. 하지만 무영의 이 놀라운 속도를 따라가는 건 디아블로만이 아니었다.

이미 무영을 오래 겪은 타칸이 가장 먼저 자신의 검을 박아 넣었다.

푸우욱!

직후 크림슨 발록이 찢어진 상처를 양손으로 붙잡았다.

쫘아아악!

괴력이라 할 만한 그 힘으로 상처를 조금 더 늘렸다. 여기서 만족해선 안 된다.

'2격.'

디아블로가 크림슨 발록의 목을 물었다.

크아아아아아!

크림슨 발록이 비명을 내질렀다. 디아블로의 이빨에서 샘솟은 불길이 크림슨 발록의 전신을 태우기 시작한 것이다. 하지만 상처만은 계속해서 붙잡고 있었다.

그사이, 무영은 새로운 '결'을 찾아 그곳에 비탄을 박고, 상처를 유린했다.

스칵!

무영검이 빨라진다. 무영은 마치 춤을 추듯 결을 갈라갔다.

카아아아아아악!

디아블로는 비명을 질렀다.

쾌도난무.

속도가 붙은 검은 마구잡이로 디아블로를 해체시키고 있었다.

하지만 무영의 뼈도 뒤틀리는 중이었다. 그만큼 느려진 세계 속에서 온전히 무영검을 펼쳐 내는 건 부담이 컸다.

'51격. 악즉참.'

마침내, 일격을 날릴 준비가 되었다. 50격까지 무영이 디아블로의 전신에 새겨둔 '결'들. 그 결을 단번에 잘라내는 게 악즉참의 진정한 쓰임새다.

무영은 공중을 내달렸다. 그리고 정확히 디아블로의 심장을 꿰뚫었다. 마침내 무영이 멈췄을 때, 동시다발적으로 디아블로의 전신에 수많은 선이 하나로 연결됐다.

그리고……

쿵! 쿠르릉! 쿠웅!

디아블로의 신체가 무너져 내리기 시작했다.

솔로몬은 가만히 그 광경을 지켜보고 있었다.

놀라운 순간의 연속이었다. 설마 그 짧은 시간에 발전을 이뤄낼 줄이야. 검의 힘이 갑자기 강렬해지며 완전한 존재로 발돋움했다.

무구 따위가 신격을 담고 있다니. 그런 현상은 솔로몬이 보기에도 무척 드물고 귀한 것이었다.

이어 검과 하나가 된 무영은 디아블로를 압도했다.

허!

인간 따위가 신을 몰아내고 있는 셈이다.

어찌 놀라지 않겠는가.

'인간을 초월했군.'

무영. 놈은 인간이되 인간이 아니다. 인간에게 주어진 한계 값을 돌파했으니 신이라고 불러야 할까?

하지만 진정한 신은 솔로몬 자신뿐이었다. 결국에는 무영도 반쪽짜리에 불과했다. 자신의 것을 훔쳐가 힘을 얻은 반편이 말이다.

저 상태에서 절망하여 폭주하면 허무로 떨어지게 된다. 이면의 주인들과 마찬가지인 존재로 격하되는 것이다.

쿵! 쿠르릉!

이윽고, 디아블로의 신체가 분해되어 바닥에 떨어지기 시작했다. 디아블로를 잃으면 솔로몬은 더 이상 마계에 영향력을 행사할 수 없다.

괘씸한 바알이 쓰레기통을 스스로 빠져나오기 전까진 손을 못 댄다는 뜻.

시간의 천사도, 기적의 기도문도 챙길 수 없건만…… 그럴진대, 솔로몬은 웃었다.

"너는 결코 디아블로를 이길 수 없다."

디아블로의 신체가 분해된 그 순간.

몇 겹의 불기둥이 대지를 적셨다.

무영마저도 쉽게 다가가기 힘들 정도의 진정한 겁화(劫火).

세계를 태울 기세로 타오르는 그 불길은 마계 전역에서 보일 만큼 기대한 것이었다.

그리고 불길이 멈췄을 때, 무영은 자신의 눈을 의심할 수밖에 없었다.

'결을 잘라냈건만.'

결을 잘라내고 재생하는 존재는 본 적이 없다. 아무리 재생력이 높아도 완전하게 결을 잘라내면 결코 재생하지 못한다. 여태껏 그래왔기에 믿어 의심치 않았다.

그런데 불길 속에서, 디아블로가 재생한 것이다.

크아아아아아아아아!

디아블로가 함성을 내질렀다.

악재는 이뿐만이 아니었다.

재생한 디아블로의 불꽃은 더욱 강렬해져 있었다.

"정녕……."

세계를 태우려는가?

무영은 비탄을 들었다. 손아귀에 힘이 들어가지 않았다. 악즉참을 사용하며 대부분의 기력을 소진한 탓이다. 죽을 각오로 사용한다면 기껏해야 한 번 정도 더 쓸 순 있겠지만…….

'포기하지 않는다.'

힘이 남아 있다.

움직일 수 있다.

그렇다면 할 수 있는 데까지는 해볼 셈이었다.

마계의 전역에서 하늘 끝까지 솟아오른 거대한 불기둥을 목격했다. 그 가공할 자태에 모든 존재가 전율했다.

그중에는 우히도 포함되어 있었다.

"검은 말아. 빨리, 빨리! 낭군님한테 가야 해!"

우히가 지옥마를 보챘다.

지옥마도 저 광경을 봤다. 다가가선 안 된다고 본능이 소리쳤지만 저곳에 무영이 있음은 분명해 보였다.

지옥마가 속도를 올렸다. 그 뒤를 수많은 유니콘이 따랐다.

현장은 참혹했다.

대지 전체에 떨어진 수많은 재. 마족이 죽고 남긴 흔적이다. 단순 그 재만으로 땅이 까맣게 물들을 지경이었다.

카아, 카아아!

디아블로는 건재했다. 그 상대를 맡고 있는 건 크림슨 발록이었다. 하지만 크림슨 발록의 신체는 이미 한계 지점에 다다라 있었다.

팔 한쪽이 뜯겨 나가고, 눈은 실명했으며, 뿔은 부러진 지 오래다.

그럼에도 크림슨 발록은 물러나지 않았다.

단 하나. 무영을 지키기 위해.

"빌어먹을······."

얼굴만 남은 타칸이 바닥을 뒹굴며 이를 갈았다.

그레모리도, 아몬도, 재기불능의 상태에 빠졌다.

크라아아아아아!

디아블로가 크림슨 발록의 심장에 손을 꽂았다. 크림슨 발록이 각혈하며 디아블로의 머리를 물어뜯었다.

크림슨 발록의 바로 뒤엔 무영이 있었다.

여섯 장의 날개는 타버렸고, 뼈가 보일 정도로 전신이 터지고 뒤틀려 있었다. 하지만 그조차도 까맣게 그을려 피 한 방울 흐르지 않았다.

재생의 힘이 더 이상 발동하지 않았다.

"나, 낭군님!"

때마침 도착한 우히가 즉시 무영을 향해 날갯짓을 했다. 지옥마는 처참한 눈빛으로 주변 전장을 바라보고 있었다.

아― 아아―

급히 유니콘들이 무영을 둘러싸고 치유의 노래를 부르기

시작했지만 무영은 움찔달싹도 하지 않았다.

"아아, 낭군님! 가시면 안 돼요! 우히가 왔단 말이에요! 제발 눈을 떠봐요!"

우히의 커다란 눈에 눈물이 그렁그렁 맺혔다.

하지만 지옥마는 우히의 등을 툭툭 두드릴 뿐이었다.

늦었다. 한발 늦고 말았다.

무영은 숨을 쉬지 않았다.

크아아아아!

크림슨 발록은 끝까지 저항했다. 크림슨 발록 역시도 무영의 죽음을 믿지 않는다는 듯이 최후까지 무영을 지키고자 하고 있었다.

"안 돼요, 죽으면 안 돼요. 우히가 잘못했어요. 우에에에 에엥~!"

눈물이 뺨을 타고 흘러내렸다.

툭. 툭.

그 눈물이 이내 무영의 몸을 적셨다.

그 순간이었다.

뚝.

뚜두둑.

뚜두두둑!

마치 마른 땅에 물을 주듯, 무영의 몸이 생기를 찾으며 되돌아오기 시작한 것이다. 그 현상은 기괴하기 짝이 없었으나 우히의 눈물이 시발점이 된 것만은 분명했다.

이윽고 타버린 날개가 마저 재생되었을 때, 무영은 눈을 뜰 수 있었다.

〈특수 조건이 만족되었습니다.〉
〈불멸왕의 힘, '일곱 번의 시련'이 발동됩니다.〉

"……."

무영은 바닥을 짚었다. 말라 비틀어졌던 손에 살점이 붙었다. 손을 뻗어 얼굴을, 머리를 매만져 보았다.

'살아 있다?'

무영은 눈썹을 구겼다.

디아블로는 죽지 않았다. 한 번 더 쓰러뜨렸지만 다시금 재생하여 무영을 죽였다.

죽음을 인지하고 눈을 감았건만.

"나, 낭군님! 낭군님이 살아나셨어!"

이상한 점은 또 있었다. 눈앞에 요정이 있었다.

꿈인가?

하면, 그건 아니다.

무영이 꿈과 현신을 구분하지 못할 리 만무했다.

현실. 지독한 현실감이었다.

'일곱 번의 시련.'

눈을 막 떴을 때 그런 글귀를 본 것 같았다.

일곱 번의 시련.

이는 천마를 죽이고 빼앗은 권능의 이름이었다.

신화에서도 전해지는 이름이며 도합 7번을 부활할 수 있는 힘이었다.

하지만 공짜는 아니었다. 부활할 때마다 주어지는 페널티가 있었다.

이윽고 무영의 기억을 상기시키듯 눈앞에 관련된 설명창이 나타났다.

스킬 명칭: 일곱 번의 시련(無)

설명 – 불멸왕은 가장 위대하고 어려운 일곱 개의 시련을 해결하였다. 그리하여 일곱 개의 생명을 얻었다.

*남은 생명: 6

*부활할 때마다 중요한 것을 잃는다.

중요한 것…….

무엇을 잃은 거지?

상태창 시계를 돌렸다. 모든 게 기억과 같았다. 적어도 능력치나 스킬의 하락은 없었다.

달라진 건 없다. 적어도 무영이 확인한 하에는.

"낭군님! 우히가 정말 걱정했어요. 하지만 걱정 말아요. 우히가 저 나쁜 녀석을 혼내줄 방법을 알아 왔으니까요!"

"너는 누구지?"

무영은 이마를 부여잡았다. 머리가 깨질 듯이 아팠다. 몸이 부서지는 것보다 두통의 고통이 더욱 클 정도였다.

"네?"

무영의 물음에 요정이 굳었다.

석상처럼 꿈쩍하지 못했다.

"누구인지는 모르겠다만…… 비켜라. 농담이나 나누고 있을 시간은 없으니."

억지로 몸을 일으켜 세웠다. 한창 싸우는 와중이었다. 모든 게 회복되진 않았지만 쉬고 있을 틈은 없었다.

아직 6개의 생명이 남았다.

디아블로. 놈 역시 무영과 비슷한 권능을 지녔다면 무한하게 부활하진 못할 것이다.

'누가 먼저 힘을 다하느냐. 겨뤄보자.'

비탄을 쥐었다.

짜르르르!

전기가 타듯 비탄이 울렸다. 그만두라는 뜻이다.

무영은 무시했다.

크아아아아아!

크림슨 발록이 괴성을 내질렀다. 그러나 그것은 괴로움의 발로가 아니었다.

무영의 부활을 알리는 기성이었다.

"……고생했다."

크아아아아아!

크림슨 발록의 상태는 처참했다.

하지만 무영의 부활을 보곤 제 일처럼 기뻐하고 있었다.

털썩…….

이내 크림슨 발록의 신체가 무너져 내렸다.

솔직히, 여기까지 버틴 것만 해도 대단한 것이다.

아몬도, 그레모리도 쓰러졌다.

'남은 건 나뿐인가?'

머리가 아팠다. 두통에 머리가 부서질 것만 같았다.

히이이이잉!

무영의 생각을 부정하듯 지옥마가 옆에 섰다.

"넌…… 지옥마, 지옥마로군."

무영은 겨우 인지했다. 오랜만에 만나서 기억이 흐려진 건 아닌 듯싶었다. 부활을 했을 때의 부작용인가? 아니면 일시적인 현상인가.

아서라. 고개를 저었다.

지금은 그런 걸 따질 때가 아니다.

히이이잉!

지옥마의 곁으로 수백의 유니콘들이 모였다.

물과 신 속성을 가진 유니콘이라면 디아블로를 상대로 시간은 끌 수 있을지 모른다.

"네가 날 도울 의무는 없다."

하지만 무영은 고개를 저었다. 지옥마는 무영을 따를 의무가 없었다.

3번의 도움을 이미 받았고 킹슬레이어는 소멸했다. 지옥마는 자유였다. 하지만 지옥마는 무영의 말을 듣지 않았다.

대신…… 무영보다 먼저, 디아블로를 향해 달려들었다.

하기야.

지옥마는 원래 저랬다.

무영의 말을 듣기보단 자기 마음대로 했다.

무영은 날개를 펼쳤다.

'다시.'

아직 쓰러지지 않았다. 힘이 남아 있었다.

그렇다면 싸울 것이다.

휘이이잉!

촤아악!

비탄이 허공을 갈랐다. 거대한 충격파가 곧 디아블로를 덮쳤다.

크아아아아아아아아아!

디아블로는 다시 괴성을 내질렀다.

괴물과 괴물의 싸움. 신화와 신화가 부딪혔다.

"낭군님……."

우희는 잠시 얼이 빠져 멍하니 무영의 뒤를 보고만 있었다.

누구냐니.

정말 자신을 잊어버린 것일까?

오랜만의 만남이었다.

무영이 원래 우희에 대해 약간 무심한 감이 있었다지만, 누구냐고?

긍정왕 우히조차 당황했다. 얼음처럼 굳어서 움직일 수가 없었다.

"이, 이럴 때가 아니야."

하지만 우히는 이내 정신을 차렸다. 이럴 때가 아니다.

무영은 디아블로를 이기지 못한다.

애당초 저것은 허상. 존재하지 않는 신이니!

'제발 우히를 믿어주세요.'

정말 잊어먹었더라도 상관없었다.

우히는 우히다. 무영은 무영이었다. 우히는 끈덕지게 무영에게 달라붙을 것이고, 그러기 위해선 무영이 살아 있어야 했다.

그러려면 디아블로를 제거해야 한다.

디아블로의 제거를 위해선 무영이 전적으로 우히를 믿어야 하였다.

'분명히 소환자가 근처에…….'

우히는 재빨리 주변을 두리번거렸다. 모두가 쓰러졌다지만 전멸한 것은 아니다. 구석에 숨어 있는 이들을 우히는 곧 발견할 수 있었다.

무영의 휘하 부하들.

그중 하이엘프 아인과 스노우가 시야에 들어왔다.

'저 여자야!'

우히가 날갯짓을 했다.

스노우는 디아블로의 소환자다. 정확히 말하자면 디아블

로란 '허상'을 세운 자다. 디아블로의 소멸을 위해선 스노우 또한 필요했다.

무영과 스노우. 둘만 있으면 디아블로를 이길 수 있다.

하지만…….

"작은 요정아, 어딜 가느냐?"

솔로몬이 나타났다.

그는 우히의 날개를 붙잡았다.

본래라면 물리력을 행사하는 건 불가하지만 우히를 비롯한 모든 요정은 애당초 솔로몬과 계약을 했다. 시련을 만들고, 그 시련의 내용에 따라 '집'을 얻는 계약을.

"너어! 사기꾼! 빨리 안 놔?"

"내가 사기꾼이라?"

솔로몬이 피식 웃었다. 이런 식의 이야기는 처음 듣는 탓이다. 하지만 우히는 솔로몬에 대해서도 이제는 알았다. 그가 요정들에게 시련을 만들도록 한 건 이 세계에 '이변'을 넓히려는 수작이었다. 그는 요정들에게 집을 준다고 했지만 사실은 그럴 생각 자체가 없었던 것이다.

그러니 사기꾼이란 소리가 나올 수밖에.

"놓으란 말이야! 숙녀의 날개를 함부로 잡다니, 매너가 꽝이야!"

우히가 얼굴이 빨개지도록 날개를 움직여 보고자 했지만 꿈쩍도 하지 않았다.

당연하다. 일개 요정이 솔로몬을 당해낼 수는 없었다.

"네가 요정왕의 딸이라는 건 안다. 우히라고 했느냐?"

"우히 아니야! 그니까 놔아아!"

시간이 급했다. 지금 이 순간에도 무영의 상처는 늘어만 가고 있었다.

솔로몬은 흥미롭다는 듯 우히를 쳐다봤다.

"보아하니 요정왕에게 디아블로의 상대법을 들은 모양이다만, 그렇게 둘 순 없군."

"바보! 멍청이! 해삼! 말미잘!"

"그걸 욕이라고 하는 건가?"

우히가 아는 모든 욕이었다.

솔로몬의 미소가 더욱 짙어졌다.

쿵!

그 순간, 무영이 지면을 돌파했다. 머리가 날아갔다.

즉사.

하지만 잠시 후 놀라운 일이 벌어졌다.

무영의 머리가 다시 모이며 되살아난 것이다.

"놈은 부활의 권능을 지닌 듯하지만, 부활을 할 때마다 기억을 잃는 모양이구나."

"놔아……. 흐아아아앙. 놔아아……."

"이번에는 무슨 기억을 잃었을까?"

솔로몬은 마치 재밌는 장난감이라도 발견한 것만 같은 표정이었다.

"잘 봐라. 나중에 가면 자신이 왜 싸우고 있는지조차 잊어

버릴 것이다."

솔로몬은 실로 흥미가 깊었다.

반신의 존재가 신이 되기 직전 허무로 끌려가는 장면은 쉽게 볼 수 있는 게 아니다.

그 좌절, 그 절망. 보지 않으면 손해다.

"낭군님! 아아, 낭군님!!"

우희가 소리 질렀다.

무영은 쓰러져도 오뚝이처럼 일어났다. 그러곤 몇 번이고 디아블로를 향해 달려들었다.

하지만 무영의 공격은 점점 약해졌다. 부활할 때마다 무영은 힘과 권능을 잃어갔다.

반대로 디아블로의 공격은 점점 거세졌다. 거대한 불은, 세계를 집어삼키는 수준으로 점점 번져 나가고 있었다.

"허무로 떨어지겠군."

솔로몬이 말했다.

그 격차를, 몇 번이나 도전해서 패배한다면 그 차이를 인정할 수밖에 없으리라.

이제 조금이었다. 아무리 의지력이 강한 존재라도 마찬가지다. 킹슬레이어조차도, 데스 로드조차도, 허무의 속삭임을 이겨내진 못했다.

자신에게 실망하고 그저 좌절했다.

그리고 그 순간, 무영은 허무로 떨어질 것이다.

다른 이면의 주인들과 마찬가지로 깊은 후회와 탄식을 자아내며 무한하게 살아가리라.

"미, 미안해요오. 제발, 제발 우히가 가게 해주세어……. 훌쩍! 훌쩍!"

우히가 와락 눈물을 쏟아냈다.

겨우 알아왔는데. 이제 바로 앞인데.

솔로몬이 막아섰다.

우히로선 어찌할 도리가 없었다. 그저 지켜보는 수밖에는. 자신의 무능력함이, 아무것도 할 수 없다는 생각이 비수로 돌아와 가슴을 찔렀다.

'우히가 너무 늦었어요. 미안해요, 낭군님. 미안해요, 미안해요…….'

쿵!

떨어졌다.

벌떡!

일어났다.

"음."

몇 번째지?

기억이 안 난다.

그보다…… 나는 왜 싸우고 있는 거지?

이길 수 없는데 왜 붙잡고 있는 걸까.

'싸워야 한다.'

그 생각뿐이었다. 디아블로. 놈을 죽여야만 한다.

날개를 펼쳤다.

털썩!

하지만 날개를 펼칠 힘조차 없었다.

척!

땅을 짚고 일어났다.

주변을 둘러봤다.

'시체들.'

시체의 산. 끝없이 이어진, 타오르는 시체들.

이곳은 죽음뿐이었다.

죽고, 죽이고, 죽고, 죽이고…….

'나 또한 그렇다.'

검을 들었다. 본능적으로 그저 들어보았다.

적은 너무 강했다. 컸다. 빠르고, 끝없이 재생했다. 죽일 수 없었다. 죽여도, 죽여도, 놈은 계속 부활했으니까.

그 순간이었다.

누군가가 포기하라 소리친다. 뇌리에서, 이제 그만 쉬자고 한다. 이만큼 했으면 됐다고. 여기까지 온 것만 해도 기적이라고……. 더 죽으면 끝이라고 한다.

'그런가?'

정말 끝인가? 애당초 끝이 뭐지?

그러다가 문득 이상함을 느꼈다.

'내 이름.'

이름이 떠오르지 않는다. 아니, 이름뿐이 아니다.

아무것도 모르겠다.

크아아아아아아아!

거대한 불기둥이 솟구쳐 올랐다. 세상을 집어삼킬 듯 커다란.

검을 들었다. 그리고 걸었다.

어쨌든…… 싸워야 하니까.

쓰러뜨려야 하니까.

좌절, 포기, 그것 또한 모르겠다. 하지만 한 가지 확실한 건. 그런 건 나와 맞지 않다는 것.

전진한다.

계속, 앞으로, 쉬지 않고.

그러자 포기하라던 속삭임이 멈췄다.

대단하군.

허무는 그 말만을 남긴 채 사라졌다.

콰득!

밟혔다. 그대로 육체가 분쇄됐다.

죽어가는 와중, 시선이 닿았다.

한 요정. 작은 요정이 나를 보고 있다.

'저 요정은…… 왜 우는 거지?'

이 역시 모르겠다.

요정은 하염없이 울었다.

미안하단다.

무엇이?

조금 더 빨리 오지 못해서, 지켜만 봐야 해서……

그러고 보면. 매일 울던 요정이 생각났다. 그 요정은 매우 귀찮고 짜증이 났지만 없으면 왜인지 허전했다. 사고도 잘 치고 항상 붙어선 떨어지질 않았다.

온기. 그러한 온기를 느낀 건 무척 오랜만이었다. 요정은 실체가 없지만 온기가 느껴졌다.

그래, 분명히…… 이름이…….

그 순간 요정과 눈이 마주쳤다.

무영은 미소 지었다.

"우히."

〈일곱 번의 시련을 모두 완료했습니다.〉

〈불멸자의 육체가 완성되었습니다.〉

〈'불멸왕의 신격'을 손에 넣었습니다.〉

툭.

무영은 자신을 짓누른 디아블로의 발을 잡았다.

콰아아앙!

디아블로의 신체가 쓰러졌다.

이윽고 구덩이 속에서 무영이 걸어 나왔다. 하지만 무영의 시선은 디아블로에게 가 있지 않았다.

무영이 손을 뻗었다.

그러자…… 솔로몬에게 잡혀 있던 우히가 무영을 향해 자석처럼 당겨지기 시작했다.

솔로몬이 우히와 계약을 하여 영향력을 행사할 수 있다면 무영과 우히는 강력한 인연으로 묶여 있었다.

"훌쩍! 낭군님?"

"오랜만이군."

"흐아아아앙!"

우히가 울었다.

솔로몬은 믿기지 않는다는 표정을 지어 보였다.

"네놈, 설마 허무의 속삭임을 이겨낸 것이냐?"

허무!

무영에게 계속 포기하라던 그 녀석.

그 녀석의 말을 무영은 듣지 않았다.

"있을 수 없는 일이다. 허무의 속삭임을 이겨내는 존재라니!"

솔로몬은 경악하고 있었다.

신이 되기 직전, 모든 이가 좌절한다. 그들 대부분이 허무에 삼켜진다. 진정한 신이 되지 못한다. 무영도 마찬가지이리라 보았다.

이길 수 없다고 확신했다.

그 확신이 깨졌다.

이겨낸 것이다. 보란 듯이.

무영의 신체는 대부분이 회복되어 있었다. 무엇보다 느껴지는 저 신격은, 분명히 신으로의 첫발을 디뎠다고 말하고 있었다. 이대로 시간이 지나면…… 무영은 온전한 신으로 완성될 것이었다.

"디아블로! 놈을 죽여라! 이제 막 알을 깨고 나온 지금이 기회다!"

솔로몬이 다급해졌다.

무영이 신으로 완성되면 솔로몬은 자신의 천사를, 기적의 기도문을 되찾을 수 없게 된다.

크아아아아아아아!

솔로몬의 부름을 듣고 디아블로가 일어났다.

그러자 우히가 말했다.

"훌쩍! 소용없어요. 디아블로는 죽일 수 없어요."

"안다."

"알아요?"

지금은 알겠다. 디아블로. 저놈은 죽일 수 없는 존재라는 걸. 그래서 물었다.

"어떻게 해야 저 '허상'을 없앨 수 있지?"

"디아블로를 소환한 여자를 찾아야 해요."

우히가 손가락을 가리켰다.

그곳에, 스노우가 있었다.

스노우!

과거의 기억을 가진 그녀는 타락한 검은색 날개와 천상의 하얀색 날개를 동시에 지니고 있었다.

하지만 디아블로를 소환한 뒤 모든 기억을 잃었다. 지금은 무영을 '아빠'로 인식하며 따라다니고 있었다.

확실히 디아블로의 공격 영역에서 스노우는 무사했다. 스노우와 하이엘프 아인을 비롯한 몇몇 부하가 멀쩡히 자리하고 있는 것을 두 눈으로 확인할 수 있었다.

"디아블로는 그녀를 죽일 수 없어요. 하지만 그녀는 디아블로를 없앨 수 있어요."

"어떻게 하면 되지?"

쿠웅!

콰앙!

무영이 빠르게 내달리자 디아블로가 무영의 뒤를 쫓기 시작했다.

"디아블로가 가짜임을 믿게 해야 돼요. 디아블로는 그녀의 바람에서 태어난 신이에요."

"만약 스노우를 죽이면 어떻게 되지?"

"안 돼요! 그럼 디아블로는 영원성을 얻게 될 거예요!"

우히가 급히 손을 내저었다.

과연.

무영도 조금은 안심을 했다.

자신을 아빠로 인식하며 따라다니는 여인을 죽이는 일이다. 뒷맛이 개운하지 않았을 것이고, 내키지도 않았다.

'디아블로 교단.'

과거 그녀는 성녀였으나, 다시 만났을 때 그녀는 디아블로 교단의 신녀 역할을 맡고 있었다.

오로지 디아블로만이 이 세상을 구원하리라고 믿었다.

마신들에게 짓밟히고 멸망의 기로에 선 그 상황을, 자신들은 결코 뒤집을 수 없다고 믿었다.

그래서 디아블로를 소환했다. 그 강력한 이계의 마신이 모든 상황을 뒤바꾸어 주리라 철석같이 믿고서.

하지만 그 믿음은 잘못된 선택이었다.

"빠아!"

스노우가 달려왔다.

신발이 벗겨지고 발이 퉁퉁 부었음에도, 무영이 다가오자 부리나케 뛰어들었다. 스노우는 몸을 바들바들 떨고 있었다. 디아블로의 존재에 겁을 먹은 것이다.

희망은 공포가 됐다.

"겁먹을 필요 없다."

무영은 말했다.

스노우의 등을 토닥였다.

하지만 이 공포를 어떻게 지워야 하는 걸까.

공포를 지우고, 디아블로가 결국에는 허상임을 믿도록 할 방법이 떠오르지 않았다. 그것을 억지로 믿게 한다고 하더라도 진심이 아니라면 결국 디아블로는 사라지지 않을 터였다.

하여, 무영은 자신의 마음속에서 우러나오는 말들을 꺼내기로 마음먹었다.

"스노우, 기억할지 모르겠지만, 만약 기억한다면…… 나는 네가 잘못되었다고 말할 것이다."

무영은 어렵게 말을 이어갔다.

누군가를 위로하고 보듬는 일은 무영에게 영 안 어울리는 일이었다. 익숙하지도 않았다.

하지만 해야 했다.

무영은 계속해서 입을 열었다.

"스스로 바꿔야 한다. 공포를 이기지 못한다면 결국에는 떨어질 뿐이다. 결국 네가 한 일은 자신의 공포를 남에게 전가한 것에 지나지 않아."

디아블로를 소환한 것 자체가 그렇다. 결국은 책임전가다. 스스로 못하겠으니 디아블로를 통한 희망을 내다본 것이다.

수많은 가능성을 버린 결과였다.

눈을 부릅떴다. 스노우의 눈을 정면으로 바라봤다.

"하지만, 그래도 못 하겠다면…… 그 공포를 억누를 수가 없다면."

무영은 스노우의 어깨를 강하게 휘어잡았다.

"믿어라. 내가 이길 것을 믿어라. 내가 세상을 구원할 것을 믿어라. 네가 나를 믿는다면, 나는 불가능을 가능으로 바꿔 보일 것이니."

구원자로서의 길!

스노우가 바란 구원의 방향은 이미 틀어졌다.

주변을 보라.

이 어디가 '구원'의 현장이란 말인가.

디아블로는 모든 걸 파멸로 이끄는 존재였다.

저런 구원을 원했는가?

아닐 것이다. 비록 방법이 잘못되었다고 하더라도 스노우가 바란 '구원'은 진짜였다.

이 세상이 조금 더 살기 좋아지길 바랐다.

이제는 깨달아야 한다. 현실을 인정하고 다음 단계를 바라볼 때였다.

무영은 거기에 손을 조금 보태는 것일 뿐이었다.

이윽고 스노우의 떨림이 조금씩 멎어들었다. 그러곤 천천히 말했다.

"믿…… 어요."

기억을 잃은 이후 스노우가 처음 꺼낸, 제대로 된 말.

스노우는 무영의 곁에서 많은 걸 봤다. 무영이 쓰러져도 계속해서 일어나는 걸 보았다. 당연히 무영의 말이 사실임을 안다.

불가능을 가능으로 바꾸는 힘.

무영은 분명히 그것을 지니고 있었다.

디아블로가 허상임을 억지로 믿으라고 하지 않았다. 하지만 무영이 디아블로를 쓰러뜨릴 존재라고, 스노우가 믿기 시작했다.

무영은 고개를 끄덕였다. 그리고 등을 돌렸다.

더 이상의 말은 필요 없었기에.

믿음은 힘이 된다. 모든 걸 바꾸는 힘이.

"달라지는 것은 없다! 네놈은 결코 디아블로를 쓰러뜨리지 못할 것이니!"

저 말 또한 주문에 가까웠다.

결국 솔로몬은 무영 스스로가 디아블로를 이기지 못하는 격의 존재로 보길 바란 것이다.

일종의 최면과 같았다.

하지만, 오롯이 완성의 길에 놓인 지금의 무영은 솔로몬의 모든 걸 부정한다. 디아블로 역시 부정했다.

"너희는 신 따위가 아니다."

설령 진짜 신이라고 하더라도 무영은 그들을 부정할 것이다. 부정하고 격하하며 그들이 자신과 다르지 않은 존재임을 증명할 것이었다.

크르르르릉!

비탄이 사납게 울기 시작했다.

무영은 허상을 베었다.

허상을 베는 데 '결'은 필요 없다. 애당초 필요가 없는 셈이었다. 디아블로의 잘려 나간 살점은 연기처럼 사라졌다.

"인간 따위가 어찌……!"

솔로몬은 비명을 내질렀다.

상황이 역전됐다. 디아블로는 더 이상 무영을 어찌할 수 없었다. 하지만 인간은 실패한 종족이었다. 실패한 종족 따위가 어떻게 신의 영역에 다다를 수 있단 말인가!

그러나 아무리 솔로몬이 부정해도 무영은 인간이고, 모든 가능성을 개화시킨 존재였다.

가능성.

솔로몬은 그것을 못 봤다. 인정하지 않았다. 모든 종족에게 존재하는 그 가능성을 부정하며 없애려고만 하고 있었다.

당연히 인정하기 싫겠지.

하지만 디아블로는 점차 사라져 갔다. 무영의 검이 닿을 때마다 아스라이.

이는 현실이었다. 솔로몬이 부정해도 사라지지 않는!

'신격의 영향인가?'

디아블로의 공격은 더 이상 무영에게 피해를 주지 못했다.

'가짜 신력'으로는 '진짜 신격'을 당해낼 수 없었던 것이다.

이윽고 무영은 디아블로의 전신을 도륙 냈다. 디아블로의 존재가 완전히 지워졌을 때, 이변이 일어나기 시작했다.

애당초 디아블로가 허상이었기 때문일까?

모든 게 돌아온다.

부서졌던 땅들과 죽은 마족들이, 소멸의 직전까지 다다랐던 그레모리와 아몬이 재생되었다.

무영의 휘하 부하들도 마찬가지였다.

'대단하군.'

그야말로 경이로운 현상이었다. 모든 게 없던 일이 되어가고 있었다. 하지만 무영의 흔적만은 사라지지 않았다.

"믿기지 않는군."

다시금 자리에서 일어난 아몬이 말했다. 그는 마법의 지배자. 하지만 지금 생겨난 이것은 분명히 기적이라 부를 수 있는 현상이었다.

복잡한 심정이었으나 되살아난 것만은 분명했다.

"무영. ……이겼군요."

주변을 둘러보며 그레모리가 입을 열었다.

그녀는 순식간에 상황을 파악했다. 그러나 그뿐이었다. 대체 이 현상들이 어째서 일어나고 있는지는 모르는 듯싶었다.

빠드득!

자신이 행한 일이 무(無)로 돌아갔다.

솔로몬이 이를 갈며 말했다.

"디아블로를 없앤 걸 너는 후회하게 될 것이다."

"후회한다?"

후회라면 솔로몬이 해야 맞다. 애당초 무영을 노리지 않았다면 이런 일도 없었을 것이다. 오히려 그의 공격이 무영에게 있어선 기회가 되었으니 말이다.

덕분에 무영은 몇 단계나 나아갈 수 있었다.

그저 마신들을 상대하며 걸었다면 결코 닿지 못할 영역에 들어갈 수 있었다.

그때였다. 솔로몬이 하늘을 바라보며 인상을 찌푸렸다.

"얌체 같은 놈! 벌써 오는군."

아직 끝난 게 아니라는 듯, 돌연 하늘이 까맣게 물들었다.

비가 내리기 시작했고 검은색 먹구름이 사방에서 몰려들었다.

'이건…….'

무영도 이변을 눈치챘다.

자연적인 현상과는 거리가 멀었다.

하물며 이만한 마력이라니.

마력의 덩어리들이 다가오고 있었다. 감히 셀 수 없이 많은 기척도 느껴졌다.

솔로몬이 무영을 바라봤다.

"디아블로가 없으면 놈을 막을 수 없다. 지금이라도 내게 알스 노바와 알스 포울리나를 넘겨라! 안 그러면 네놈과 네놈이 믿는 모든 게 사라질 것이니!"

누가 보더라도 솔로몬은 다급했다. 곧 일어날 일을 두려워하고 있었다.

쉽게 믿기진 않았다.

마신들이 가장 두려워하는 게 솔로몬이다. 하지만 지금은 그가 역으로 무언가를 두려워하고 있었다.

무영은 이맛살만 구겼다. 그의 반응과 이만한 마력의 응집으로 보건데 나타날 대상은 하나뿐이었다.

"바알이 오고 있는 건가?"

"바알…… 그래, 네놈들은 놈을 그렇게 부르더군."

솔로몬이 의미심장한 힌마디를 던졌다.

콰르릉!

동시에 거대한 폭풍우가 몰아쳤다.

사방에서 몰려온 수많은 마족이 하늘을 배회하기 시작했다.

마왕들과 마신들도 함께하고 있었다.

주변은 순식간에 그들에게 점령당했다.

하지만 그들은 무영을, 솔로몬을 공격하지 않았다.

그저 거대한 회오리를 향해 조용히 무릎을 꿇어 보일 뿐.

"바알이시여!"

"바알이시여!"

"우리를 구원하소서!"

"구원하소서!"

마족들이 연호했다. 광적인 믿음이 느껴졌다.

그리고 거대한 회오리 속에서 '그'가 나왔다.

'정말 바알이란 말인가?'

바알을 본 순간 무영은 얼굴을 구겼다.

잘못 본 게 아니다. 하지만 있을 수 없는 일이었다.

모든 마신의 지배자. 정점이며 마계를 휘두르는 존재. 솔
로몬과 대적할 수 있는 유일자!

그를 두고 우리는 '바알'이라 말한다.

하지만 무영은 이게 어찌 된 일인지 알 수가 없었다.

'바알과 솔로몬이…….'

아무리 봐도 바알과 솔로몬이 똑같이 생겼기 때문이다.

단순 외견만이 아닌, 그 성질마저도!

63장
전장의 화신

바알은 솔로몬을 바라봤다.

이어, 고개를 돌리더니 무영을 직시했다.

"나를 간파한 모양이군."

바알은 본래 보는 이에 따라 모습을 달리한다. 그것은 그들이 가장 두려워하는 모습이며 바알은 그들의 '공포'를 가장해 지배하곤 했다.

하지만, 무영은 달랐다. 무영은 진실을 꿰뚫어 보는 눈을 가지고 있었다.

무영의 눈에 비친 솔로몬과 바알은 동일한 존재였다. 결코 다를 수가 없는, 달라선 안 되는.

어떻게 된 일일까?

"궁금한가?"

바알은 무영의 마음을 꿰뚫어 보는 것 같았다.

바알이 작게 웃었다. 그것은 승리자의 조촐한 의식과도 같아 보였다.

반면에 솔로몬은 말이 없었다. 그는 두려워하고 있었다. 바알을, 자신과 같은 존재를.

"우리는 본래 하나의 신이었다. 하지만 둘로 나뉘었지."

바알이 이야기를 시작했다.

이 순간, 누구도 움직일 수 없었다.

그의 말에는 힘이 있었다. 솔로몬과는 다르다. 솔로몬이 디아블로의 힘으로 영향력을 행사했다면 바알은 그 자체만으로 압도적인 존재감을 뽐내고 있었다.

"그는 파멸 뒤의 재창조를 원했다. 나는 모든 것을 이겨낸 단 하나의 진화된 존재를 원했다. 우리의 의견은 타협이 불가한 것이었지."

솔로몬은 진화의 가능성을 부정했다.

그는 모든 것을 파멸시킨 뒤, 지금까지의 데이터를 모아 보다 완전한 존재를 탄생시키길 원하고 있었다.

반면에 바알이 원한 것은 고독(蠱毒)이다. 마계라는 항아리에 온갖 종족을 모아놓고 싸우게 만들어 살아남은 하나의 종족만이 그 끝을 달성하길 바랐다.

둘의 이상은 비슷하지만 분명히 달랐다.

"나는 그에게서 레메게톤을 빼앗았다. 대신 지구에서의 주도권을 잃었지."

레메게톤.

모든 것이 담긴 책. 알스 노바도, 알스 포울리나도, 72마
신도 모두 그 책 안에 있었다. 감히 솔로몬의 모든 것이라 해
도 무방할 그것을 바알이 훔친 것이다.

"마계로 돌아간 나는 이곳의 멈춰 있던 시간을 돌렸다. 알
스 포울리나의 힘이었지. 이곳에 들어온 존재들의 시간이 각
각이 다른 이유다."

알스 포울리나.

시간의 천사……

무영이 가지고 있다고 말하던 그 천사의 이름이 바알의 입
을 타고 흘러나왔다.

또한 비밀 하나가 풀렸다.

어째서 푸른 사원을 건너온 사람들이 기억하는 시기가 제
각각인지 말이다.

"하지만 나는 알스 노바만큼은 사용할 수 없었다. 알스 노
바는 기적의 힘. 기적에 닿은 자만이 사용할 수 있는 기도문
일지니. 하여, 나는 알스 포울리나를 풀어놓았노라."

마치 모든 게 처음부터 계산되어 있었다는 듯.

알스 포울리나는 시간의 힘을 지녔다. 기적 그 자체와 같
은 존재란 뜻. 천사는 강력한 힘을 주어, 허무에 들어갈 신격
을 얻게 되면 알스 노바를 받게 설계가 되어 있었던 것이다.

그러나 이어서 바알은 의문을 토했다.

"그런데 이상한 일이다. 알스 포울리나는 이미 힘을 거의

다해서 시간을 역행할 힘 따윈 남아 있지 않았을 것이거늘…….”

“내가 알스 노바를 찾도록 만들었다는 말인가?”

무영은 입을 열었다.

마치 처음부터 계산되어 있다는 식의 이야기가 무척이나 마음에 들지 않았던 것이다.

바알이 웃으며 회답했다.

“알스 포울리나가 접한 존재는 강력한 시간의 힘을 얻는다. 그만큼 대상을 찾기 어렵지. 너를 찾는 데 100년이 걸렸으니 말이다. 하나 너는 누구보다 빠르게 강해졌을 것이다. 남들이 수십 년을 노력해 얻을 수준의 힘을 고작 1, 2년 사이에 얻을 수 있게 되었을 테니.”

맞다. 무영은 엄청난 속도로 강해졌다.

바알의 말이 사실이라면 알스 포울리나와 접한 존재는 언젠가 반드시 신격을 얻게 되어 있었다.

그러나 단순한 알스 포울리나 때문은 아니다.

무영은 확신할 수 있었다.

무영이 강해진 건 열망이 있었기 때문이다. 치열함이 있었기 때문이다. 포기하지 않는 의지가 있었기 때문이다.

그것을 바알은 인정했다.

“물론 너는 놀랍다. 설마 이 정도의 속도로 ‘이변’을 낳을 줄은 나조차 몰랐노라. 덕분에 솔로몬은 미끼를 물게 됐지. 디아블로를 믿고 마계로 들어온 것이다.”

바알의 눈이 다시금 솔로몬에게 향했다.

바알의 말이 사실이기 때문일까?

솔로몬의 몸이 부르르 떨렸다.

그에게선 여태껏 보인 여유 따윈 한 조각도 찾을 수가 없었다. 바알이 등장한 순간, 마치 체념이라도 한 듯했다.

"솔로몬, 이름처럼 너는 현명한 왕이 되고 싶었겠지만 결과는 다르게 나왔구나. 참으로 창피하지만, 그래도 너는 내 반쪽이다. 이제…… 하나가 될 시간이 왔다."

"이미 너와 나는 너무 오랜 시간 떨어져 있었다. 우리는 서로 다른 존재가 되었다! 내 힘을 온전히 취할 수 있을 것 같으냐?"

솔로몬이 반박했다. 그러자 바알이 무영을 쳐다봤다.

"그러려고 '그릇'을 준비한 것 아니겠는가?"

바알이 손을 뻗었다.

무영은 비탄을 쥐었지만, 동시에 몸이 뻣뻣하게 굳었다.

'몸이 움직이지 않는다.'

무영은 눈썹을 찌푸렸다.

진정한 신격을 얻은 무영임에도 바알의 힘에 저항할 수가 없었다. 신격이라 하더라도 무영과 바알의 격 자체가 달랐던 탓이다.

그럼에도 그간 솔로몬을 어찌 못한 건 디아블로라는 '허상의 신'이 존재했기 때문이다.

무영은 허상을 베었고 대신 바알을 불렀다.

"컥, 꺼어어억, 끄아아아아아아악!"

솔로몬이 비명을 질렀다.

이윽고 그의 신체가 바알을 향해 끌리기 시작했다.

전신의 형상이 허물어지고 그의 형체가 점점 연기처럼 변해갔다.

"바알! 바알! 바아아알⋯⋯!!"

단말마와 함께 솔로몬이 해체됐다.

바알이 양손을 들어 올렸다.

"너는 '그릇'과 함께 정화되고, 또 정화될 것이다. 그리하여 온전히 남은 것을 취하리라."

동시에 무영의 몸이 떠올랐고, 솔로몬의 기운이 무영을 향해 투입되기 시작했다.

"긴 여정이 끝났다."

펑!

무영의 머릿속에서 폭탄이 터진 것 같았다. 순간 정신이 혼미해지며 극에 달하는 무력감이 찾아왔다.

'모든 게 바알의 의도였단 말인가?'

의문이 찾아왔다.

바알이 의도하고 만들어진 존재가 무영이라면. 여태껏 자신이 해온 모든 일이 지금 이 순간을 위해서라면⋯⋯.

너무나도 분통했다.

쉬지 않고 달려오지 않았나. 그저 승리를 위해 모든 걸 바치지 않았던가.

그것이 이변을 낳았고 솔로몬을 유혹했다.

무영은 바알이 건 덫이었다.

오로지 솔로몬을 잡기 위한!

'아니에요.'

그때였다.

무영의 머릿속에 울리는 작은 메아리.

솔로몬의 신격이 무영의 혼을 헤집는 그 순간 숨어 있던 또 다른 천사가 모습을 드러냈다.

'무영은 결코 그릇 따위가 아니에요. 그리고 저랑 약속했잖아요. 모든 시련, 모든 역경을 이겨내기로. 지지 마세요.'

누구지?

무척이나 그리운 음성이었다.

아주 오래전에 만나 본 것만 같은……

하지만 누구인지는 기억이 나질 않았다.

'킹슬레이어, 그는 당신을 위해 저를 깨울 준비를 해놨어요. 솔로몬에게 시간의 서약을 걸어놓았죠. 덕분에…… 조금은 시간을 벌 수 있을 것 같군요.'

그녀가 말했다.

솔로몬의 신격이 무영과 뒤엉키는 그 순간, 킹슬레이어가 걸어놓은 시간의 서약이 발동했다.

시간의 굴레를 벗어난 그를 시간 속에 가두는 저주. 덕분에 무영의 혼 깊은 곳에 잠재하던 시간의 천사, 알스 포울리나가 깨어날 수 있었다.

좌아아아아아악!

무영의 머리 위로 날개가 펼쳐졌다.

동시에 여덟 장의 순백 날개를 지닌 아름다운 천사가 모습을 드러냈다.

"알스 포울리나! 너는 힘을 다했을 텐데?"

바알이 소리쳤다.

그 역시 이런 상황을 상정하진 못했다는 듯, 당황한 기색이 역력했다.

"바알, 모든 게 그대의 뜻대로 흘러가진 않을 거예요."

"웃기는군! 이제 와서 네가 무엇을 할 수 있지? 이미 그릇은 내 손아귀 안에 들어왔다. 네년의 역할은 끝났노라!"

"무영은 그릇 따위가 아닙니다. 당신보다 훨씬 고귀한 존재죠. 단지…… 깨닫는 데 시간이 필요할 뿐."

알스 포울리나가 양손을 모았다.

그것을 본 바알이 눈을 부릅떴다.

"설마? 네년, 시간을……!"

스아아아아아.

그 순간.

바알과 무영의 시간이 멈췄다.

알스 포울리나의 날개에서 모든 빛이 빠져나갔다.

털썩!

이윽고 그녀가 쓰러졌다.

남은 모든 힘을 쏟아부어 이 작은 공간의 시간을 잠시 멈추는 게 고작이었다.

말 그대로 시간 벌이밖에 되지 않겠지만.

'부디…… 이겨내세요. 여태까지처럼. 당신 역시 그러기를 바랐잖아요?'

하지만 알스 포울리나는 믿었다.

솔로몬의 신격을 흡수하고, 보다 완전한 존재로 무영이 거듭나리라고.

결코 잡아먹히지 않을 것이라고.

오로지 이 한 번의 기회를 위해 고귀한 영광의 기사는 자신의 모든 걸 내던졌으니까.

그러니 그녀는 믿고, 또 믿었다.

다른 이들이 그러한 것처럼.

갑작스러웠다.

무영과 바알, 그리고 솔로몬이 사라졌다.

'어떻게 된 일이지?'

그레모리는 당황했다.

다른 마족들, 마신들도 마찬가지였다.

하지만, 그들이 사라졌다고 이 전쟁이 끝나는 것은 아니었다.

"무영은 돌아올 것이다. 놈은 죽여도 죽을 것 같지 않은 놈이니까."

타칸. 그가 먼저 칼을 움켜쥐며 다가왔다. 이 틈을 타서 빠르게 대열을 만들어야 한다는 걸 타칸은 알고 있었다.

크림슨 발록도, 지옥마와 유니콘들도, 구미호를 비롯한 망령들과 그레모리 휘하의 마족들 역시 모였다.

완벽한 수적 열세.

그러나 다행인 건 그레모리만 있는 게 아니라는 점이었다.

"아몬?"

"착각하지 마라. 더 이상 바알이나 솔로몬의 족쇄에 얽매이고 싶지 않을 뿐이니."

아몬이 그레모리의 편에 섰다.

그는 마법의 지배자. 무영이 그에게 묶인 족쇄를 풀어줌으로써 한 단계 더 나아간, 마법의 정수 그 자체였다.

하지만 여전히 열세임은 분명했다.

결국 반대파의 누구도 그레모리의 편을 들지 않았다. 아몬의 휘하 병력을 포함한 고작 300만 정도의 병력으로는, 그 수십 배에 달하는 적을 상대할 수 없었다.

"아몬! 배신할 셈이냐?"

8좌의 마신, 바르바토스가 말했다. 염소의 뿔을 지닌 그는 무척이나 분개하고 있었다.

아몬이 냉정하게 고개를 저었다.

"나는 바알에게 충성을 맹세한 적이 없다. 그는 그저 우리의 공포를 자극했을 뿐."

모든 마신은 알아서 조아렸다. 바알에게 충복하며 자신이 가진 공포감을 억눌렀다. 아몬도 마찬가지였다.

하지만 이제는 아니다.

더 이상은 공포 따위에 지배받지 않는다.

"너희는 진정으로 바알이 옳다고 생각하는가? 우리는 벌레가 아니다. 그를 위해 항아리에 들어갈 필요는 없는 것이다."

바알이 원하는 건 모든 마신이 안다.

그래서 여태껏 전쟁에 개입하지 않았다. 그저 모든 종족을, 생명을 말살하라는 것과 반대파의 척살 외엔 아무런 명령도 내린 적이 없었다.

마족들이 전쟁을 유발하며 최종적으로 살아남은 하나의 종족만을 데리고 지구로, 고향으로 귀환할 작정이라는 걸 알고 있었다.

그래서 더욱 그들은 필사적이었던 것이고.

진정으로 믿고 따르기에 그는 무자비한 폭군이었던 셈이다. 오히려 따르지 않는 게 정상이거늘.

"아몬, 오로지 그분만이 우리를 모든 것으로부터 지켜주실 수 있다. 더 이상 우리는 그토록 허무하게 우리의 고향을 잃지 않을 것이다. 우리의 삶을 짓밟히지 않을 것이다."

물론…… 그들의 마음도 이해는 갔다.

어느 닐 갑자기 나타닌 적, 이느 날 갑자기 피괴된 고향, 수많은 죽음…… 그 무력감.

다시는 경험하고 싶지 않겠지.

그러기 위해 우산을 원했다.

그저 서로가 지향하는 방향이 다를 뿐이었다.

아몬은 내심 고개를 내저었다. 저들에게는 자신의 말이 더 통하지 않으리란 걸 깨달았기 때문이다.

바르바토스가 이어서 말했다.

"우리는 돌아간다. 지구로. 우리의 쉼터로! 그러기 위해 너희를 숙청하겠다. 우리는 우리를 위해 모든 걸 짓밟고, 빼앗겠다. 이것을 비열하다, 매정하다 욕하지 마라. 우리는…… 우리 역시 일방적으로 빼앗겼기에."

"그래, 비정상이 아니라면 살아갈 수 없는 곳이지. 이곳은."

아몬은 긍정했다.

그들의 염원을, 그들의 마음을.

그레모리도 마찬가지였다.

단지 서로의 길이 다르다고 하여 욕할 수는 없었다.

하지만 결국 승리한 하나만이 살아남을 것만은 자명했다.

그들이 공격을 준비했다.

크아아아아!

크림슨 발록이 소리쳤다.

바알, 솔로몬, 혹은 무영.

최종적으로 돌아올 이가 누구일지 모르지만 각자가 따르는, 바라는 이상을 위하여 모두가 횃불을 당겼다.

세상을 뒤흔들 격전이었다.

모든 마신의 각축전은 마계 전체에 거대한 균열을 낳았다.

배승민은 그것을 느꼈다. 누구보다 강렬하게 알 수 있었다.

"이미 늦은 걸까요?"

달의 아이가 말했다.

무영, 그가 이미 솔로몬을 만났다. 아니라면 이 정도의 파장이 일어날 리 없으므로.

"늦지 않았습니다. 저는 알 수 있습니다."

모습을 숨긴 배승민이 고개를 저었다.

연극을 위해 몸을 숨기고 있었지만 달의 아이와 용들의 왕은 진즉에 그의 존재를 눈치챌 수 있었다. 그래서 그들에게만은 배승민도 자유롭게 의견을 말하고 있었던 것이다.

무영과 이어진 인연의 끈. 무영으로 말미암아 모든 게 시작되고 변했다. 배승민은 그 중심에 있는 인물 중 하나였다.

그렇기에 알 수 있었다. 무영은 아직 살아 있노라고.

한데 이상한 점은 또 있었다.

격전지로 다가가면 다가갈수록 가슴이 아릿해 오는 기분은 왜인지.

'모든 마신이 빠르게 움직였다. 우리들 또한 저곳으로 향할 수밖에 없다.'

한 달이 조금 넘는 시간 동안 마신 둘을 소멸시켰다. 하지만 그 직후 모든 마신이 움직이기 시작했다.

처음에는 자신들을 노리는 것인 줄 알았으나 아니었다. 그들은 연합 따윈 관심 없다는 듯 지금 저 폭풍우가 몰아치는 격전지를 향해 움직였던 것이다.

격전지.

말 그대로 그곳은 혼돈이었다. 제법 거리가 가까워졌음에도 거대하고 강렬한 검은 폭풍 탓에 안의 내용이 보이지 않았다.

다만, 알 수 있는 건.

'마계의 절반은 초토화가 될 것이다.'

배승민은 확신했다.

저 태풍이 지나간 곳에는 아무것도 남지 않았다. 마족은 가루가 되었고 망령은 사라졌으며 설령 시체를 남기더라도 티끌 한 점 없이 소각되었다. 이대로 시간이 지나면 최소한 마계의 절반은 절망으로 물들 것이었다.

그만큼 압도적인 광경이었다.

"진입해야 한다."

용들의 왕이 말했다. 그가 거대한 체구를 들어 주변의 바람을 조종해 보였다.

그리고……

수아아아아아아아아아악!

태풍을 갈랐다.

그제야 그 격전지를 두 눈에 담을 수 있었다.

쾅! 쿠르릉!

캬아아아아아악!

크아악!

아비규환. 진정한 지옥을 보는 듯했다.

그야말로 셀 수가 없었다. 그들이 한데 뒤엉켜 서로를 죽이고자 움직이는 중이었다. 누가 아군이고, 누가 적군인지 알 수 없었다.

하지만 배승민은 한 지점에 눈을 멈출 수밖에 없었다.

'어째서 저 아이가 이곳에?'

배승민의 눈길 끝에 배수지가 있었다. 배수지는 전신에 빛을 품고 적들을 멸하는 중이었다.

빛의 계보!

하지만 그뿐만이 아니다.

'주인님의 힘을 공유했구나!'

놀랍게도 배수지는 무영의 힘을 공유하고 있었다. 엔로스를 상대할 때와 마찬가지로. 하지만 그때보다 더욱 공유의 폭이 컸다.

"어느 쪽을 공격해야 하지?"

"죄다 마족이잖아!"

"다 공격해야 하는 거 아니야?"

종족 연합은 허둥지둥했다.

압도적인 물량 차. 하지만 이곳은 마족들이 태반이었다. 마족은 공격해야 할 대상이었으나, 들은 게 있어서 섣불리 움직이지 못하고 있었다.

"보호막이 없는 마족은 전부 적입니다!"

달의 아이가 소리쳤다.

자세히 보면 보호막이 있는 마족이 간간히 섞여 있었다. 그레모리의 힘이다. 그 외에는 저처럼 전체적인 방어막을 쳐

줄 능력의 마신은 없었다.

종족 연합이 합류했다.

그들은 여태까지처럼 차근차근 적들을 상대했다.

하지만 배승민의 시선은 여전히 배수지에게 닿아 있었다.

아아!

배수지가 이를 악물었다. 마족의 손톱에 긁힌 탓이다.

'이겨야 해!'

주먹을 내뻗자 강렬한 풍압과 함께 공격한 마족의 얼굴이 사라졌다.

후욱! 후욱!

배수지는 쉬지 않았다.

'벌써 며칠째지?'

처음 눈을 떴을 때는 이미 전장의 한복판이었다. 우히라는 요정에게 자초지종을 듣기는 했지만 정리하는 데 시간이 걸렸다.

그러나 모든 걸 이해했을 때, 배수지는 싸움을 택했다.

'이건 아저씨의 힘이야.'

그 의지와 함께 무영의 힘이 깃들었다.

전과는 비교가 안 될 정도로 강력한!

말인즉, 무영이 근처에 있다는 뜻이었다. 무영이 아직 지지 않다는 의미였다.

그러니 배수지도 싸워야 했고, 결코 쓰러질 순 없었다.

문제는 적이 너무 많다는 것. 많아도 너무 많았다. 아무리 쓰러뜨려도 끝이 나지 않았다.

'아저씨를 위해 싸워야 돼!'

힘을 공유한 지금, 배수지는 알 수 있었다. 무영이 얼마나 힘든 시간을 보내고 있는지. 그 고독과 그 슬픔이 고스란히 느껴졌다.

하여 배수지는 무영을 위해 싸우겠다고 마음먹었다.

몇 번이나 구함을 받았던가.

이제는 갚을 때였다.

"인간 주제에 설치는구나!"

28좌의 마신, 베리드!

온몸이 황금으로 이루어진 그 마신이 배수지를 압박하기 시작했다.

'위험해.'

아무리 무영의 힘을 이었다고 하더라도 마신을 정면에서 상대할 순 없었다.

'그래도 해야 돼.'

문제는 이미 다들 지쳤다는 것.

아군 역시 숫자가 눈에 보일 정도로 줄었다. 아몬이 아니었다면 진즉에 모두 죽었을 것이다. 아몬은 수비적으로 마법을 펼치며 시간을 끌고 있었다. 그러면서도 벌써 넷에 달하는 적군 마신을 소멸시켰다.

'할 수 있어.'

바알이 없어지자 모든 소멸 조건이 풀렸다. 그들은 굳이 소멸 조건을 맞추지 않아도 육체가 붕괴되면 죽음을 맞이했다. 그러니 할 수 있다. 할 수 있다고 생각했다.

쿠우우웅!

"악!"

배수지가 비명을 질렀다. 금속으로 이루어진 마신은 그 무거워 보이는 몸집과 다르게 엄청나게 빨랐다. 그래도 원래는 당하지 않았어야 할 공격이다. 몇 날 며칠을 싸우며 감이 둔해졌다. 힘도 많이 소진이 된 상태다.

'해야 되는데…….'

배수지가 비틀대며 몸을 일으켰다.

쾅!

그러기 무섭게 베리드가 거대한 금속탄을 날렸다. 양손을 들어 가까스로 받아냈지만 콰득! 소리와 함께 양팔의 뼈가 나갔다.

"큭……!"

"포기해라. 이미 승기는 기울었다!"

"닥쳐!"

후우! 후우!

숨을 크게 들이마실 시간조차 없었다.

쾅! 쾅! 쾅!

베리드는 산처럼 커다란 금속 추를 계속해서 던져 댔다. 그럴 때마다 배수지의 신체는 한계를 맞이하고 있었다.

'내가 해야 되는데…….'

털썩!

눈이 감겼다. 몸이 무너졌다. 겨우 다시 만든 기회인데. 무영과 접하고 진실을 알아내고 싶었다. 그가 숨기는 게 뭔지. 왜 나를 떨어뜨려 놓으려 하는지.

묻고 싶었는데.

"이 정도로 포기하려 하느냐?"

누군가가 말했다.

배수지가 감기는 눈을 겨우 떴다.

"당신은……."

그는 말이 없었다. 대신 지팡이를 들어 베리드의 금속 추를 막았다.

스윽.

배수지가 바닥을 짚고 겨우 일어났다.

"기다려요. 아직…… 아직 포기한다고는 한마디도 말 안 했어요."

"왜 너는 내 눈에 아른거리는 거지?"

배승민. 그가 눈을 돌렸다. 공허하기 짝이 없는 두 눈엔 왜인지 눈물이 흐르는 것 같았다.

배수지는 답했다.

"왜 당신은 제 눈에 아른거리는 거죠?"

"나는……."

배승민은 무언가를 말하려다 다시 입을 닫았다.

나는 너의 아버지라고 말하고 싶었지만, 역시나 자신의 몸이 한계를 결정짓는다. 그는 죽었고 배수지는 살았다.

서로가 존재하는 영역이 너무나도 달랐다.

"흥! 당신이 말 안 하겠다면, 내가 알아낼 거예요. 당신이나 무영 아저씨의 멱살을 잡아서라도!"

진심이었다. 배수지의 의지가 돌연 충만해졌다.

배승민은 입을 꾹 닫은 채 지팡이에 힘을 줬다.

'잘 커줬구나.'

아이는 큰다. 빠르게 자란다. 잠시 눈을 떼고 다른 짓을 할 때에도 아이는 시시각각 커가고 있다.

배수지는 특히 그랬다.

그래서 뿌듯했고, 그래서 아쉬웠다.

자신이 없어도 잘 커준 배수지에게. 그 과정을 보지 못한 자신에게. 또한 이 전투가 끝나기 전까지 배수지는 전장을 떠나지 않을 것이다. 이제는 막을 수 없었다.

그러니⋯⋯.

'이겨야겠군.'

반드시.

배승민이 지팡이를 들고 문을 열었다. 수많은 괴물이 소환되며 전장에 합류했다.

"보이시나요?"

알스 포울리나가 말했다.

무영은 고개를 들어 그녀를 바라봤다.

"당신을 위해 이렇게 많은 사람이 모였어요. 무영, 그대의 바람은 이뤄진 거예요."

"내 바람이 이뤄졌다고?"

"당신은 내게 말했어요. 더는 혼자가 싫다고."

"내가 그런 말을 했단 말인가?"

혼자가 싫다니. 무영은 스스로도 믿을 수가 없었다.

알스 포울리나가 고개를 끄덕였다.

"당신은 원했어요. 더욱 의미 있는 일을 하길. 죽음과 삶, 모든 것을 극복하기를."

"나는…… 기억에 없다."

"그저 잊고 싶은 게 아니라요? 당신은 그런 게 익숙하지 않으니까요."

알스 포울리나가 씽긋 웃었다.

둘의 시간은 멈춰 있다. 이 상태에서 무영은 하염없이 흘러가는 시간들을 바라만 보고 있었다.

"설령 내가 잊지 않았다고 하더라도 무엇이 바뀌지?"

"바뀌는 건 없어요. 하지만 보고 느끼는 건 있겠죠. 당신은 해냈어요. 더 이상 혼자가 아니에요. 하지만 부족해요."

"나는 그저 지켜볼 수밖에 없다. 솔로몬의 신격이 내 존재를 지우려 하고 있다."

신격과 신격이 부딪쳤다. 둘은 섞이는 중이었다. 무영은 본능적으로 알 수 있었다. 이 과정의 끝에 자신은 남아 있지 않으리란 것을.

"포기할 건가요?"

"포기하지 않아. 하지만 내가 할 수 있는 게 없는 것도 사실이다."

"당신은 길이 없으면 만들어서라도 가는 사람이 아니었나요?"

"나를 잘 알고 있다는 듯이 말하는군."

"저는 오랜 시간 당신을 보고 있었어요. 그러니까 알아요. 다만, 지금은 혼란스러울 뿐이라는 걸."

"도착 지점에 도착한 줄 알았다. 쉬지 않고 달려왔으니 그러리라 믿었다. 하지만 애초에 출발점도, 도착점도 없다는 걸 알게 됐다."

"글쎄요? 그래도 보세요. 당신은 저들을 모았잖아요. 바알의 의도가 아닌 당신의 바람대로."

무영은 시선을 바깥으로 돌렸다.

수적 열세에도 그들은 싸웠다. 타칸, 배승민, 크림슨 발록, 구미호와 배수지 그리고 초월자까지도. 모두 무영의 뜻에 의해 모인 이들이다. 그레모리와 아몬, 둘 역시 그랬다. 결국 그들을 움직인 건 무영이었던 것이다.

그들은 죽어가고 있었다. 더 늦으면, 돌이킬 수 없게 된다. 오로지 무영에 의해 모인 이들이 말이다.

"하지만 내가 무엇을 할 수 있지? 멈춰진 시간 속에서, 나는 아무것도 할 수 없다."

사실이었다. 기껏해야 이야기를 나누는 정도. 바알이 움직이기 시작하면 그때는 정말 끝장이었다. 그만한 격차가 났다.

그러자 포울리나가 웃었다.

"당신은 할 수 있어요. 바알이 당신에게 의도적으로 건넨 건 저와 알스 노바뿐. 그 외에는 모두 당신이 만든 것이랍니다. 멈춰진 시간 속에서도 그러한 고유의 것들은 힘을 발휘하기 나름이에요."

네가 할 수 있는 걸 해라. 그녀는 그렇게 말하고 있었다.

'내가 할 수 있는 것.'

무영은 생각했다. 나만이 할 수 있는 것. 나 자신만이 가진 무기⋯⋯.

'무영검.'

무영은 마음속에 검을 세웠다. 자신만의 검을. 바알이 의도하지 못한 자신이 세운 검을!

검은 도합 51격으로 이루어져 있으나 아직 완성되지 않았던 것이다.

몸이 움직이지 않아도 좋다.

무영은 그저 내면으로 무영검을 받아들이고 새로이 만들기 시작했다.

스스로의 내면 깊숙한 곳으로 들어갔다. 그곳에서 무영은 시간을 아주 느리게 만들었다. 128배속으로. 그 느려진 시간 속에서 무영은 고민하고 또 고민하며 자신의 검을 세우는 데 집중했다.

'나는 무슨 선택을 하고 싶은가.'

결국은 그것이었다.

솔로몬도, 바알도, 자신만의 확고한 뜻이 있었다.

반면에 무영은?

영웅이 되고자 하는 마음보단 그냥 의미 있는 일을 하고 싶었을 뿐이다. 그랬기에 누군가를 죽이는 데도 거리낌이 없었다.

하지만 끝을 정해야 했다. 그 종착점을 정해야만 그곳을 향해 똑바로 걸을 수 있는 법이었다.

'나는…….'

무엇을 위해 움직였던가. 그리하여 다시금 상기했다.

'모든 잘못을 바로잡길 원한다.'

그러자 신의 기도문이 보였다.

알스 노바!

기적을 일으키는 힘. 오로지 기적을 일으킨 자만이 사용할 수 있는 힘.

무영은 그 힘을 자신의 검에 접목시켰다.

기적을 일으켜야 모든 걸 바꿀 수 있으면 그러겠노라고. 다짐하였다.

'신이 되어야 한다면 신이 되겠다.'

모든 걸 바로잡는 자가 되기 위해 그러한 자격이 필요하다면 그 또한 될 생각이었다.

이제야 그러한 확신을 내렸다. 여태까진 애매한 결과를 위해 달렸다면 이제는 온전히 마음을 정하고 모든 노력을 기울일 것이다.

무영은 검을 합쳤다.

악즉참이 50개의 검격을 합친 힘이라면 그 악즉참마저도 압축시켰다.

그리하여 오로지 하나로 만들었다. 하나의 검에 수십 가지의 기적을 담아. 무영은 그 느려진 시간 속에서 자신이 만든 검을 휘둘렀다.

그러자 솔로몬의 신격이 반응했다. 그저 섞여만 가던 그 힘이, 무영의 검을 따라 움직이기 시작한 것이다.

그러자.

⟨'검귀검신' 중 '검신'의 경지에 이르렀습니다.⟩

⟨로드 클래스, '시간의 천사'를 획득했습니다.⟩

⟨모든 칭호와 전승 효과, 클래스가 합쳐지며 새로운 영역이 창조됩니다.⟩

⟨이터널 클래스, '전장의 화신'이 완성되었습니다.⟩

모든 것을 정리하고 오롯이 존재하게 된 무영이 눈을 떴다. 동시에, 여섯 장의 검은 날개와 여섯 장의 하얀 날개. 도합 열두 장의 날개가 허공에 펄럭이자 멈췄던 시간의 추가 움직이기 시작했다.

히아신스는 전율했다. 보는 순간 알았다. 그가 여태껏 자신이 애타게 찾고 기다려 온 왕이란 것을. 늠름한 열두 장의 날개, 무표정한 얼굴 뒷면에 숨겨진 그 아름다운 자태.

상상한 그대로였다. 아니, 오히려 상상이 부족했다. 아름답다. 그저 보는 것만으로 경외감이 어렸다.

히아신스는 강렬한 매혹의 힘을 지니고 있지만, 이번엔 히아신스가 매혹되고 말았다. 그의 눈길을 받을 수만 있다면, 그의 목소리를 들을 수만 있다면 무엇이든 할 수 있을 텐데.

그는 진정으로 자신의 왕이었다. 오로지 무영만을 따를 것을 히아신스는 다시금 다짐하였다.

"아아, 나의 왕이시여."

히아신스가 전장의 한복판에서 무릎을 꿇었다. 곧이어 그녀의 주변으로 푸른빛의 기운이 어리기 시작했고 어느 누구도 그녀의 곁으로 다가갈 수 없었다.

마치 불가침의 영역이라도 된 듯이.

크아아아아!

크림슨 발록이 쓰러졌다. 아무리 방대한 체력을 지녔대도 수십의 마신에게 포화를 받으면 버티지 못한다.

그레모리가 보조했지만 한계였다. 아니, 그레모리 또한 힘을 다했다.

'아아……'

초월자들이 등장했다. 수백만의 지원군 역시. 하지만 적이 너무 많았다. 강했다. 애당초 싸움이 안 되는 것이었다.

그레모리는 마지막 힘까지 쥐어짜 냈지만 그 방대한 물량 앞에 무릎 꿇을 수밖에 없었다. 모두가 같은 느낌일 것이었다. 바람을 바꿀 계기가 필요하다고.

'계기.'

그레모리는 고개를 돌렸다. 무영과 바알, 솔로몬이 사라진 장소. 그러나 괜한 미련이었다. 설령 무영이 다시 나타난다 하더라도 이 전황을 바꾸기엔 역부족이었다.

미풍은 될지언정 폭풍은 되지 못한다.

그런데…….

펄럭!

날갯짓의 소리가 들렸다.

"멈춰진 시간 속에서 깨우침을 얻었더냐! 그래도 너는 그릇에 불과하다. 이 모든 걸 역전해 보이진 못한단 말이다!"

바알의 목소리도 들렸다. 그들은 다시 나타났다. 오로지 솔로몬을 제외하고선. 그리고 바알의 위에, 그가 있었다.

"무영 아저씨!"

"서방님!"

배수지아 우희가 가장 먼저 소리쳤다.

그레모리도 내심 외쳤다.

무영, 그가 나타났다. 그는 달라져 있었다. 열두 장의 날개를 지니고서, 수많은 어둠과 빛을 함께 품고 있었다.

무영은 무표정하게 그저 검을 들었다. 그리고 검을 내긋는 순간.

쏴아아아아아아아아아!

거대한 먹구름이 사라졌다. 먹구름. 그것은 바로 마족들이었다. 바알의 편에 섰던 마족 수십만이 단번에 증발해 버렸다. 고작 검짓 한 번에.

"네놈…… 설마, 솔로몬의 신격을 흡수한 것이냐? 불가하다. 그릇인 네놈은 결코 그 신격을 흡수할 수 없거늘!"

바알이 믿기지 않는다는 듯 말했다.

"나는 단지 내 갈 길을 정했을 뿐이다."

무영이 입을 열었다.

솔로몬의 신격?

무영은 그보다 더 큰 걸 얻었다.

자신만의 검을 완성했으며 자신이 향해야 할 목표를 보다 또렷하게 만들었다. 모든 힘이 합쳐져 온전히 '무영의 것'이 되었으니 다른 이름을 부른들 소용이 없었다.

기적의 힘도, 시간의 힘도, 그 모든 것이.

"그렇다면 강제로 빼앗아주마."

투둑! 투두둑!

바알이 변형하기 시작했다. 이윽고 그는 디아블로와 비슷한 형태를 갖게 되었다. 하지만 더욱 컸으며 더욱 많은 뿔을 가지고 있었다.

"그 신격으로 말미암아 나는 더 완성된 존재가 될 것이다. 전무후무한 신이 되어 모든 차원을 지배하리라."

쿵!

그가 발을 뻗었다.

그 순간.

'가속.'

무영은 가속을 사용했다. 기존의 128배에서 한 단계 더 올라간 256배의 시간이 세상에 적용되기 시작했다.

킹슬레이어. 그가 닿지 못한 영역에 들어선 것이다. 그리고 이 영역은 진정한 신의 영역이었다. 무영은 그의 꿈과 바람을 대신해서 이뤄준 셈이다.

'나는 모든 가능성의 대변자다.'

무영은 솔로몬이나 바알과는 달랐다.

모든 가능성을 열었고, 그 가능성들을 취했다. 그 끝에 완성될 수 있었다.

전장의 화신.

이곳에서만큼은, 어느 누구도 무영을 당할 수 없었다.

설령 그 존재가 신이라고 할지라도.

쿵!

무영의 검이 닿은 순간 바알의 팔 한쪽이 떨어졌다.

콰득!

검은 유려하게 춤을 췄다. 바알은 느려진 시간 속에서 자신의 육체가 부서지는 것을 느끼고 있었다. 256배속이 되며 그 역시 시간 속에 갇혀 버린 것이다.

"이…… 럴…… 수…… 는……."

"듣기 답답하군."

무영이 가속을 풀었다.

그 찰나.

우르르르르르!

바알의 신체가 무너져 내렸다. 그러곤 다시 합쳐지기 시작했다. 하지만 이전의 형태를 쉽게 수복할 수가 없었다. 그저 거대하고 흉측한 덩어리가 되었다. 무영이 가진 비탄의 힘이 극대화되며 강력한 저주를 건 탓이다.

"네가 저들에게 희망을 줄 수 있을 것 같은가? 어차피 너희들은 살아남지 못한다. 지구는 이미 오염되었으니! 오로지 마족만이 살아갈 수 있다!"

바알은 말했다. 무영도 고개를 끄덕였다. 검을 완성하고 신격을 완성하며 단탈리안의 기억이 온전히 떠올랐다.

그리고 무영은 보았다.

오염되고 파괴된 지구를. 생명체는 결코 살아갈 수 없는 그곳을!

마신들은 바알이 그곳을 정화시켜 주리라 믿고 있지만, 아서라. 바알에겐 기적의 힘이 없다.

때문에 그는 어디서든 적응할 수 있는 마족을 만들었다. 모든 종족의 장점을 모아서.

솔로몬이 새로운 생명체. 보다 완전한 생명체를 창조하려 한 이유도 그와 비슷한 맥락이다.

하지만…….

무영은 그들과 다르다.

"나는 모든 진화를 믿는다. 그들의 가능성을 믿는다."

"그저 믿음으로 해결될 문제가 아니다! 너는 반드시 후회하리라. 저들의 죽음을 눈앞에서 바라보며 피눈물을 흘리리라!"

바알은 자신의 패배를 직감하고 있었다. 시간의 굴레. 그 속에 갇힌 순간 모든 게 끝난 셈이다.

모든 마신을 죽여야 한다는 소멸 조건?

자신보다 상위의 신격을 가진 자에겐 통하지 않는다.

무영은 표정을 굳혔다.

"내가 후회할 것이라고 네가 결정짓지 마라."

그리고 비탄을 휘둘렀다.

길고 긴 전쟁이 끝났다.

바알의 소멸, 찬성파 마신들의 전멸.

방관자인 파이몬 역시 무영의 검을 피할 순 없었다.

킹슬레이어의 죽음을, 솔로몬과 바알의 죽음 모두를 방관했던 그를, 무영은 영원한 시간의 굴레 속에 가둬 버렸다.

방관자의 최후였다.

하지만 바알이 사라짐으로 인해서 이 세계를 유지하던 축이 무너져 내렸다.

우르르르르르릉!

쿠르르르르르릉!

천지가 흔들렸다. 세계가 무너져 내리기 시작했다.

무영은 그들을 이끌었다. 인도자가 되어.

마침내 푸른 사원의 벽 앞에 도착했을 때, 무영은 자신을 마중 나온 이를 만날 수 있었다.

"기다리고 있었습니다."

"멀린."

그는 멀린이었다. 오스칼이 흉내 내는 멀린이 아닌, 진짜 멀린. 과거 그의 분신은 무영을 제자로 받으려고 한 적이 있었지만 지금은 입장이 역전되었다.

"너의 주인은 죽었다."

"더욱 의로운 새 주인을 모시면 그만일 뿐이지요."

애당초 멀린은 솔로몬과 의견이 달랐다. 그랬기에 그는 직접 벽을 치고 인간들을 훈련시켰다. 그 과정에서 죽어 나가는 사람도 많았지만, 푸른 사원을 통과하지 못하면 어차피 마계에서도 버틸 수 없는 이들이라 판단한 것이다.

하여 무영은 물었다.

"지구로 향하는 길을 아는가?"

"천경이 통로가 되어줄 것입니다."

천경. 바알이 만든 것. 그게 지구와 마계를 잇는 통로인 모양이었다.

무영은 방주를 비롯한 모든 걸 챙겼다. 천경 또한 마찬가지다. 솔로몬의 신격을 얻자 천경이 무영의 뜻대로 움직이기 시작한 것이다.

사람들은 진짜 멀린의 출현에 약간 당황했지만 무영은 개의치 않았다.

그때, 멀린이 조심스럽게 말했다.

"하오나 저들은 버티지 못할 것입니다. 지구는 오염되었고, 저들이 버티기엔 너무 잔인한 환경이니까요."

"걱정 마라."

무영이 빙그레 미소 지었다. 이미 그와 관련된 대비는 끝난 상태다.

'죽음의 예술.'

모두를 생시로 만들었다. 그게 끝이 아니다. 무영은 그들에게 '부여'를 행했다.

바로 가능성!

데스 로드가 무영에게 건넨 마지막 힘이었다. 가능성으로 말미암아 그들은 계속해서 적응하고 진화해 나갈 것이었다.

무영은 그들의 가능성을 믿었다.

"그럼 가지."

천경을 이용한 통로가 완성되자 무영이 앞장서서 나아가기 시작했다.

"우히히히! 낭군님, 같이 가요!"

"아저씨! 대체 저 해골 아저씨는 누구냐고요!"

"……해골 아저씨라니."

"빠아, 좋아."

"형제여! 나를 뒤에 두면 섭섭하군!"

"아아, 왕이시여. 어디든 따라가겠나이다."

물론 지배의 힘에 대한 부작용 아닌 부작용도 있긴 있었다. 우히, 배수지, 배승민, 스노우, 오가르, 히아신스…… 모든 살아남은 이의 반응은 한결 같았다.

타칸을 제외하고는.

타칸이 고개를 내저으며 말했다.

"누가 아수라도의 왕이 아니랄까 봐 아수라장이 따로 없군."

에필로그

'내게 선택지가 주어졌다면…… 나는 다른 삶을 살 수 있었을까?'

너무 많이 죽였다. 죽지 않아도 될 자들이 이 손에 의해 피를 묻혔다.

아마도 불가능할 테지.

이만한 피 냄새를 풍기며 누군가와 어울려가는 삶은 힘들 것이었다.

툭!

무영은 양쪽 무릎을 꿇었다. 전신의 곳곳에 구멍이 숭숭 뚫려 있었다. 여태껏 죽지 않은 게 신기할 양의 피가 땅을 타고 흘렀다.

제아무리 무영이 살수림 최고 수준의 훈련을 받았다 해도 삼백에 달하는 실력자와 수장을 암살하는 일은 벅찰 수밖에 없었던 것이다.

'길었지.'

억지로 입꼬리를 말아 올렸다. 진짜 이름은 물론, 웃는 법조차 이제는 기억이 잘 안 난다.

이곳, 마계로 소환되며 모든 게 바뀌었다.

마계.

72권좌의 마신이 지배하는 지옥과 같은 대지.

오랜 시간에 걸쳐 인류는 조금씩 마계로 소환되었다.

무영 역시 마찬가지였다. 적응할 시간도 없이 온갖 괴물로부터 목숨을 보호해야 했다. 심지어 같은 인간도 쉽사리 믿을 수가 없었다. 이미 수십 년 전부터 자리 잡고 있던 인류의 기득권부터가 생명을 초개처럼 알았던 것이다.

그 작은 기득권을 지키고자 살수림과 같이 살인을 전문으로 하는 곳까지 만들어낼 지경이었으니.

무영은 마계에 들어오고 얼마 안 되어 살수림에 납치당했다. 이후 정신 개조와 약물 등으로 지배받으며 사람을 죽여 왔다.

어쩌면 인류의 희망이 되었을지도 모르는 자들이 그렇게 죽어갔다.

비록 한참 전 금제가 모두 사라졌음에도 무영은 사람을 죽이는 데 더 이상 양심의 가책을 느끼지 않는다.

어울리며 살아가기엔 너무 먼 길을 돌아온 것이다.

하지만, 그 길도 이제는 끝이었다.

무영은 고개를 들었다.

"이런 하늘을 보는 것도 마지막이겠군."

가만히 올려다본 하늘은 더할 나위 없이 맑았다.

……그래, 맑았다.

맑아서, 너무 맑아서.

죽는 게 아쉬웠다.

마지막은 웃으며 죽고자 했지만 그럴 수가 없었다.

무영은 울었다. 눈물을 흘렸다.

'사실은 이러고 싶지 않았다.'

모두를 죽였다. 그러는 게 바른 길이라고 생각했으니까. 하지만 그들의 죽음에 아무런 가책도 못 느끼는 이런 자신이 무영은 너무나도 싫었다.

'다시 태어난다면, 나는 바뀔 수 있을까?'

아무것도 없는 공허한 삶. 그저 다른 이의 의지에 따라 움직이는 그런 의미 없는 삶.

무영은 손을 뻗어 시체를 만졌다.

죽은 이들에겐 아무런 온기도 없었다. 그들은 아무런 표정도 짓지 않았다.

하지만 무영은 느끼고 싶었다. 감정을, 온기를, 그 따스함을.

'따스함…….'

바뀌고 싶다. 하지만 바뀔 수 없었다. 그러기엔 시간이 너무 촉박했으므로. 그러기엔 너무 멀리 왔으니까.

시야가 흐릿했다. 심장의 고동이 느려졌다.

그래도 만약.

만약 시간이 주어진다면, 바뀔 기회가 주어진다면.

"나는…… 결코 포기하지 않을 것이다."

무영은 멀어져 가는 시야 속에서 한줌의 빛을 쥐었다.

The end